있을 수 없는 현재
An impossible dream

「메일리, 앞으로는 한 발짝도 나서면 안 돼.」

두 사람은 의도치 않게 등 뒤에 둔 누나와 여동생에게 동시에 말을 남기고 똑바로 격돌했다.

엘자는 상반신을 들썩 흔들어 두 손에 들고 있던 쿠크리 나이프를 바닥에 떨어뜨렸다. —대신에 검고 하얀, 두 자루의 흉흉한 낫붙이를 움켜쥐고 달빛을 반사했다.

「그놈은 자기 몸만 생각해」

흥분한 스바루에게, 베아트리스는 자랑스럽게 가슴을 폈다.

자신이 통달한 마법, 어머니에게 배워 단련을 거듭한 그 술법을 뽑내듯이.

「보여주겠어. 음 속성의 극치──

세계 최고봉에 이르는 음 마법의 힘을.」

Re: Life in a different world from zero

The only ability I got in a different world "Returns by Death"
I die again and again to save her.

CONTENTS

Re:제로

Re: Life in a different world from zero

부터 시작하는 이세계 생활

나가츠키 탓페이 지음
오츠카 신이치로 일러스트

표지 · 본문 일러스트
오츠카 신이치로

제1장 『로즈월 저택 최후의 날』

1

──지금도 그 순간이 떠올라 후회가 밀려들 때가 있다.

내밀었던 손을 떼고 정겹게 이름을 부르는 소리.

작별의 말에는 친애가, 웃음 띤 눈에는 눈물과 결의가 서려 있기에 말문이 막히고.

무슨 생각을 했었는지 지금은 기억나지 않는다.

무슨 말을 했어야 하는지, 지금도 모른다.

무슨 행동을 했어야 했는지, 지금도 그 답은 찾지 못했다.

──그렇기에 지금도 자신은 이처럼 홀로 금서고에서 움직이지 않고 웅크린 채 남아 있다.

"……류즈."

입술을 비집고 나온 이름은 의식해서 멀리하던 해묵은 기억의 단편이었다.

공백과 정체. 자신이 보낸 세월만큼 눈을 돌렸던, 고뇌가 어린 과거.

어째서, 이제 와서 그것을, 후회를, 기억을, 그 이름을 떠올린 것일까.

필시 예감이 있었기 때문이다.

옛날에 자신이 내민 손이 거절당한 적이 있듯이——.

"널 데리고 나갈 거다, 베아트리스. ——이번에야말로 넌 내 손으로 해님 아래에 끌려 나가서, 그 드레스를 진흙투성이로 만들고 새까매질 때까지 놀 거야."

——이번에는 자신이, 내밀어 준 손을 떨칠 때라고.

2

——더욱 격렬해진 전투가 빚어낸 파괴가 우아하고 장엄한 저택을 인정사정없이 유린했다.

"——오오오오!!"

포효가 쩌렁거렸다. 강철과 강철이 격돌하며 울려 퍼지는 경쾌한 소리를 춤추는 불똥이 장식했다.

달빛이 비쳐드는 로즈월 저택을 무대 삼은 윤무(輪舞)는 지금 최고조로 치닫고 있었다.

"——멋져. 멋져라, 당신. 최고야."

충격에 창문이, 내딛는 발에 바닥이, 여파에 벽에 걸린 그림이, 날리고 터지고 찢겨 나가는 와중에 생명을 주고받는 싸움을 진심으로 즐기는 고혹적인 목소리가 금빛 맹수의 귓불을 때렸다.

그 목소리에 맹수―― 가필은 굳건한 팔을 쳐들고 송곳니를 드러내며 대답했다.

"람 말고 딴 작자한테 들어 봤자 달갑지도 않아!!"

교성을 노성으로 지운 가필의 굳센 주먹이 여자의 머리 위를 지르고 벽을 꿰뚫었다. 그 틈에 사각으로 파고드는 여자. 그 움직임에 가필은 무시무시하도록 호쾌한 추격타를 가했다.

――우람한 팔을 꽂았던 벽을 뜯어내 거대한 질량의 일격을 선사한 것이다.

"아아……!"

주먹 면적의 백 배나 되는 타격에 여자―― 흥분한 엘자는 뜨거운 숨결을 내뱉으면서 환희했다.

그 직후의 공방은 눈만 깜빡여도 치명타로 이어질 만큼 찰나에 이루어졌다.

말 그대로 벽처럼 빈틈이 없는 가필의 한 방에 엘자는 후퇴가 아니라 전진을 선택했다. 초인적인 몸놀림으로 피해를 최소한으로 억제하며 가필의 목에다 검은 칼날을 내지른다.

강풍. 타격의 위력에 엘자가 뒤로 날아갔다. 하지만 그 칼날은 확실하게 다다르고――.

"――멋져."

"――잉안바아오 기훈 앙 조아!"

바닥에 손을 짚은 엘자가 넋 나간 듯 요염하게 중얼거렸다. 그 눈앞에서 가필은 이로 받아 낸 쿠크리 나이프를 깨물어 부수고 파편을 뱉었다.

──한바탕 붙어 보고, 허투루 보지 못할 여자라고 똑똑히 인식했다.

만만치 않은 강자를 앞에 둔 가필은 등 뒤를 흘끔 돌아보았다. 그쪽에 둘의 격돌을 보며 우두커니 선 비취색 눈의 여성── 프레데리카가 있었다.

"이봐, 누님. 아직도 그딴 데서 멀뚱히 있어?"

"어? 아, 어, 그게, 그럴 작정은……."

"미안한데 아무래도 멋진 모습만 보여주진 못할 것 같다. 누님은 누님대로 대장이 믿고 있더라고. ──부탁하자."

이를 딱 부딪친 가필은 망설이는 누나에게 말했다. 그러나 프레데리카의 반응은 무디고 요지부동이었다. ──그럴 만도 하다.

가필과 엘자의 공방은 프레데리카가 끼어들 차원이 아니었다. 조력은커녕 단순히 움직이는 것만 해도 용기가 필요한 상황일 것이다. 그렇다면, 이때는──.

"──이 어르신이, 누님을 챙겨 줘야지!"

"가프?!"

움직이지 못하는 프레데리카를 대신해 가필이 먼저 결단을 내렸다.

사납게 적에게 달려드는 가필의 의도를 짐작한 엘자가 간드러진 미소를 지었다.

"누나를 끔찍하게 아끼네. 상냥해라."

말하고 나서 짐승의 발톱을 나이프로 막은 살육자가 크게 후방으로 뛰었다. 이를 쫓아 가필 또한 저택 안쪽으로 전장을 옮겼다. 이로써 『잠자는 공주』—— 렘의 침실로 가는 길이 트였다.

이 틈에 프레데리카가 렘을 데리고 나오기만 하면, 더 이상의 우환은 없다.

"가프!"

폭풍우 같은 주먹을 내지르는 자의 등에 원래 있던 당혹감이 사라진 목소리가 닿았다. 돌아볼 여유는 없다. 누나는 기억보다 커진 동생의 등에다 짤막한 말만을 남겼다.

"——믿어요!"

10년 만의, 불과 몇 분뿐인 재회. 그러나 그걸로 충분했다.

누나가 동생의 힘을 신뢰하고, 동생이 누나의 기대에 최선을 다해 부응하겠다고 결의하기에 충분하다.

"당연하지!!"

——투지가 샘솟고 힘이 솟구친다.

발톱이 가한 일격을 엘자가 몸을 틀어 피했다. 하지만 가필은 그 몸놀림에 뒤처진 검은 댕기머리를 잡아채고 엘자를 벽에다 메다꽂았다. 그 상태로 복도를 내달리는 가필.

"오, 오오오오——!!"

포효와 함께 가필은 엘자를 벽에 밀어붙인 채로 사납게 저택을 주파했다. 벽이 깨지며 먼지가 자욱하게 끼고 저항하지 못하는 엘자를 충격이 유린했다. 이대로 목을 부러뜨리고 머리를 으깬 다음 고기 조각이 될 때까지 벽으로 갈아 버린다. 그리고 동료들과 합류해서——.

"——댄스 도중에 한눈을 팔다니, 몹쓸 아이구나."

생각보다 먼저 턱을 뺄 수 있던 건 본능이 이뤄낸 기적이었다.

미처 피하지 못한 왼쪽 귀가 터진 직후, 가필은 요란하게 바닥을 헛디뎠다. ——아니, 헛디딘 게 아니다. 바닥이 사라진 것이나. 참격에 썰린 복도가 사라지고 아래층으로 낙하했다.

자유낙하에 휘말린 동안에도 참격은 날아들었다. 가필은 감에 의지해 그 공격을 두 팔의 방패로 후려치고, 막고, 막고, 막았다. 하지만 다 막지 못해 온몸에서 피를 뿜었다.

아래층에 몸 일부가 닿는다. 그 순간, 구르듯 살육 범위에서 벗어난 가필은 융단에 사지를 짚으면서 정면을 노려보았다. 여자는 하얀 연기를 가르고 달빛이 쬐는 무대에 나타났다.

두 손에 쿠크리 나이프를 쥐고 몸 절반을 피로 물들이며 미소 짓는 살육의 미녀가.

"……누님은 간 모양이군. 뒷일이야 대장이 잘해 주겠지."

가필은 위층에서 멀어지는 기척을 피부로 맛봐 첫 번째 목표 달성을 확인하고는 한숨을 쉬었다.

스바루의 작전에 따라 남은 목표는—— 대체 무엇이었던가.

"아아, 제길. 생각이 안 나는데…… 아무렴 어때."

아마 가필이 이기지 못했을 때의 차선책이었을 거다. 살아남아 전원이서 『성역』으로 귀환하려는 퇴각 작전. 하지만 그거라면 잊어도 상관없었다.

이기면 그만이지. 그뿐이다. ──그렇게 바라며 가필은 가슴 앞에서 방패를 맞부딪쳤다.

강철이 부대끼는 음향으로 자기 자신에게 힘을 불어넣는 가필. 그 모습에 엘자는 혀로 입술을 핥았다.

"──『창자 사냥꾼』, 엘자 그란힐테."

"『성역』의 초 최강 방패, 가필 틴젤이다."

핏빛 미소가 어둠에 녹아들고, 종횡무진 뛰어다니는 살육자가 다가들기를 기다린다.

격돌하기 직전, 가필은 콧잔등에 주름을 잡고 송곳니를 드러내며 부르짖었다.

"이 어르신의 겁나 화려한 첫 출진이라고, 대장. ──그러니까 그쪽도 잘해 보셔!"

3

──이렇게 그녀를 만나러 이 방으로 발길을 옮긴 것은 몇 번째일까.

첫 만남은 스바루가 저택에 후송된 밤이었다. 스바루는 저택 복도에 걸린 그녀의 환술을 가뿐하게 돌파해서 이 금서고에 발을 디뎠다.

첫인상은 피차 최악이었으리라.

환자인 몸인데 없는 마나까지 빼앗겨 스바루는 맥없이 다운. 그 뒤, 그녀는 복수에 불타는 스바루에게 거듭거듭 참견당해 혼자만의 시간을 여러 번 방해받았다.

로즈월 저택에서 보낸 시간은 불과 2개월. 그동안 스바루는 그녀—— 베아트리스와 서로 수도 없이 고래고래 싸워 대며 아이들 같은 다툼을 반복했다.

얼굴만 보면 싸워 대지, 그런데도 묘하게 이것저것 취향이나 마음은 맞지.

왜일까. 왠지 그녀를 혼자 두는 데 계속 가책을 느꼈다.

——지금은 그 나날이, 그 시간이야말로 둘도 없는 인연이었다는 생각이 들어서.

스바루는 이번에야말로 기필코 놔주지 않고 베아트리스를 맞이하고자 이곳에 돌아온 것이다.

"베티를, 여기서 데리고 나가겠다……?"

방에 들어오자마자 선언한 스바루의 말에 베아트리스는 당혹감을 입에 담았다.

베아트리스는 고정석인 접사다리 위에 앉은 채로 검은 책을 가슴에 꼬옥 끌어안았다.

——백지의 미래만을 기록하는, 어머니가 맡긴 『예지의 서』를.

"쓸데없는 오지랖이야. 아무도 너한테 그런 짓 부탁 안 했어."

"그 대꾸는 예상했지만 논의할 건덕지는 없다. 난 기어코 널 여기서 데리고 나갈 거야."

"제멋대로 굴긴……. 지금 당장 돌아가는 것이야. 돌아가서 그 계집애의 무릎 위에서 꼴사납게 울기나 해."

"야, 너, 전쟁하자 이거냐……! 그 소리를 꺼내는 건 전쟁하잔 뜻이지……!"

전에 성대하게 저지른 추태를 끄집어내니 스바루는 수치심에 목소리를 떨었다. 실제로 에밀리아의 무릎베개에는 절대적인 가호가 있지만 지금은 그녀에게 의지할 수 없다.

에밀리아는 지금 『성역』에서 분발하고 있다. 저택에서 분발하는 건 스바루가 할 일이다.

"아무튼 문답할 시간도 아까워. 너 말이야, 밖에서 무슨 일 일어났는지 알고나 있어?"

"……저택에 침입자가 있는 건 알아. 하지만 베티는 그 분쟁에 관계할 생각은 없는 것이야. 싸움이야 하고 싶은 녀석들끼리 맘대로 하면 되지."

"안됐지만 싸움같이 깜찍한 상황이 아니거든. 제일 어려운 적은 우리 기대주가 맡아 주고 있는데…… 그 녀석, 너무 사람이 착해서."

베아트리스의 말에 스바루는 고개를 가로젓고 저택 내의 전력 상황을 머리에 그렸다.

최대 전력인 가필은 이미 적의 주력인 엘자와 교전을 시작했을 것이다. 양쪽 모두 인간에서 벗어난 실력자로서 그 전투력은 백중지세――라고 하고 싶은데, 그렇다고 단언할 수도 없다.

――가필은 너무 착하다. 일부러 무른 게 아니라 착하다고 표현하겠다.

『성역』에서 스바루 일행은 가필을 타도하는 작전을 세울 때 착한 마음을 이용했다. 정이 많은 가필의 성격이 저택의 현재 전황을 어떤 식으로 기울게 할지 미지수인 부분이 있다.

　적에 대한 자비가 아니라 아군에 대한 배려가 발톱에, 이빨에 혼란을 낳을 가능성은 부정할 수 없다.

　저택에 있는 전원이 무사히 탈출하는 것. 그 목적을 위해 가필은 완벽한 상태로 싸우며 강적을 맡아줄 필요가 있다.

　"그래서 우리 리설 웨펀이 온 힘을 낼 수 있게끔 방해되는 요소는 전부 치웠어. 페트라는 오토에게 맡겼고, 프레데리카가 렘을 확보해 주면……."

　"너랑 베티 둘만 남는다. ……너는, 그렇게 말하고 싶은 것이야?"

　"그렇게 말하고 싶은 것이지."

　근심거리가 사라지면 가필은 완벽하게 싸울 수 있다. 그래서 페트라 일행에게는 탈출을 가장 우선하도록 했다. 프레데리카도 렘을 확보해 그쪽에 합류할 터.

　"그리고 넌 네가 데리고 나갈 거다. 손잡고 달리는 거 싫으면 업든 안든 뭐든지 해 주마. 미리 말해 두겠지만, 절대로 안 물러날 거야."

　"너야말로 여러 번 말하게 하지 마. 네 도움일랑 필요 없는 것이야."

　한 걸음 다가서려는 스바루를 베아트리스가 낮은 목소리로 거절했다.

베아트리스는 스바루가 아니라 금서고를 가리키듯이 목을 빙 돌리고 말했다.

"이곳은 베티가 지배하는, 현세와 분리된 대정령의 금서고야. 밖에 어떤 위협이 있더라도 관계없는 것이야. 네 염려는 괜한 걱정이지."

"아니지. 그렇지 않아. 네 금서고는 확실히 대단해. 근데 치명적인 결함이 있다고. 덤으로 상대는 그 결함을 속속들이 알아."

자신감의 근원인 『징검문』이 부정당하자 베아트리스는 불쾌한 듯 눈썹을 치켜들었다.

확실히 금서고는 잠복에 관해서는 남다른 이점을 가진 공간이다. 하지만 만능은 아니라는 사실이 이미 이전 루프 때 증명되고 말았다.

"네 『징검문』은 닫힌 문에만 효과가 있어. 그러니까 저택의 문을 모조리 열면……."

마지막에는 반드시 금서고에 다다른다. 이전 루프에서 엘자는 그 방법을 이용해 금서고에 침입해서 베아트리스의 생명을 빼앗으려고 덤벼들었다.

그렇기에 금서고는 결코 안전지대가 아니다. 그렇게 설득하려다가──.

"──어떻게, 적이 그 결함을 알고 있을까."

베아트리스의 그 의문에 스바루는 숨을 집어삼켰다.

"로즈월이 가르쳐 줬다. ……그런 뜻인 것이야."

너무나 빠르게 결론에 이르는 바람에 스바루에게는 변명할 겨를도 주어지지 않았다.

눈이 휘둥그레져서 굳은 스바루의 모습에 베아트리스의 확신이 깊어졌다. 이 저택의 습격은 로즈월이 지시한 것이며, 그 목표 중 하나에 베아트리스의 『징검문』을 깨트릴 필요가 있다.

로즈월이 그렇게 할 이유가, 필요성이 있다 함은, 다시 말해 ──.

"로즈월의 『예지의 서』에, 베티의 죽음이 적혀 있다는 뜻인 것이야."

그 결론에, 베아트리스는 짧은 숨을 내뱉었다.

자연스럽게, 안도하듯이, 휴우 하고. ──그 모습에 스바루는 벌컥 성을 냈다.

"너……! 지금 그 한숨은 왜…… 왜, 수긍했다는 낯짝이야!"

"……여기까지 왔으면 너도 알 텐데. 로즈월은 『예지의 서』의 기록을 지키고 있어. 그 결과가 이거라면 베티의 운명은 이미 고정된 것이야."

"그게 뭔 소리야……. 로즈월의 책은 로즈월의 책이고, 네 책은 네 책이잖아? 네가 안고 있는 그거에, 그놈한테 죽어 주라고 적혀 있기라도 해?!"

체념을 깨부수듯이, 스바루는 베아트리스가 안고 있는 『예지의 서』를 삿대질했다.

진상은 알고 있다. 베아트리스의 마서(魔書)는 백지. 400년 동안 한 번도 미래를 기록하지 않았다.

스바루의 그 목소리에 베아트리스는 눈을 내리깔고 품속의 책

을 천천히 펼쳤다. 그리고 스바루 쪽으로 내보이는 책의 내용
──에는 역시 백지 페이지만이 있었다.

"아무것도 안 적혔어. 여태 그랬듯이 베티의 운명은 백지야."

"그렇다면! 그렇다면 네가 로즈월이 바라는 대로 해 줄 이유
가 어디 있어! 여태 그랬듯 네가 할 일은 네가 결정하면 돼!"

"여태 그랬듯, 베티가 결정해?"

눈이 동그래진 베티가 멍하니 중얼거렸다.

마치 감정이 빠져나간 것만 같은 그 목소리에 스바루는 말문
을 잃었다.

특징적인 무늬가 있는 베아트리스의 파란 눈을 허무한 설움이
채워 간다.

"여태 베티가 보낸 나날 중에, 베티가 결정한 일이 뭐가 있었
는데?"

중얼거린다. 그리고 베아트리스는 가는 손가락으로 더듬더듬
마서의 페이지를 넘겼다. 그 몸짓은 백지 페이지가 아니라 흡사
공백으로 메워진 자기 시간을 따라가는 것만 같았다.

"이 저택에서, 어머니의 분부를 계속 지키면서, 언제나 혼자
인데⋯⋯. 그 시간 어디에 베티가 선택한 게 있어? 베아트리스
는, 도대체, 무슨 행동을 한, 누구야?"

"베아, 트리스⋯⋯."

"베티의 삶은, 이 책과 똑같이 새하얀 것이야. 공백이라고. 스
스로 선택한 건 아무것도 없어. 성취한 것이든 자기 자신을 긍
정할 수 있는 공적이든, 하나도 없어⋯⋯."

『예지의 서』의 책장을 소리 내며 덮는다. 베아트리스는 그 제목 없는 마서의 표지를 천천히 어루만졌다. 선망하듯이, 자상하게. 그리고 잔잔하게 읊조렸다.

"진정, 정녕코. 베티가…… 그냥 한 권의 책이라면, 좋았을걸."

애잔한 선망에 마음을 내맡기지도 못한 베아트리스는 비통한 소망을 고백했다.

베아트리스가 한 권의 책이었다면 변함없이 '누군가'를 계속 기다릴 수도 있었다.

마음 없는 인형일 수 있었으면, 시간의 흐름에 흔들리지 않는 한 권의 이야기였으면 슬퍼하지 않았다.

하지만 베아트리스는 그럴 수 없었다. 그럴 수 없었다는 사실을 소녀는 슬퍼했다.

"왜냐면 베티에겐 마음이 있는걸. 믿고 싶은 것을 믿을 수 없어질 만큼 시간이 지나면 갖가지 생각이 다 들어. 번민한단 말이야. 어머니의 얼굴이, 미소가, 기억이 나질 않는 바람에 기억을 그러모아서 매달리고 싶어지는 밤도 여러 번 있었어."

가슴에 껴안은 책의 표지에 손톱을 박은 베아트리스가 입술을 깨물며 스바루를 노려보았다.

"고독이 무서워서, 누군가와 함께 있고 싶다고 생각한 적도 있었단 말이야. 하지만 흘러가는 시간 속에서 다들 베티를 두고 가더라. 자기보다 소중한 뭔가를 위해서라느니, 그런 영문 모를 소리나 하고…… 어머니도, 로즈월도! 류즈도 그래!"

베아트리스는 얼굴을 엉망으로 구기며 울어 버릴 것만 같은 표정으로 외쳤다.

　그 외침에 있던 이름에, 스바루는『성역』에서 알아낸 베아트리스의 과거를 되새겼다.

　『성역』을 지키고자 희생된 소녀, 류즈 메이엘과 베아트리스의 아주 짧은, 그러나 확실한 인연의 이야기를. ——베아트리스의 마음에 현재도 남아 있는 상처를.

　"베티는…… 정령 베아트리스는 줄곧 외톨이고 다들 놔두고 가 버리는 운명이지……. 그래도 지금은 약간 안도한 것이야."

　"……왜. 아는 사람한테 죽을지도 모르는데, 왜 안심해?"

　"모르겠어?"

　억눌린 스바루의 목소리에 베아트리스는 한 번 끄덕였다.

　그리고 그 입매에 애잔하지만 왠지 과거를 그리워하는 듯한 웃음을 띠고 말을 이었다.

　"로즈월 것이라도『예지의 서』에 베티에 대해 적혔다면…… 어머니는 베티를 잊은 게, 아니었다는 뜻이야."

　베아트리스가 구원받은 듯, 보답받은 듯 미소 지으며 말했다.

　어머니가 남긴 마서에 기록된 사망 선고. 소녀는 한때 가족처럼 함께 보낸 남자의 혈족이 휘두르는 살의의 칼끝이 마치 구원이라고 되는 듯 웃었다.

　그저 믿고 그저 소원하다가 400년 만에 드러난 어머니의 의지가, 자신의 죽음이어도 기쁘다고.

　맹목적으로 어머니의 말을, 분부를 지켰기 때문에 베아트리스에게는 맹신 말고 다른 해답이 없다. 신앙에 목숨을 바치는 순교자처럼 마녀 에키드나를 믿고 있다.

그 속내가 티 없이 맑은 해방감으로 충족된 미소에 뚜렷하게 드러나 있기에――.

"웃기지 마."

――그 용서하기 어려운 삐뚤어진 미소에 스바루의 가슴속에서 격정이 타오르며 번져나갔다.

베아트리스의, 마치 어머니의 사랑을 확인한 것만 같은 서글픈 기쁨은 삐뚤어졌다. 엿이나 먹으라지.

이따위 게, 이런 일이, 딸에게 죽음을 고지하는 글귀가, 어머니의 사랑일까 보냐.

"……뭘, 하려고 그래."

성난 나머지 스바루는 스스로도 무의식중에 앞으로 내딛고 있었다. 심상치 않은 스바루의 표정에 베아트리스가 경계하며 얼굴이 굳었다.

"베티는 물은 것이야. 뭘 하려는 거냐고. 말해 두겠지만 무슨 짓 할 셈이라면 용서 안 할 것이야. 베티는 이미 운명을 받아들였어."

"뭐가 운명을 받아들였단 거야. 너도 로즈월하고 하나도 다를 게 없어. 아니, 자각이 있는 그놈보다 훨씬 심각해. 속절없이 꼬여 있군."

분노가 한없이 솟구쳤다. 생각해 보면 스바루는 『성역』을 둘러싼 사건과 관련된 이래 거듭해서 이 감정과 싸워왔다.

『시련』에 도전하는 자신에게 화를 내고, 자신을 농락하는 마녀들에게 화를 내고, 어린애 같이 고집스럽게 자신을 업신여기는 가필에게 화를 내고, 자기 자신과 스바루의 연심을 믿지 못하는 에밀리아에게 화를 내고—.

——지금 이 순간에는 베아트리스와, 그녀를 이런 식으로 몰아넣은 운명에게 격노하고 있다.

"베아트리스, 넌 바보야. 그래, 엄청난 바보야! 보면서 애처로워 못 견디겠다고!"

"뭐……어……!"

난데없는 스바루의 노성. 그 표변에 베아트리스는 놀라며 말문이 막혔다.

분노와 혼란 때문에 순간적으로 말이 나오질 않는다. 그 혼란을 틈타 스바루는 몰아쳤다.

"400년이나 시간이 있는데, 왜 그렇게 극단적인 답밖에 못 내는 건데……! 왜 한 가지 답을 물고 늘어지는 거야! 가능성이라면 그거 말고도 얼마든지 있었을 거 아냐!"

"다, 당연히 생각해 봤지! 베티가 몇 번, 얼마나 백지 페이지가 메워지지 않을까 시도해 본 줄……. 하지만 무슨 짓을 해도 안 변했어! 그러니까!"

"그게 바보란 거야! 백지 페이지에 글자가 떠오르게 노력했다니, 뭐 종이에다 불이라도 쬐었어?! 연하장에도 요즘은 아무도 안 해! 딴 가능성이나 의심해라!"

마서가 계속 백지라는 사실을 두고 베아트리스는 운명의 막다른 곳이라 여겼다.

하지만 그게 아니라면. 다른 가능성이 있다 치면──.

"──예를 들어, 네 어머니가 실수로 딴 책을 건넸다거나!"

"뭐……."

다른 가능성이란 말과는 달리 너무나 허술한 대안에 베아트리스는 기가 막혔다. 그 감정은 곧장 분노로 바뀌어 베아트리스는 더더욱 격분했다.

"어머니를 모욕할 작정인 것이야?! 어머니가, 그런 바보 같은 실수를……."

"절대로 안 한다고 단언할 수 있어? 한 번도 의심해 본 적이 없는 거냐고? 그럼 넌 어머니가 고의적으로 자기 딸에게 백지 책을 건넨 범인이라고 믿는다 이거냐?"

억지 논리를 입에 담아 궤변으로 굳히고, 스바루는 허언으로 베아트리스를 농락하려고 들었다.

사실 베아트리스에게 『예지의 서』를 준 에키드나의 본심은 알 수 없다. 그 악질 마녀라면 진심으로 심술을 부리려고 책을 줬더라도 이상할 것이 없다.

하지만 류즈가 설명한 『성역』의 과거── 그곳에 존재했던 에키드나의 태도는 그 악질적인 성격과는 다르게 여겨졌다. 그렇기에 진실은 알 수 없다. 중요한 것은 진실이 아니다.

지금 필요한 것은 베아트리스의 완고한 마음을 풀고 이리로 끌어당길 마법의 말이다.

"그건…… 말을, 그런 식으로……."

스바루의 기세에 압도되어 베아트리스의 어조가 약해지며 눈이 오락가락했다.

자신이 품고 있는 확신이 경애하는 어머니의 명예를 실추할 수 있다고 이해했지만, 그럼에도 베아트리스는 싫다고 도리질했다. 맹신과 경애를 저울에 올린 베아트리스는 맹신을 선택했다.

400년 동안, 단 한 번도, 어머니의 말을 의심한 적이 없다고, 그렇게 매달리듯이.

"어, 어머니가 실수하실 리가 없어. 다, 당연한 것이야. 어머니이신걸! 너는, 너는 자기 모친이 하는 말을 의심할 수 있다는 거야?!"

"당연히 할 수 있지. 믿는 경우가 더 없거든! 난 엄마가 위성이 '대기권'에 떨어졌다는 말을, '대기업'에 떨어졌다고 잘못 들었을 때부터 엄마가 말해 주는 뉴스를 믿는 걸 때려치웠어! 퍼뜨렸다가 개망신 당했다고!"

참말로 듣고 퍼뜨렸다가 학교와 이웃에서 웃음거리가 된 기억은 잊기 어렵다. 덤으로 본인은 그렇게 말했던 걸 까먹어서 "왜 그런 말 했니?" 하고 물었다.

그 초등학교 3학년 때의 사건이 있은 뒤로 스바루는 부모의 발언을 무조건 믿는 것을 그만두었다. 덧붙여 부친의 발언에 관해서는 신뢰를 더 일찍 잃어버렸다.

그렇기에 스바루는 모친을 절대시하며 움직이지 못하는 베아트리스가 답답해서 견딜 수 없었다.

"내가 아빠랑 입씨름하다가 진짜 씨름한 적을 헤아리려면 두 손을 왕복해도 부족해. 20년도 안 되는데 이래. 넌 그 스무 배나 되는데 한 번도 생각해 본 적이 없는 거냐?"

"모르겠어……. 너는, 너는 베티더러 무슨 말을 시키려는 것이야?! 전혀 모르겠다고! 네 바람을, 목적을, 베티는 모르겠어! 모르겠어!"

"그럼 똑똑히 말해 줄게. 바보 같은 너랑, 바보 같은 어머니에게 들리게끔!"

스바루는 머리를 감싸 쉬려는 베아트리스에게 다가가 두 손을 잡았다.

고개를 드는 베아트리스에게 얼굴을 들이밀고, 숨결이 닿을 거리에서 눈물이 그렁거리는 소녀에게 똑똑히 전한다.

"백지 책과, 400년 전의 구두 약속에 휘둘리지 마라. ──네가 하고 싶은 일은 네가 선택해, 베아트리스."

"────."

"400년이다. 반항기가 한 번쯤 돌아오기에는 충분하고도 남는 시간 아니냐."

부모를 사랑하는 까닭에 고독과 공허한 시간에 얽매였던 베아트리스.

어쩌면 에키드나에게는 그 베아트리스의 고뇌마저 감미로울지 모른다. 하지만 울고 싶은 마음도 우는 방법도 잊었는데 무슨 마음의 본분이란 말이냐. 진정으로 구역질이 난다.

접사다리 위에 앉은 채로 두 팔을 잡힌 베아트리스는 스바루로부터 고개를 돌렸다.

접사다리 최상단에 앉은 소녀와 스바루의 눈높이는 거의 같다. 이윽고 베아트리스는 고개를 숙여 무릎맡의 책을 바라보며 입술을 달싹거렸다.

"무슨 말을, 해도…… 계약……이야. 계약은 절대적이고…… 그래서, 베티는……."

"그 계약의 개구멍을 찾다가 어길 수 없으면 살해당하자고 생각하던 녀석이 잘도 말해."

시선에서 달아나려던 베아트리스가 정곡을 찔린 표정으로 눈을 부릅떴다.

젖은 눈이, 자신의 마음속을 알아맞힌 지적에 겁먹고 떨고 있었다.

그도 당연하다. 스바루는 이미 한 번 베아트리스의 진심에서 우러나온 한탄을 들었다.

──그 순간의 무력감과 전하지 못한 마음에, 시간을 넘어서 지금 복수한다.

"네가 하는 말은 엉망진창이라고, 베아트리스. 자기가 지리멸렬한 걸 못 깨닫겠어? 그럴 리 없지? 넌 머리가 좋으니까."

"닥치는, 것이야……."

"아니, 못 닥쳐. 계약 파기? 환영하지. 말 그대로 약속을 하염없이 지키는 게 죽고 싶어질 만큼 싫으면 관둬 버려. 아무도 네 탓 안 해."

"베티가 탓해! 그걸 넌 왜 모르는 거야?!"

"너야말로 왜 모르는 건데. 약속 지키고 네가 죽는다면, 약속 어기고 네가 사는 편이 나아. 내가 그런 선택을 하는 게 그렇게 나 이상해?"

계속해서 계약에 고집하는 베아트리스는 스바루가 이해할 수 없는 괴물이라도 된 것처럼 쳐다보았다.

스바루는 그렇게 여기는 것을 훨씬 더 이해할 수 없었다.

약속을 지키는 것은 중요하다.

약속을 어긴 행동을 에밀리아에게 여러 번 책망받고 그 때문에 아픈 경험도 여러 번 했다. 그렇기에 스바루 또한 약속을 지키는 것이 얼마나 중요한지 뼈에 사무치게 알고 있다.

그럼에도 스바루는 여기서 베아트리스가 약속을 어기게 하는 데에 망설임을 느끼지 않는다.

이유는 방금 베아트리스에게 전한 바와 같다. 그런 건 고민할 문제조차 아니다.

"나, 낯짝 두껍고, 속절없이 악랄한 행위인 것이야……."

"낯짝 두꺼운 건 알고, 반성도 하고 있어. 하지만 중요한 건 절대 양보 못해."

스바루의 대답은 굳건하다. 처음부터 문제는 베아트리스의 마음에 맡겨져 있는 것이다.

계약을 소홀히 하는 스바루의 태도에 베아트리스는 혼란과 곤혹을 숨기지 못하고 있다. 그럴 만하다. 이 세계에서 정령이라는 존재에게 계약은 그토록 무거운 의미가 있다.

정령술사 소녀에게 연심을 품은 스바루도 그 사실은 거듭거듭 숙지하고 있었다.

알고 있음에도 여전히 스바루는 말하리라. ──약속보다 너를 선택하겠다고.

　"네……가……『그 사람』이라면……."

　바로 지척에 있는 스바루를 쳐다보며 베아트리스는 느릿느릿 고개를 가로저었다.

　베아트리스의 마음을 옭아매고 400년 동안 속박해온 단 하나의 사명── 백지 페이지에게 마음이 닿았음에도 계약을 포기하지 못한 가장 큰 이유.

　그 가장 크고 가장 마지막에 기댈 곳에 판가름을 내면 베아트리스는 자기 자신을 해방할 수 있다.

　따라서 베아트리스는 매달리듯이, 마음을 내맡기듯이, 스바루의 검은 눈을 들여다보았다.

　"네가……."

　헐떡이듯이 숨 쉬고, 천천히 자기 자신을 용서하듯이──.

　"베티의, 『그 사람』이, 되어 줄 거야?"

　그것은 베아트리스의 공백의 400년에 종지부를 찍을 물음이었다.

　떠오르는 에키드나의 말, 이야말로 정녕 『탐욕의 마녀』가 바란 답이다.

　──정답이 없는 『그 사람』을, 베아트리스가 자기 뜻으로 선출할 수 있을까 없을까.

　마녀는 그런 자기 호기심의 충족을 딸에게 맡기고 400년이나 되는 고독으로 그녀를 몰아넣었다.

그 나날의 결실이, 지금 이 물음에 있다. 보답받을, 공백의 시간이.

"_____."

베아트리스가, 마른침을 삼키며 질문의 답변을 기다리고 있었다.

그 소녀를 곧게 마주 바라보며 스바루는 똑똑히 말했다.

"바보냐, 니. ——내가 너의 『그 사람』이란 영문 모를 놈일 리 있겠냐."

4

충격파에 휩쓸린 스바루는 벽에 격돌하고 몸부림쳤다.

벽면의 기둥 부분에 옆구리가 직격해 말이 못 되는 소리를 지르고 바닥을 굴러다녔다.

"어, 억…… 어, 어이가……! 이, 이야기 중에, 저 바보……!"

눈앞의 문이 힘껏 닫히자 스바루는 당황해서 달려들어 문을 열었다. 하지만 열린 문 너머는 단순한 객실——. 이미 『징검문』이 발동해 금서고는 이동한 뒤다.

속내를 맞부딪친 문답 끝에 스바루는 금서고에서 내쫓기고 말았다.

"아직 말하는 중이었는데…… 제길, 이 지레짐작 로리가……!"

말을 잘못 골랐다. 마지막에 내비친 베아트리스의 비통한 분노가 가슴을 찌른다.

베아트리스에게 하려던 말을 다 전하지 못했다. 지금 당장 금서고에 돌아가야만——.

"——나츠키 씨?!"

그 목소리에 금서고를 찾아 달리려던 스바루가 앞으로 푹 고꾸라졌다. 등 뒤, 목소리가 난 쪽을 돌아본 스바루는 옆방에서 엿보는 인영과 눈이 마주쳤다.

그것은 저택에 동행해 지금은 따로 움직이고 있어야 할 오토였다. 오토 아래에는 같은 자세의 페트라도 있어서 두 사람을 확인한 스바루는 놀라서 눈이 휘둥그레졌다.

"너희는…… 왜 아직도 저택에 있어?! 문을 여는 건 1층만으로 충분하니 그것만 마치고 일찌감치 도망쳐 주기로 하는 작전이잖아?!"

"그래야 했는데요. 안타깝게도 저택 안에서 문제가 발생하고 말아서……."

생각지 못한 재회에 놀라는 스바루에게 해쓱한 표정의 오토가 트러블의 발생을 보고했다.

——저택의 피난로 확보, 그것은 이 습격을 돌파하는 데에 으뜸가는 키포인트다.

따라서 스바루는 그 역할을 오토에게 맡겼다. 그가 못하면 다른 누구도 해낼 수 없으리라. 그 오토가 어렵다고 판단한 이상, 그게 마땅한 것이라고.

"무슨 일이 있었는데? 짧게 부탁해."

"이야기로 들었던 『마수 사역자』겠죠. 이미 저택 안에 마수가 득시글거려요."

"마수란 말은, 메일리인가……. 하지만 그건 이미 포함했을 텐데."

목소리를 낮추고 보고하는 오토의 말에 스바루는 미간에 깊은 주름을 새겼다.

습격범은 두 명——『창자 사냥꾼』엘자와 『마수 사역자』메일리의 살벌 자매다.

엘자의 위험성은 새삼스럽지만 마수를 뜻대로 거느리는 메일리의 위협도 이 습격에 대처하는 데에 간과할 수 없는 포인트가 된다. 그렇기에 당연히 그 대책은 세웠고——.

"——그런데 『마수 퇴치』의 결정석이 전혀 안 듣는 마수가 있 더라!"

스바루의 의문을 앞질러 페트라가 암흑 속에서도 알 수 있을 만큼 얼굴을 붉히며 외쳤다. 소녀의 손은 파랗게 빛나는 결정석 ——『마수 퇴치』의 휘석을 쥐고 있다. 이 결정석이 바로 스바루 일행이 준비한 『마수 사역자』에 대한 대항책이었던 것이다.

"엉, 진짜냐?! 울가름 때와 마찬가지로 이 『마수 퇴치』의 돌 이 있으면 마수는 멀어질 거라고 생각했는데…… 뭐가 원인이 지?!"

"모르겠어요! 맞닥뜨린 놈이 예외였는지, 겨우 그 마수는 뿌리쳤지만 그 밖에도 있다면 변경백의 방까지 가기도……."

어렵다고 오토가 형세 불리를 호소하려던, 그 순간이었다.

"──윽?!"

훅 올라오는 듯한 충격이 발밑에서 전해져 스바루는 순간적으로 시선을 내렸다. 붉은 융단이 깔린 복도, 그것이 기묘하게 일그러지며 출렁거렸다. 출렁거리다가── 터졌다.

충격과 일그러지는 복도는 파괴의 전조였다. 파괴의 주력은 아래층을 기점으로 저택 서관을 복도째로 호쾌하게 붕괴시켰다. 창문이 깨지고 목재가 날아가고 저택이 비명을 질렀다.

발 디딜 곳을 빼앗겨 몸이 공중에 떴다. 반사적으로 손을 뻗어 스바루는 어린 몸을 억지로 끌어안았다. 붕괴의 중심으로 떨어지기 전에 하다못해 품속의 존재만은 감싸려고.

"──그대로 손을 놓지 말아 주시어요!"

파괴 틈에 섞여 귓불을 때리는 천둥 같은 목소리에 온 마음으로 따랐다. 그 직후, 목덜미를 잡히는 감각에 몸이 딸려가 스바루는 부드러운 지면 위에 내던져졌다.

볼에 닿는 잔디의 감촉. 바라보니 스바루는 저택 밖, 정원의 잔디에 나뒹굴고 있었다.

"바, 방금 그건……."

"프레데리카 언니!"

머리를 흔들고 고개를 든 스바루의 품속에서 페트라가 펄쩍거렸다. 페트라의 시선이 가는 곳, 바람에 나부끼는 아름다운 금발의 주인은 바로 프레데리카였다.

그녀는 우아하게 머리카락을 털고, 눈을 빛내는 페트라의 뺨에 묻은 것을 살짝 손가락으로 훔치고 말했다.

"긴급사태라고는 해도 무례를. 프레데리카 바우먼, 지금 합류했답니다."

"언니이!"

미소 짓는 프레데리카에게 페트라가 감격에 겨워 달려들었다. 그 귀여운 후배를 프레데리카는 자상하게 가슴에 맞아들였다. ──그 결과, 그녀의 왼쪽 옆구리에 안겨 있던 오토가 잔디에 떨어졌다.

"아야! 아니아니! 구해 줘 놓고 이 대접은 대체 뭐예요!"

"죄, 죄송합니다. 오토 님. 그만 우선순위의 차이가 뚜렷하게……."

"여자와 아이, 노인, 남자, 그리고 오토인가."

"저, 남자 범주에서도 벗어났는데 말이죠?!"

오토의 한탄은 어쨌든 스바루 일행은 프레데리카와 서로의 무사를 확인했다. 그녀 덕분에 전원 무사하다. 그것은 스바루에 오토, 페트라만이 아니라.

"스바루 님. ──제대로 이쪽에 데려왔답니다."

페트라를 안은 채로 프레데리카는 스바루에게 등을 보였다. 그곳에는 시트에 단단히 고정된 잠옷 바람의 소녀── 렘이 있다. 그 순간, 스바루의 숨이 막혔다.

하지만 그 경직은 서서히 번지는 안도감에 금세 녹아내리고.

"그……래. 무사히, 데리고 나와 줘서 고마워. ──정말로 고마워."

"당연한 일이어요. 그보다 당면한 문제는……."

여전히 잠자는 렘의 뺨을 만지고 감사를 읊는 스바루에게 프레데리카는 고개를 들었다. 그녀의 시선을 따라 스바루도 목격했다. 베여 나가 세차게 붕괴한 저택의 서관을.

마치 거대한 트럭이라도 처박은 것만 같은 파괴의 광경. 그리고 그 비유는 아주 엇나간 것도 아니다. 단, 처박은 것은 트럭이 아니라──.

"──저거, 뭘까요."

오토가 일어나서 무릎을 털며 의문을 입에 올렸다. 그것은 잠자고 있는 렘 외의 네 명이 공통적으로 품은 의문이다. 그 의문에 굳이 스바루가 답을 준비하자면.

"내 눈에는 꽤나 큰 하마로 보여."

그것은 너무나 거대한 질량의 집합체였다. 그것은 바위 같은 빛깔과 질감을 띤 피부에, 맷돌처럼 굵고 튼튼한 사지를 가진 존재다. 씩씩하고 흉악한 생김새, 적의와 살의에 탁해진 붉은 눈, 코끝에서 부러진 뿔과── 등에, 하나의 작은 그림자를 태운 마수다.

"──와아. 대단해라. 아까 그걸로 아무도 안 당하다니 깜짝 놀랐지 뭐야."

거대한 마수, 그 등에 올라타 다리를 파닥거리며 웃음을 뿌리는 목소리. 순진하고 잔혹한 그 음성을 스바루는, 그리고 페트라는 들은 적이 있었다.

검은 의상으로 몸을 감싸고 짙은 파란 머리를 땋아서 내린 소녀──.

"——메일리!"

"어라아? 오빠는 놀라질 않네에. 그건 살짝 실망이다아."

소리친 스바루에게 입술을 삐죽이는 메일리는 서프라이즈에 실패해서 불만스러운 내색이다. 하지만 공교롭게도 스바루 일행에게 그녀의 꿍꿍이에 맞춰 줄 이유는 없다.

"애당초 저택이 다 부서진 것보다 놀랄 수 있겠냐! 무슨 짓을 한 거야!"

"그치만~ 표적인 메이드들을 좀처럼 찾을 수 없는걸. 그러니까 바위돼지더러 힘 좀 써달라고 했지. 덕분에 다 찾았잖아?"

기죽지도 않으며 볼에 손가락을 세운 메일리가 눈 아래의 사냥감을 내다보았다. 확실히 그녀들의 목적에는 이게 가장 빠르다. 실제로 프레데리카가 없었으면 괴멸했었다.

"하지만 오빠에겐 정말로 깜짝 놀라겠더라아. 그도 그럴 게, 더 쉽게 정리할 일이었을 텐데에, 전부 예상을 벗어나는걸."

"그러냐. 예정이랑 어긋났으면 상사에게 보고해서 지시를 받는 편이 낫다고. 현장 수준에서 맘대로 판단해서 수습 못할 상황이 터지면 큰 문제지."

"우후후, 안—돼. 오빠 말주변에는 안 넘어가 줘—."

마수를 사이에 둔 비일상에서 스바루는 메일리와 일상적으로도 느껴지는 대화를 펼쳤다.

엘자와 비교하면 대화 중에 창자를 뜯으러 오지 않는 만큼 메일리가 낫지만, 역시 설득에는 응해 주지 않는다. 그동안에도 서서히 정원에는 마수의 기척이 다가오고 있다.

건물 밖에 나왔지만 이건 탈출 수단으로써는 오답이다. 여전히 마수에 포위당한 상황임은 변함없다. ──아니, 더 위험한 상태라고 할 수 있다.

　"엘자에겐 미안하지마안, 메이드들은 내가 받아갈게에. 아, 걱정하지 마. 페트라는 부드럽게 해 줄 거야. 친구인걸."

　"와, 와아, 기뻐라─. 친구라면 못 본 척해 줘도 되는데─"

　"우후후후후, 친구인걸. 끝까지 사이좋게 지내 줄 거지이?"

　"아, 스바루, 미안, 완전 망한 것 같아……."

　우정의 표현방법이 너무나 달라서 용기를 쥐어 짜낸 페트라의 교섭은 실패로 끝났다.

　메일리는 아직 어리지만 살인청부업자로서의 자세는 일관적이다. 일그러진 윤리관이 심겨 선악의 구별이 되지 않는 것이다. ──그녀와는, 양립할 수 없다.

　"스바루 님……."

　"프레데리카? 무슨…… 어, 으어!"

　별안간 타개책을 가다듬는 스바루 앞으로 급사복의 등이 나섰다. 등에 렘을 묶은 프레데리카는 부르는 소리에 응하지 않고 대신에 매듭을 풀어 렘을 해방했다.

　스바루는 창졸간에 앞에서 쓰러지는 렘의 몸을 받아냈다. 그리고─.

　"──저 소녀, 아니 자객의 접대는 제가 맡아서 하겠어요. 여러분은 그 틈에."

　"아, 안 돼! 프레데리카 언니!"

프레데리카가 발목을 잡는 역할을 당당히 자청하자 스바루는 침묵하고 페트라가 매달렸다. 프레데리카는 자기 허리에 달라붙는 페트라에게 자상한 눈길을 보냈다.

"언니, 안 돼! 왜냐면, 아까도 똑같이…… 지금 또 만났는데, 이번엔……."

"아니요. 이번은 다르답니다. ……그도 그럴 게, 저, 아까는 죽을 각오였는걸요."

"윽──."

"하지만 지금은 그렇진 않아요. 가프랑…… 동생이랑 10년 만에 재회하고, 이렇게나 귀여운 후배가 있고, 행복의 꼭대기까지 왔다고요. ──그러니까, 안 져요."

살짝 머리를 쓰다듬고 프레데리카는 페트라에게 말을 걸었다. 그 비취색 시선을 지척에서 보고 페트라는 아무 말도 못했다. 그것이 그저 일시적인 위안이 아님을 그녀 또한 알았을 터.

믿은 것은 굽히지 않는다. 힘으로 밀고 나간다. ──정녕코 가필의 누나다.

"프레데리카! 우리는 로즈월 방에 있겠어!"

"네, 뜻대로 하셔요. 저 아이에게 벌을 주고 난 다음에 함께하겠어요."

프레데리카는 렘을 업은 스바루의 말에 우아하게 응수하고 이 자리를 떠맡았다.

가필은 엘자를, 프레데리카는 메일리를. 각각 수인 남매에게 암약 자매를 맡기는 형국이 되지만 아마도 이것이 최선의 해답.

——저택 습격 사건을, 돌파한다.

"오토! 페트라를!"

"알았습니다!"

호령 하나로 지시를 파악한 오토가 페트라의 팔을 끌고 달리기 시작했다. 렘을 업은 스바루는 그 앞을, 정원에서 저택으로 올라가는 출입구를 향해 앞장섰다.

"잠깐, 잠까안! 맘대로 정하지 마아! 얘, 페트라!"

"메롱—!"

줄행랑치는 스바루 일행에 짐승 위의 메일리가 말을 던졌다. 하지만 그에 대한 답례는 눈물 맺힌 페트라의 메롱이었다.

스바루 일행은 그 반응을 남기고 저택으로 달아났다. 메일리는 그 등을 쫓으려고 하지만——.

"——손님, 지금부터는 메이더스 가문 스타일의 손님 접대에 어울려 주시어요!"

"아유우—! 절대로 용서 안 할 거거든! ——해치워어, 바위돼지야!"

"워억——!!"

막아서는 프레데리카를 내려다보며 메일리는 짜증을 내고 볼을 부풀렸다. 주인의 명령을 받아 거대한 암석 같은 마수가 포효하고 정원을 돌진했다.

치마를 나부끼는 프레데리카의 두 팔이 삐걱거리는 소리를 내면서 수화하기 시작한다.

"자, 이리 오셔요. 오늘의 저는 매섭답니다! ——각오하시길."

5

프레데리카와 헤어져 저택의 본관으로 돌입한 스바루 일행은 오로지 최상층을 향하고 있었다.

"오토! 뒤쪽은?!"

"프레데리카 씨가 어떻게든! 하지만 마수 문제는 해결되지 않았어요!"

복도를 달리면서 오토가 미해결 상태인 마수 문제를 언급했다. 실제로 그 문제의 대응책은 없는 상황이다. 『마수 퇴치』가 듣지 않는 마수를 어떡해야 한단 말인가.

"네가 『언령의 가호』로 마수랑 교섭해서 외교 수완으로 길을 양보받아서 탈출한다는 건 어때? 주역 편이라고!"

"마수는 대체로 '나, 너, 씹어먹는다.' 여서 말이 안 통한단 말이죠……."

"장난치고 있을 때가 아냐! 빨리, 빨리 안 하면, 언니가!"

페트라의 애타는 호소에 스바루와 오토는 너스레를 그치고 작전을 고안했다.

현재, 스바루 일행의 목표는 로즈월의 집무실―― 그 책장에 은닉된 밖으로 통하는 피난로다. 그 피난로를 이용하면 마수 포위망의 바깥으로 탈출할 수 있다.

단, 그 집무실로 당도할 때까지 마수의 훼방을 놓는 것은 필연적이며――.

"나츠키 씨! 정면, 검은날개쥐예요!"

"우, 오?!"

고심하던 중 눈앞에서 검은 그림자가 달빛이 비치는 복도를 가로지르며 스바루 쪽으로 날아왔다.

강아지만 한 둥근 몸에 박쥐 같은 검은 날개로 나는 쥐와 비슷한 마수였다. 검은날개쥐라는 이름에 어울리는 마수 두 마리가 두 쌍의 붉은 눈을 빛내며 날카로운 이빨로 스바루를 노렸다.

"저리 가!"

그 검은날개쥐를, 『마수 퇴치』의 결정석을 내세운 페트라가 기세등등하게 쫓아냈다.

방사된 휘석의 빛에 검은날개쥐는 공포에 질린 듯이 뒤로 꺾어 복도 안쪽으로 달아났다.

"살았어, 페트라! ……그나저나 돌의 효과가 완전히 사라진 건 아니로군."

"일반적인 마수에겐 효과가 있어요! 효과가 없는 마수는 현재 한 마리뿐이고, 그 마수만 없으면……."

"그렇단 말은, 그 녀석이——."

특별한 거냐고 되묻기 전에 그것이 발생했다. ——충격음과 날카로운 단말마다.

복도 안쪽, 달빛이 닿지 않는 어둠에서 짐승의 발톱이 번뜩이고 선혈과 비명이 동시에 터졌다. 일격을 맞은 검은날개쥐는 날개를 뜯겨 속수무책으로 융단 위로 굴러떨어졌다. 거무칙칙한 피를 흘리고 경련하는 두 마수를 거대한 턱이 삼키고 씹었다.

혈육을 탐식하고 뼈를 으스러뜨리며 생명을 빼는 소리가 복도에 울렸다. 그리고 그것이 모습을 드러냈다.

사자의 머리, 말과 비슷한 몸통, 구렁이와 흡사한 꼬리와, 뒤틀린 뿔이 돋은 흉악한 존재감── 무릇 그 전신을 『위협』이란 단어로 가득 메운, 마수 중의 마수.

이전 루프에서도 스바루는 저택에서 이 마수와 조우했다.

──페트라를, 죽인 마수다. 그리고, 그 이름은.

"까맣게 잊었는데…… 또 만났군, 썩을 마수……!"

"크어어──!!"

스바루의 분노에 반응하듯이 검은 마수가 저택을 뒤흔들 것만 같은 포효를 질렀다. 그 소리에 강풍을 뒤집어쓴 듯한 압박감을 받은 스바루는 렘을 고쳐 업으며 어금니를 악물었다.

"오토! 저 자식에게 『마수 퇴치』를……."

"안 돼! 안 되더라, 스바루! 왜냐면 저 마수가……."

페트라가 고개를 가로젓고 창백한 얼굴로 스바루에게 호소했다. 그 말에 스바루는 사정을 이해했다. 그리고 짐작한 답을 오토가 외쳤다.

"길티라우! 저놈이, 『마수 퇴치』가 안 통하는 우리의 천적이에요!"

그때, 마수── 길티라우가 몸을 낮추고 스바루 일행을 노리며 질주했다.

발톱이 융단을 찢어발기고 포효가 건물을 진동시키며 생명을 유린하려는 흉악한 돌진이 육박한다.

──로즈월 저택 공방전. 삼관 동시, 격돌 개시.

제2장 『수면에 비친 행복』

1

"——리아. 머리를 흔들흔들 움직이지 마. 얌전히 있으렴."

눈꺼풀을 들기 전, 처음에 들린 것은 부드럽고 사랑스러운 목소리였다.

천천히, 그 목소리에 인도받듯이 의식이 부상한다. 뿌예진 시야, 몇 번쯤 눈을 깜빡이는 사이에 깨달은 것은 자신이 의자에 앉아 있다는 사실과 이곳이 자택이라는 사실.

숲의 거목을 파내어 만든 우리 집, 그 거실에서 자신은 의자에 앉아 있고.

"거참, 몇 살을 먹어도 어리광쟁이라니까. 엄—청 못 말릴 아이지 뭐니."

숨결이 닿을 만큼 코앞에서 안아 줄 듯이 자상한 목소리를 듣는다. 그것이 몹시 가슴을 술렁이게 해서 소녀—— 에밀리아는 허둥지둥 돌아보았다.

거기에는 짧은 은발에 눈매가 사나운, 에밀리아에게 이상적인 여성의 모습이 있었다.

"포르투나, 어머니……."

"놀랐네. 갑자기 돌아보더니…… 잠이 덜 깼니? 엄마에게 머리 손질을 시키면서 졸다니, 우리 공주님은 정말로 게으름뱅이구나."

동그랗게 눈을 뜬 에밀리아에게, 어머니 —— 포르투나는 어이없다는 투로 미소 지었다. 날카로운 눈매가 그렇게 누그러진 표정이, 에밀리아는 몸서리치게 좋았다.

매일 익숙하게 봤을 어머니의 얼굴에 왜 그런 감상을 느끼는지 모르겠지만.

"어머니……."

"응? 왜 그러니? 무슨 일 있었으면 뭐든지 어머니한테 말해 보려무나."

"오늘 어머니, 꽃단장했구나. 엄—청 귀여워."

"——윽. 무슨 말을 하나 했더니, 어른을 놀리는 게 아녜요."

포르투나는 슬며시 쑥스러움을 드러내며 에밀리아의 이마를 손가락으로 찔렀다. 그, 어머니에게 찔린 이마를 가리면서 에밀리아는 "에헤헤." 하고 수줍게 웃었다.

에밀리아에게 포르투나는 언제나 자랑스러운 어머니지만 오늘은 유달리 미인으로 보였다.

평소에는 움직이기 쉬운 복장만 입는데, 오늘만은 치마까지 입었기 때문일까. 장식은 적고 색조도 시원스러운 의상은 포르투나에게 잘 어울렸다.

"기껏 귀여운데 평소보다 더 칠칠치 못한 얼굴이나 하고…….

진짜로 잠이 덜 깼나 보다. 머리 빗기 전에 물가에서 세수했었을 텐데 물만 마시고 돌아온 거니?"

"우~ 어머니는 참 바보로 보고. 나, 그렇게 촐랑이가 아녜요. 다들 엄—청 야무지다고 그러는걸."

"그 낡아빠진 표현도 그렇지만 모두가 장난으로 이상한 소리를 알려준 게 아닐지 엄—청 걱정이야. 나중에 아치랑 다른 사람들에게 따져야겠어."

입술을 삐죽이며 불만을 표명하지만 뺨에 손을 짚은 포르투나는 상대해 주질 않는다. 그리고 포르투나는 뾰로통해진 에밀리아의 얼굴을 앞으로 돌리고 머리 손질을 재개했다.

어머니와 똑같은 은빛의 긴 머리카락. 그것이 어머니의 손가락으로 마법처럼 땋이고.

"자, 미인 됐네. 거울로 한 번 보렴."

"응, 고마워, 어머니. 거울은……."

어깨를 두드리는 손길과 포르투나의 말에 웃으며 일어난다. 그대로 몸거울 앞으로 가려던 에밀리아── 그 발이 멈추었다.

"에밀리아?"

포르투나의 의아해하는 목소리가 에밀리아를 불렀다. 하지만 에밀리아는 대답할 수 없다. 왠지 발이 몸거울 쪽으로 나아가지 않는다. 그 이유를 스스로도 알 수 없어서.

발이 위축된다. 그런 갈등에 괴로워하는 에밀리아에게 구원은 다른 각도에서 뻗어 나왔다.

자택 입구. 그 문을 두드리는 노크 소리가 들렸다. 번쩍 고개를 든 에밀리아는 "손님이다!" 하고 뒤돌아서 문 쪽으로 급하게 걸어갔다. 그리고——.

"——에밀리아 님, 좋은 아침입니다. 마중해 주셔서 감사합니다."

살짝 초조한 기미로 문을 열고 그 저편에 서 있는 키 큰 사람을 맞이한 에밀리아는 숨을 죽였다. 그녀에게 미소를 보내는 사람은 녹색 머리에 부드러운 인상을 주는 남성이다.

안온한 자애를 눈에 드리운 그 인물을 보고 에밀리아의 얼굴에도 자연히 웃음이 번졌다.

"쥬스. ……아, 좋은 아침이에요."

"네. 오랜만이네요, 에밀리아 님. 오늘은 잘 부탁드립니다."

"오늘……?"

방문한 남성—— 쥬스와 묵례하고 나온 그의 말에 에밀리아는 갸우뚱했다. 에밀리아의 반응에 쥬스 또한 "이런." 하고 눈썹을 치켜들었다.

"모르셨나요? 저희가 사전에 연락을 드렸는데……."

"쥬스, 진담으로 들으면 안 돼. 리아도 참, 오늘 아침은 아주 잠이 덜 깨가지고."

"우, 어머니는 또 그렇게 말해……."

어이없어하는 포르투나의 목소리에 돌아본 에밀리아가 말문이 막혔다. 평소와 다른 복색의 포르투나, 그 손에 잡힌 외출용 바구니. 슬며시 콧구멍을 간질이는 것은 어머니가 손수 구운 빵에 끼워진 향초 구이 냄새. 다시 말해——.

"――아! 호수에 가는 거야?"

"얘 좀 봐. 지금 기억난 것 같은 얼굴 하네. 자기가 가고 싶다고 했으면서."

"그래?……그랬던 것 같아. 그런데 그렇다고 생각하면 두 배로 이득이야."

돌이켜 보니 그런 부탁을 했던 느낌이 든다. 그리고 그 사실을 잊고 있었던 거라면 기억해낸 순간, 기쁨이 두 배다. 이득 본 기분이 들고 말았나.

"……쥬스, 이 아이를 어떻게 생각해?"

"대단히 에밀리아 님답지 않나 생각합니다. 행복을 찾을 수 있는 게 특기신데요. 저희도 본받아야겠군요."

"무책임하게 응석 받아 주면 곤란해. 참 내…… 이건 새언니 핏줄이야."

이마에 손을 짚고서 포르투나는 탄식. 그리고 물끄러미 자신을 보는 쥬스의 시선을 깨닫고 "왜?" 하고 날카로운 눈매로 물었다.

"아니요. 기분이 상하시지 않았다면 괜찮겠습니다만……."

"오래 알고 지냈잖아. 이제 와서 쥬스한테 무슨 말을 듣든 아무렇지도 않아."

"그럼 말씀드리겠습니다만, 포르투나 님. 오늘 꾸미신 게 대단히 어울리십니다. 저도 그만 잠시 넋을 잃고 바라봤군요."

악의 없는 얼굴로 쥬스가 전하는 말에 포르투나는 잠시 굳었다.

"――우."

그리고 곧장 포르투나는 얼굴을 붉히고 세게 쥬스 어깨를 후려갈겼다.

──깜빡하는 바람에 바닥에 떨어질 뻔한 바구니는 에밀리아가 아슬아슬하게 받았다.

2

"제가 무슨 실례되는 말을 했을까요……?"

"아냐. 안 그래. 어머니는 엄─청 쑥스러움 잘 타니까 쥬스가 그런 말 해서 쑥스러웠을 뿐이야. 후후, 어머니 귀여워."

"막 말하지 마! 쥬스는…… 진짜로 질이 안 좋다니까."

자택에서의 작은 말썽을 거쳐 세 사람은 나란히── 성큼성큼 걷는 포르투나를 선두로 에밀리아와 쥬스가 나란히 사이좋게 숲에 있는 호수로 향하고 있었다.

외출할 때의 사건 때문에 포르투나는 저기압. 그 사실을 쥬스는 마음에 두고 있지만 에밀리아가 보기에 포르투나는 화내고 있는 게 아니라 쑥스러울 뿐이다. 쥬스만이 그 사실을 잘 모르고 있어서 에밀리아 입장에선 답답하기도 하다.

단지 그런 어머니와 쥬스의 관계와 거리감은 간지럽고도 행복한 것이다.

"어머, 포르투나 님." "그리고 에밀리아랑 쥬스 씨." "부모 자식끼리 사이좋아라."

이는 호수에 가는 중에 세 사람을 목격한 이웃 사모님들의 감상이다. 그 감상에 포르투나가 반론하기 전에 쥬스가 "사랑받고 계시네요." 하고 기쁘게 미소 짓는 바람에 포르투나도 반론이 막혀 "……그, 그러게." 하고 대답할 따름이었다.

그리고 기분 탓인지 포르투나가 에밀리아 쪽에 보조를 맞추자, 에밀리아는 사모님들에게 조용히 손을 흔들고 사모님들은 잘됐다며 사악한 얼굴로 웃는 것이었다.

그런 기색으로 한동안 걷자 별안간 숲이 트이고 목적지인 호수가 보이기 시작했다.

"이곳 공기는 여전히 청량한걸. 기분 풀기 딱 좋을 것 같아."

"포르투나 님은 항상 막중한 책임을 지고 계시니까요. 이따금 훌훌 벗어 던지셔야죠. 꼭 그래 주시길."

호숫가에 짐을 놓고 가볍게 기지개를 켜는 포르투나를 쥬스가 배려했다. 척척 앉을 곳을 만들고 행락 준비를 갖추는 쥬스의 모습에 미소하던 포르투나는 경치를 바라보는 에밀리아에게 말을 걸었다.

"오늘은 족장이 아니라 노인네나 소녀 취급 받고 있는 것 같아서 진정이 안 되네. 저기, 에밀리아도 무슨 말 해 주……."

"————."

"에밀리아? 왜 그러니?"

조용히 호숫가의 경치에 시선을 주고 움직이지 않는 사랑하는 딸에게, 포르투나는 손을 뻗었다.

"오늘 아침부터 엄—청 이상하다? 어디 불편하면 집에 돌아가서……."

걱정스럽게 말을 건 그 순간이었다.

"_____."

에밀리아의 배가 공복을 호소하며 깜찍하게 울었다. 불안한 내색이던 포르투나의 표정은 천천히 허물어지고 깊은 한숨을 쉬었다.

"어머니, 나, 엄—청 배가 꺼졌어……."

"그렇게 시무룩한 얼굴로 말 안 해도 알아. 아유, 사람이 걱정하면 금방 이래요. 정말 사람 놀라게 하는 애라니까."

안도해서 눈꼬리를 내린 포르투나가 에밀리아의 이마를 찌르고는 그 머리를 가슴에 안아 들었다. 에밀리아는 몸을 숙이지 않고 앞으로 기울였다. ──신장은, 엇비슷하다.

"두 분은 언제나 친하시네요. 보면서 정말로 흐뭇할 정도로."

"……쥬스도 낄래?"

"바보 같은 말 하지 말고. 쥬스, 바구니를 열어 줘. 조금 이르지만 공주님이 바라신다니까 밥 먹자."

포르투나는 그렇게 말하고 에밀리아를 껴안은 채로 쥬스 쪽으로. 평평히 다진 풀 위에 바구니를 펼치자 요리를 잘하는 어머니의 특기 요리가 향기를 풍겼다.

향초 구이는 에밀리아가 좋아하는 음식이며, 동시에──.

"늘 덩달아 대접해 주시는 건 황공스럽지만…… 이게 못 견딜 맛이어서요."

싱글벙글 행복한 얼굴로 향초 구이를 가득 무는 쥬스. 포르투나가 잘하는 요리는 그에게도 진수성찬이라 세 사람이 행락에 나갈 때에는 반드시 이게 정석이었다.

반드시 이게, 정석인데. ──에밀리아의 가슴이, 들썩인다.

"그렇게 어머니의 밥이 그리우면 쥬스도 숲에…… 같이 살면 될 텐데."

그 술렁임을 밀어낸 에밀리아는 화목한 두 사람을 바라보며 말했다. 순간, 포르투나가 얼굴을 붉히며 "에, 에밀리아……." 하고 초조해하기 시작했다.

"다, 당치 않은 소리 마. 쥬스도 항상 힘들고, 이렇게 바쁜 와중에 짬을 내서 얼굴을 비쳐 주고 있는데……."

"대단히 기쁜 제의입니다, 에밀리아 님. 가능하다면 저도 진심으로 그러고 싶어요."

초조한 얼굴의 어머니와 침착한 쥬스의 태도는 대조적이었다. 그러나 에밀리아는 쥬스가 언급한 '가능하다면'이라는 말에 불만을 품었다.

"'가능하다면'이 아니라 그냥 그러면 될 텐데. 둘 다 안 싫다면. 그리고 아무도 방해 안 해. ……혹시 내가 방해돼?"

"그건 아니란다." "그런 일은 없어요."

사이가 좋은 두 사람이 함께 있지 못하는 이유, 그것이 자신에게 있는 게 아니냐는 불안을 입에 담았다. 포르투나와 쥬스가 그 불안을 동시에 부정하는 바람에 무심코 웃음이 터지고 말았다.

"거봐. 두 사람 엄─청 사이좋잖아."

"그런 소리만 하고…… 쥬스도 에밀리아를 꾸짖어 줘."

"네, 안 됩니다, 에밀리아 님. 포르투나 님은 중요한 소임을 맡으신 분이에요. 저와 같은 자가 오래 머물러 좋지 못한 소문이 돌아선 폐를 끼치니까요."

"어머니랑 쥬스의 소문……. 근데 그거 벌써 뒤늦은 느낌이 드는데."

생뚱맞은 쥬스의 항변에 에밀리아는 입술에 손가락을 짚으면서 반론했다. 쥬스는 그 말에 짚이는 곳이 없는 표정이지만 에밀리아는 "그치만." 하고 말을 이었다.

"아까 탄세 아줌마가 말했잖아. 사이좋은 부모 자식이라고."

"──! 그건 영락없이, 에밀리아 님과 포르투나 님, 두 분을 말씀하는 거라고만."

"쥬스는 그런가 봐. ……근데 어머니는 알고 있었잖아?"

"─────."

에밀리아의 지적에 포르투나가 붉은 얼굴로 눈을 피했다.

어머니의 마음은 에밀리아에게도 훤히 보였다. 쥬스도 같은 마음일 터고.

"난 엄─청 좋다고 봐. 좋은 것 같아. 그러니까 두 사람도 생각해 봐."

"─────."

"숲 사람들도, 나도, 아무도 방해 같은 거 안 하고, 이상하다고 생각 안 해. 그게 나쁜 일이라고 내가 아무도 절대 말 못하게 할 거야."

절반 깨문 향초 구이를 들고 에밀리아는 자신이 열을 내고 있다는 자각을 느끼고 있었다.

그럼에도 말하고 싶다. 말해야만 했다. 포르투나와 쥬스 두 사람이 행복해지는 데에 겁먹기를 바라지 않았다. ──행복해지길, 바랐다.

남은 절반, 향초 구이를 입에 넣고 씹어서 삼킨다. 무릎을 털고 일어났다.

"제가 하고 싶은 말은 했어요. 뒷일은 젊은 두 분께 맡기고, 잘해 보시길."

"에밀리아, 정말로 어디서 그런 말 배워 오는 거니?"

허리에 손을 짚은 에밀리아의 말에 포르투나는 눈에 익은 어이없는 표정. 그렇지만 그 표정은 금세 풀리고 차마 못 버틴 웃음의 형상으로 변화했다.

"후후, 아하. 에밀리아도 참…… 진짜로 엄─청 귀여운 아이야."

"하하, 에밀리아 님은…… 과연, 씩씩하게 성장하셨습니다. 정말로, 기뻐요."

"누구 딸인데. 내 자랑스러운 딸이라고. 당연하잖아?"

"네, 미처 몰라 뵈었습니다."

웃으며 얼굴을 마주하고 그런 대화를 주고받는 두 사람의 모습에 에밀리아의 가슴을 따스한 충족감이 채운다. 이것을, 이 광경을, 마냥 바라보며 빠져 있고 싶다고 진심으로 생각했다.

──그것은 분명, 이 이상 없을 행복한 일로.

"……에밀리아?"

불현듯 포르투나가 부르는 소리에 에밀리아는 허둥지둥 자신의 얼굴을 손으로 가렸다. 정신이 들고 보니 무심코 눈물이 넘치려는 상황이었다. 눈물을 필사적으로 억누르며 "아—." 하고 소리를 냈다.

"나, 눈에 먼지가 들어갔나 봐. 엄—청 큰 먼지."

"그렇게나? 괜찮아?"

"괘, 괜찮아. 완전 끄떡없어. 거기 돌멩이 정도니까."

"저렇게 거대한 바위가?! 괜찮으십니까?!"

"괜찮아!"

에밀리아는 걱정하는 두 사람에게 대답하고 눈을 쓱쓱 문지르면서 호수 쪽으로 돌아섰다.

"잠깐 눈 씻고 올게. 그리고 호수를 한 바퀴 빙 돌아볼래."

"깜빡 눈 흘리지 않도록 하렴. 예쁜 색깔…… 오빠랑 똑 닮은 예쁜 남보랏빛 눈이니까."

"그리고, 어머니랑 같은 예쁜 색깔이지."

그런 대꾸를 들을 줄은 몰랐는지 에밀리아의 대답에 포르투나가 놀랐다. 포르투나의 그 놀란 옆얼굴에 쥬스가 웃는 모습을 보고 에밀리아도 웃었다.

웃고, 호수로 걸어간다. 그리고 고개만을 돌려서 포르투나와 쥬스를 쳐다보았다.

"사이좋게 기다려 줘. 계속, 쭈—욱, 엄—청 사이좋게 있어."

"그래그래, 걱정도 많긴. 하지만 너무 기다리게 만들면 엄마도 난처하거든."

"아니요. 재촉은 안 합니다. 천천히, 언제까지나 기다리고 있겠습니다, 에밀리아 님."

미소 짓는 두 사람의—— 부모님의 배웅을 받으며 에밀리아
는 크게 숨을 들이켰다.

그리고 이어서, 참다 못하고 뒤돌아 정면으로 두 사람을 응시
하며 에밀리아는 말했다.

"——둘 다, 정말 좋아해."

3

——에밀리아는 호숫가를 한눈에 내다볼 수 있는 높은 자리
에 바람을 받으며 서 있었다.

"————."

호수 반대쪽 기슭, 멀찍이 부모님 모습이 보인다. 어머니가 칭
찬한 남보랏빛 눈에는 화목한 두 사람의 대화가 똑똑히 비치고
있었다.

자각 없는 쥬스의 말에 포르투나가 빨개져서 무슨 반론을 하
고 있다. 그런 광경이 흐뭇해서 에밀리아의 입술이 미소를 머금
었다. 그때——.

"에밀리아, 이런 곳에 혼자 있으면 위험하잖아."

뒤에서 부르는 익숙한 목소리에 에밀리아는 뒤돌아보았다.
호수를 눈 아래에 깔고 깎아지른 듯이 솟은 절벽 위, 에밀리아
와 대치한 것은 금발에 녹색 눈을 가진 미청년—— 엘리오르 대
삼림에서 함께 사는 엘프 중 한 명, 에밀리아에게는 오라비나

마찬가지인 아치 엘리오르다.

"아치……."

"──왠지 안 어울리는 표정이랑 목소리인데, 에밀리아. 평소의 태평함은 어디다 두고 온 거야? 걱정스러워지잖아."

"부──, 말 너무하네. 아치는 바보. 몰라. 저리 가 있어."

"미안해, 미안하다. 진지한 고민이라면 진지하게 들을게."

뾰로통해진 에밀리아에게 쓴웃음 지은 아치는 항복이라며 두 손을 들고 걸어왔다. 그리고 절벽 끝에 선 에밀리아 옆에 붙어서 "무슨 일이야?" 하고 갸우뚱했다.

"오늘은 숲에 주교님이 오시는 날이잖아? 같이 있는 게…… 아아, 저기 있나. 저거, 혹시 단둘이 있게 해드린 거야?"

"……응, 맞아. 아치가 보기에 저 두 사람은 어때?"

"잘 어울린다고 보지. 숲에선 다들 그렇게 생각해. 포르투나 님은 자기 자신에게 엄하신 분이니까 더 자기 행복을 생각해 봐도 될 거라고……."

그런 감상을 읊고 아치가 흠칫한 표정을 지었다. 그것은 에밀리아의 눈이 젖어서 눈물이 넘치려는 것을 목격했기 때문이다.

"어, 아니, 에밀리아, 그런…… 걱정 마! 포르투나 님은 가령 주교님과 함께하시더라도 널 괄시하진 않아!"

"……그런 게 아닌걸."

"잘못 짚었나……. 아아, 그럼, 저기, 맞아. 확실히 지금 당장은 어려울지도 몰라. 그래서 몇 년이나 걸렸는지도 모르지만 시간을 들이면 두 분도──."

"──시간."

당황한 아치의 위로에 에밀리아는 고개를 들고 입술을 떨었다.

시간을 들이면 포르투나와 쥬스의 거리는 줄어든다. 솔직히 지금은 소걸음 같은 속도인 건 부정할 수 없지만 언젠가 정말로 두 사람이 함께 있을 수 있는 날이 올 것이다.

그렇게 된 순간을 숲에 사는 전원이서 축복한다. 물론 가장 축하하는 것은 에밀리아로, 가능하면 숲만이 아니라 숲 밖의 온 세상 사람이 두 사람을 축복해 주길 바란다.

평화롭고 평온하며 죄다 자유롭게, 누구나 웃음을 나누며 보낼 수 있는, 그런 세상으로──.

"──하지만 그런 세상은 아무 데도 없지."

긴 속눈썹으로 테를 두른 눈을 내리깐 에밀리아는 머리장식에 ── 이 세상에 둘도 없을 어머니에게서 물려받은 유품인 꽃장식을 만지고 중얼거렸다.

지금도 호숫가에서 기다리는, 꽃단장한 어머니의 머리카락에도 같은 꽃장식이 달려 있었다.

즉, 이곳은 끝을 맞이한 눈의 숲에서 벗어난, 있을 수 없는 이상적인 미래──.

"……있을 수 없는 현재를 보고, 여기서 살고 싶다고는 생각하지 않았어?"

"아치……."

"여기라면 포르투나 님도, 주교님도, 나도 모두도 무사하게

살 수 있어. 비극일랑 일어나지 않는 행복한 세상이야. 에밀리아, 너도 건강하게, 상처 받지 않고 살아갈 수 있어."

거짓된 세상을 깨달은 에밀리아에게 비통한 표정의 아치가 호소했다. 그 논조는 의심할 여지도 없이 그가 이 세상의 기만과 연결됐다는 증거다.

그런 아치의 호소에 마음이 흔들리지 않았을 리가 없다.

"두 사람이 행복해지길 바랐을 테지. 여기서 살기를 꿈꿨을 테지. 왜냐면 이곳은 네 이상 속 현재…… 너 자신이 소망한 미래니까."

"내가, 소망한 미래…… 응, 맞아. 그 말이 맞을 거야."

포르투나가 행복해지길 바랐다. 쥬스가 어머니를 행복하게 해 주길 바랐다.

숲 사람들과 함께 웃으며, 아치와 친해지고, 늘 행복한 세상에서 있을 수 있었으면 좋았다.

——과거를, 어머니의 최후를, 쥬스의 통곡을, 몰랐다면 보고도 못 본 척할 수도 있었다.

"포르투나 님은 이미 돌아가시고, 주교님의 안부는 불명하고, 숲에 사는 사람들도 얼음상으로 변했어."

"……응."

"고향은 얼음 속에 갇혔고, 바깥 사람에게는 박해받으며 가족과 마찬가지인 정령과도 이별하고."

"_____."

아치가 건네는 말에 에밀리아는 눈을 감았다. 받아들인다.

그 목소리가 에밀리아를 책망해 준다면 좋았으리라.

에밀리아의 판단을 잘못됐다고 책망하며, 생각을 바로잡으려 무턱대고 고함치고 사람도 아닌 배은망덕한 치라고 욕했다면 좋았으리라. ──아치는 그런 짓을 안 한다고 가슴을 펴고 말할 수 있었다.

그렇지만 아치의 목소리에 담긴 감정은 분노가 아니라.

"여기서라면 행복하게 있을 수 있는데…… 그런 세상을 바라는 건, 네가, 가여워……."

──그저 아치는 소원하고 있을 뿐이다. 에밀리아의 안식과 행복을.

세상은 에밀리아를 축복하기 위해 있다고, 그렇게 말해 준 그의 민낯.

"……미안해, 아치."

"──어째서, 너를 상처 입히는 것이 가득한, 그런 미래를 바라는 거지?"

"상처 입기를 바라는 게 아니야. 서로 상처 입히지 않고 끝나는 그런 미래를 찾으러 가는 거지. 도망치거나, 숨거나, 멀리하지 않고 손을 맞잡을 수 있는 미래를."

"네 상처는? 네 아픔은? 잃은 것은 돌아오지 않아. 그래도?"

"────."

그런 생각하고 싶지 않아도, 누군가를 밉다고 생각한 적은 에밀리아에게도 있었다. 힘들다, 괴롭다고 내던지고 싶은 적도 여러 번 있다.

아치의 말은 진지하게 에밀리아의 약한 마음의 상처를 깊고 자상하게 폭로하려고 한다.

"……멋있어, 지고 싶어."

"에밀리아."

목소리에 의혹이 끼었다. 에밀리아의 답변에 아치는 자기 귀를 의심한 투로 되물었다.

그렇기에 에밀리아는 고개를 들어 곧게 옆의 동포를, 오빠나 다름없는 사람을 보고 전했다.

"동경하는 포르투나 어머니처럼. 자상하고 강한 쥬스처럼. 한 번도 내게 싫은 짓을 하려고 하지 않은 탄세 아주머니처럼. 마지막까지 내가 무서워하지 않게끔 웃어 주던 아치처럼."

"_____."

"혼자 두지 않고 계속 지켜준 팩처럼. 소중한 사람을 위해서 가장 그 사람에게 도움이 되는 일을 하고 싶다고 소원하는 람처럼. 친구를 위해서 노력할 수 있는 오토처럼. 약한 소리도 푸념도 절대로 하지 않던 가필처럼."

"에밀리아……."

"계속 다치고 괴로워하면서도, 날 좋아한다고 말하고 험한 짓만 하는 스바루처럼."

고향 숲에서, 고향 숲 바깥에서, 함께 보내는 세상에서 함께 걷던 사람들에게.

약해 빠지고 한심하고 실패뿐인 자기라도 함께 있고 싶은 사람들을 위해서.

"그 사람들에게 멋을 부릴 수 있는 나로 있고 싶어. 괜찮다고 말을 걸어 주는 사람이 내게 많이 있던 것처럼 나도 누군가에게 손을 뻗어주고 싶어."

줄곧 도와주던 소녀가, 에밀리아에게 도움을 청해 주었다.

줄곧 에밀리아를 위해서 바삐 뛰어다니던 소년이 괜찮을 거라고 신뢰를 맡겨 주었다.

――그러므로 에밀리아는 바깥세상에서 살아간다.

"난 괜찮아. 바깥세상도, 미래도, 안 무서워."

"――――."

"걱정해 줘서 고마워. 난…… 괜찮아, 아치 오빠."

그렇게 부르자 아치가 눈을 크게 떴다. 놀란 얼굴에 에밀리아는 미소 지었다.

오빠나 마찬가지라고 생각했었지만 대항심과 쑥스러움이 한 번도 그렇게 부르게 하지 않았다.

하지만 지금은 떳떳한 기분으로 아무에게도 부끄러움 없이 당당히 말할 수 있다.

에밀리아의 고향 숲에는 어머니가 있고 아버지가 있으며 오빠가 있고. ――가족이 있다고.

"――오."

에밀리아의 미소에 아치는 뭔가 말을 이으려고 했다. 그러나 그의 가슴속에 범람하는 감정은 복잡기괴해서 그것은 확고히 구체화되지 못하고 흩어졌다. 왜냐하면――.

"에밀리아는 고집이 세니까 말이지. 한 번 말 꺼내면 들을 턱이 없지. 그 때문에 우리랑 포르투나 님이 얼마나 휘둘렸던지."

"우…… 어, 엄—청 미안해?"

"됐어. 왜냐면——."

그때 말을 끊고 아치는 웃었다. 고민하는 표정 말고 웃음을 보였다.

"오빠는 동생의 투정을 듣는 법이니까."

"————."

웃는 얼굴에서 나온 단언에 에밀리아는 실감했다. 깊은 사랑을. 도대체 여태까지 얼마나 많은 이들이 자신을 지키고 사랑과 안식을 주어 왔는지를.

"고마워, 오빠."

온갖 감정을 담아서 에밀리아와 아치는 미소를 주고받았다.

그리고 에밀리아는 아치에게 뒤돌아서서 다시 절벽 위에 섰다. 바로 아래에는 호수의 수면이 보이고 멀찍이 포르투나와 쥬스의 모습이 있다.

"————."

별안간 두 사람이 멀리서 에밀리아를 깨닫고 손을 흔들어주었다. 손을 마주 흔들었다.

행복하게 보이는 두 사람의 모습을 눈에, 마음에, 영혼에, 추억에 새기고 가는 것이다.

"——나한테, 이 세계를 보여 줘서 고마워, 에키드나."

등 뒤, 그곳에 서 있는 아치에게—— 아니, 아치가 아닌 마녀에게 에밀리아는 말했다.

"_____."

바깥 사정에 지나치게 밝던 아치도 포함해 원래부터 이 세계는 실존하지 않는 환상의 공간이다. 이것이 현실이 아니라 『시련』임을 기억해 낸 에밀리아는 알고 있다.

저 어머니도, 아버지도, 오빠도 다들 만들어 낸 환상에 불과할지도 모른다는 것을.

그렇다고 해도 에밀리아의 가슴에는 감사가 있었다.

"이곳은 있을 수 없는 세상이었을지도 모르지만 내가 보고 싶던 세상인 건 틀림없으니까. 저렇게 나란히 웃어 주는 두 사람을, 어머니와 쥬스를…… 아버지를, 볼 수 있는 날이 올 줄은 몰랐어. 그러니까, 고마워."

실현되지 않은 헛꿈이라고 인정하기는 무섭다.

그러나 있을 수 없는 세상이라고 해도, 있을 수 있었을 터인 행복을 목격했다.

그곳에 있던 축복과 애정에 접촉하여 떨릴 정도로 기쁘고 슬펐다.

이 광경을 접할 수 있어서 잘됐다고, 진심으로 생각할 수 있다.

"……너는."

에밀리아가 건넨 감사의 말에 대답하는 아치—— 아니, 목소리는 여성의, 그 마녀의 것이었다.

첫 번째 『시련』의 흐름에서 마녀에게 미움을 산 것은 기억에 선하다. 이 세계에서도 얼굴은커녕 목소리도 들려주지 않을 거라고 절반쯤 포기했을 지경이다.

하지만 마지막의 마지막에 이렇게 허깨비 세상에 모습을 드러낸 마녀, 그 목소리는 떨리고 있어서.

"에키드나……?"

에밀리아는 뒤돌아서 마녀를 정면에 두었다. 동시에 에밀리아는 후회했다. 뒤돌아서 본 것을 후회할 정도로 표정을 훤히 드러낸 에키드나가 그곳에 있었다.

──에키드나는 그저 울 것만 같은 표정으로 에밀리아를 바라보고 있었던 것이다.

"네가, 밉다. ──오로지 네가, 미워."

"_____."

건네는 말에 당혹한 에밀리아는 에키드나가 쥐어짜는 목소리에 아무 말도 못했다.

그리고 에밀리아의 눈앞에서 에키드나의 실상이 뿌예졌다. 수면에 파문을 일으킨 것처럼 존재가 일그러지고 마녀의 모습은 녹아들듯이 환상의 세상에서 퇴장했다.

뒷자리에는 아무것도 남지 않았다. 있었던 아치도 사라져 바람과 시간이 흐르기 시작했다.

"에키드나……."

아무 말도 못한 것, 그것만을 분해하며 에밀리아는 자기 가슴을 손으로 움켜쥐었다. 그 뒤로 호흡을 가다듬고 다시 한 번 절벽으로 돌아서서 눈 아래의 수면을 들여다보았다.

멀리, 맑은 호수의 수면에 자신이 흐릿하게 비치고 있다. 심장 박동이 세고 빨라졌다.

그와 동시에 이것이 두 번째 『시련』을 끝내는 방법이라고 직감했다.

"＿＿＿＿＿＿."

이 세상과 에밀리아가 본래 있어야 할 세상의 현재 사이에 다르고 같은 부분은 어디인가. 그것은 에밀리아다. 에밀리아만이 양쪽 세상 모두에 비슷하게 있는 이물이다.

그것을 에밀리아 본인이 발견하고 인정하며 받아들이기 위한 방법은, 사기 자신을 아는 것.

고향이 얼음 속에 갇히고 자신 또한 잠든 과거의 기억. 그 뒤로 오늘까지 100년 넘게 시간이 지나고―― 에밀리아는 성장한 자신의 모습을 한 번도 본 적이 없다.

이유는 간단하다. 그냥 무서웠다. 두려워서 볼 수가 없었다.

잃어버린 기억과 깨어났을 적에는 완전히 성장했던 육체의 오차. 자유롭지 못한 몸은 미성숙한 마음을 겁먹게 하고 고향 인근에 사는 사람들의 태도는 그에 박차를 가했다.

『질투의 마녀』와 신체적 특징을 비교당해 에밀리아는 불우한 시간을 보냈다. 사람들은 불안 때문에 에밀리아를 박해하고 에밀리아는 더욱더 자신의 용모에 공포를 느낀다.

지금껏 일부러 거울을 거부하고 수면을 보지 않으려고 했었다.

――팩과의 계약 중에, 에밀리아가 그날 몸을 꾸미는 것은 팩이 정한다는 내용이 있었다.

평소에는 까불대며 느긋한 태도에 숨기고 있었지만, 그것도 사실은 팩이 에밀리아의 마음을 옛 흉터에서 지키기 위한 수단이었던 것이다.

"난, 정말로, 얼마나 많은 사람에게 보살핌을 받은 거람……."

얼마나 많은 마음을 깨닫지 못하고 혼자 부루퉁하게 있었을까.

그러니 주어진 사랑을 깨닫지 못하고 있을 수 있던 시간은 이제 끝이다.

"음——."

결의와 함께 눈꺼풀을 감은 에밀리아의 발이 지면에서 떨어졌다.

그 순간, 떠올랐던 몸이 바로 중력에 끌려 거꾸로 떨어진다. 긴 은발이 바람에 휘말리고 바른 자세로 곧게 머리부터 눈 아래로. ——수면으로, 떨어진다.

피부에 소름 돋는 감각에 호면이 가까워지는 것을 느껴 에밀리아는 눈을 부릅떴다.

——은색 머리카락, 남보라색 눈을 가진 소녀가 투명한 호면에 비치고 있다.

마치 이 세상의 종말을 맞이하는 것만 같은 각오와 함께 눈을 바짝 부릅뜬 표정으로.

"——뭐야."

맥이 빠진 목소리가 흘러나왔다.

수면에 비친 자신의 얼굴, 크게 성장한 소녀의 얼굴이, 자꾸자꾸 접근한다.

그 모습을 눈앞에 두고 에밀리아는 희미한 한숨과 함께 말했다.

"생각보다 포르투나 어머니랑 안 닮아서 아쉽네……."

토라진 듯 중얼거린 직후, 에밀리아는 물거울에 비치는 자신의 거울상에 머리부터 뛰어들었다.

행복해서 놓기 싫은, 그렇지만 헤어져야만 하는 꿈의 세계가, 끝난다——.

4

——수면을 가르는 충격도 식지 않은 채로 에밀리아의 의식이 현실로 돌아왔다.

눈을 뜨고 처음에 시야에 들어온 것은 차갑고 어두컴컴한 묘소의 작은 방이었다. 벽에 어깨를 기대고 앉은 에밀리아는 연거푸 눈을 깜빡이다가 조금 전 『시련』에서 겪은 일을 돌아보았다.

어쩌면 환상인, 있을 수 있었을지도 모르는 광경, 그것에 가슴이 뼈저리게 아프지만.

"내가 어머니랑, 아버지를…… 오빠와 다른 사람들을 소중하게 여기는 마음은 변함없어."

오히려 그 감정은 전보다 더 강해졌다. 앞으로도 이 감정을 품고 걷는다.

그 각오가 굳어졌다. 에키드나의 『시련』은 어느 것이나 소중한 가르침을 준다.

——그렇기에 그녀에게 전한 감사의 말에는 속뜻도 거짓도 없었지만.

"……이걸로 두 번째 『시련』도 끝난 거라 봐도 되지?"

마지막에 보인 에키드나의 태도, 그 사실에 대한 의문을 뒤로 물리고 에밀리아는 일어섰다.

가슴에는 성취했다는 실감이 있고 떠날 적 마녀의 모습을 감안하면 둘째 『시련』은 끝난 것이라고 여겨도 틀림없다. 극복한 것이 아니라 성취한 것이라고.

"_____."

뿌리쳤을 터인 환상의 정경, 부모의 모습에 미련이 남았지만 에밀리아는 작은 방을 뒤로하고 세 번째 『시련』에 도전할 준비를 갖추러 묘소 밖으로 나갔다.

두 번째 『시련』이 그러했듯이 묘소의 출입이 다음 『시련』으로 전환하는 조건이리라. 그게 아니어도 밖에서 기다리는 람에게 『시련』의 결과를 전하고 걱정하는 그녀를 안심시켜야 한다.

『──그 사람을, 구해 줘요.』

그것이 람이 에밀리아에게 전한 소원, 강한 그녀가 보여준 마음속 깊은 곳.

그 소원에 부응하고 싶다고 진심으로 생각하며 행동한다. 그러기 위해서──.

"기다렸지? 람……. 응, 어라?"

그런 강한 결의와 함께 들고 온 성과를 전하려던 에밀리아는 갸우뚱했다.

은빛 달을 하늘에 올린 밤, 묘소의 입구에 선 에밀리아를 광장에서 기다리는 것은 약속의 이행을 기대하는 메이드복 차림의 소녀 한 명──이 아니라 많은 사람들이었다.

"아, 나오셨다!"

놀라는 에밀리아를 알아챈 누군가의 목소리가 터졌다. 그 즉시 많은 이들의 시선이 일제히 쏟아지는 기세에 에밀리아는 어쩔 줄 몰라 했다. 단지 그들이 누구인지는 처음부터 알았다.

그곳에는 『성역』으로 피난을 온 아람 마을 사람들이 있었다.

대성당을 임시 숙소로 삼고 있는 그들은 『성역』의 결계가 풀리는 것을 조건으로 이곳에 억류된 상태이다. 그런 그들을 반드시 해방하겠다고 약속한 것은 다름 아닌 에밀리아였다.

그 큰소리를 실행하지 못해 속앓이를 했던 에밀리아는 숨이 막혔다. 말값을 못한다는 말을 들어도 당연한 입장이다. 하지만──.

"무사해서 천만다행입니다!" "다치신 곳은 없으시고요?" "영주님은 빈사였어요!"

"─────."

처음에 날아온 말이 무엇보다 에밀리아 자신부터 염려하는 것이라 사고가 경직됐다. 그러나 에밀리아는 금세 고개를 저은 다음 계단 위에서 깊이 고개를 숙였다.

한순간, 사람들이 웅성거렸다. 하지만 금세 소란은 조용해지고 그들은 에밀리아의 말을 기다렸다.

"……걱정해 줘서 고마워요. 전 괜찮아요. 다친 데도 없어요."

"오오, 다행이다." "그건 천만다행입니다." "스바루 님이 쓸데없이 신경 쓰니까 말이죠……."

"다만 미안해요. 아직 약속한 『시련』이 다 끝나지 않아서……

그런데 다들 스바루에게 들었을 테죠?"

안도해 주는 사람들에게 미안한 마음을 품은 채로 에밀리아는 말을 이었다.

"모두를 이 『성역』에 잡아두는 이유는 없어졌어요. 결계는 제가 반드시 풀어 보이겠지만, 그래도 다른 사람들은 가족이 있는 곳에 돌아가도 상관없으니까……."

"―――."

이곳을 결계에서 해방하는 조건으로 그들을 『성역』에 잡아두었다. 그리고 가필이 생각을 철회한 현재, 그들이 이곳에 잡혀 있을 이유는 하나도 없다.

마을 사람들도 그 사정은 이미 알고 있다. 스바루 일행이 저택에 들어가기 전에 옥신각신하다가 밝혀졌다고 람에게 들었다.

따라서 그들에게 에밀리아의 『시련』 성공 여부를 기다릴 이유는 없다. 그러나―――.

"스바루 님에게 들었다? 이봐, 뭐 들었던가."

"아니? 글쎄. 요즘 좀 건망증이 심해서 잘 기억이 안 나네."

"어쩜, 여보. 그렇게 말하면 참말 같아서 무서워지잖수. 아니, 참말이지마는."

얼굴을 마주 보며 주민들은 그렇게 엉뚱한 말을 주고받기 시작했다. 그것도 한두 명이 아니라 전원이다. 전원이 하나같이 '짚이는 데가 없다'고 거짓말하고 있다.

그 뻔뻔한 태도에는 천하의 에밀리아도 할 말을 잃었다. 그들은 하나같이 너스레를 떨며 참으로 처음 듣는 것처럼 굴었다.

그 이유를, 에밀리아는———.

"———그러니 에밀리아 님, 약속대로 기다리겠습니다."

"———흡."

"에밀리아 님이 결계를 풀어 주시지 않으면 저희는 마을로 돌아갈 수가 없습니다. 네, 그건 참, 요지부동이고말고요."

허리가 구부러진 노파, 아람 마을의 촌장이 웃으며 하는 말에 에밀리아는 숨을 집어삼켰다. 둔하다는 자각이 있는 에밀리아라도 이렇게까지 들으면 그 의도를 이해한다.

그들은 다들 약속이 이루어지기를 기다려 주고 있는 것이다. 한시라도 빨리 가족이 기다리는 마을로 돌아가고 싶을 텐데 그 마음을 누르고 에밀리아와의 약속을 존중해 주고 있다.

에밀리아가 하겠다고, 그들 앞에서 다름 아닌 자신이 맹세했으니까.

"그리고 에밀리아 님의 활약은 저희만 기대하는 게 아니에요."

"네……?"

뜻하지 않은 감동에 가슴이 뜨거워지는 에밀리아에게 노파는 장난스럽게 웃으며 턱짓했다. 그에 따라가 보니 늘어서는 아람 마을 사람들——— 그 배후, 덤불을 흔들며 광장으로 다가오는 또 다른 사람들의 모습이 보였다.

왠지 망설이는 기색의 발걸음으로 다가오는 집단, 그 선두에는 연홍빛 머리를 길게 기르고 검은 로브 차림에 지팡이를 든 어린 소녀가 서 있었다.

"류즈 씨랑……『성역』의, 사람들?"

"──그 낌새로 봐서는, 두 번째 『시련』을 마치고 돌아오는 길 같구먼."

류즈가 때를 맞췄다는 양 한숨을 쉬고는 아람 마을의 촌장 옆에 섰다. 그녀들 뒤에는 각각의 주민이 광장을 딱 둘로 나누듯이 모여 있었다.

에밀리아는 그 광경을 묘소의 계단 위에서 한눈에 내다보며 "아." 하고 감탄을 흘렸다.

"『성역』 사람들은…… 이렇게 많았구나."

아람 마을의 피난민이 대략 50명이라고 들었다. 『성역』의 주민도 그 큰살림과 비슷할 만큼 광장에 모인 것이다. 실질적으로 100명이나 되는 사람들이 이 자리에 모였다는 계산이다.

그런데도 에밀리아는 여기서 지내는 동안 류즈나 가필이 아닌 『성역』의 주민은 대화는 물론 거의 얼굴도 마주하지 못했다.

"하지만 그건 에밀리아 님께는 책임이 없는 일. 에밀리아 님과 이곳 주민들이 만나지 못한 원인은 주민들이 의지가…… 아니, 우리에게 오기가 없었기 때문일세."

"류즈 씨……."

"에밀리아 님, 『시련』을 잘 극복하셨소. 그 사실에 감사를. 그리고……."

머리를 조아린 류즈가 에밀리아의 속마음을 정확히 알아맞혔다. 그리고 옆에 서 있는 노파에게 눈길을 주고 말을 이었다.

"가 도령과 여기 계신 마을 사람들…… 안과 밖, 두 목소리를 듣고서야 비로소 우리도 무거운 엉덩이를 들 수 있었소. 기회주

의자란 비방은 면할 수 없겠소만."

"……망설이거나 멈추는 일에 관해서는 저도 남 말은 못해요. 저는 같은 곳에서 100년 정도 잠들기도 했으니까."

"그렇다고는 해도 우리의 고집도 대대로 이어져 400년이니 말이오. 피차일반인 게요."

침울한 얼굴을 보고 있을 수 없어 농담 투로 던진 에밀리아의 말에 류즈의 볼에 웃음기가 번졌다. 스바루 흉내다. 그는 이런 식으로 곧잘 자리 분위기를 부드럽게 흩어 주었다.

"가필의 목소리는 알겠지만…… 마을 사람들도 『성역』 사람들이랑 이야기해 준 거예요?"

"그렇게 호들갑 떨 일은. 그냥 생활하는 곳이 같다면 자연히 관계도 생기죠. 취사나 세탁하는 틈에 말을 주고받는 것쯤이야 한가한 노인에겐 흔한 일이에요."

"그리고 한가한 늙은이는 화제에 굶주리기 마련일세. 나도 『성역』에 온 지 오래지만…… 외지 사람과 그렇게 여러 번 말을 나눌 기회는 없었지."

그렇게 말하고 류즈와 촌장은 얼굴을 마주 보며 작게 웃었다. 외견은 전혀 동년배로 보이지 않지만 그 모습은 정녕 친구끼리의 대화로 보였다.

그리고 에밀리아에게는 그것이 강하고, 깊으며, 소중한 것처럼 느껴져서.

"에밀리아, 님……. 말씀을 드려도, 괜찮을까요?"

"네, 넷."

그때 『성역』의 주민 한 명이 손을 들고 한 발짝 나섰다. 얼굴에 짐승 털과 희미하게 길쭉한 개 이빨을 가진 남성——『성역』에 있는 이상, 그 또한 인간과 아인의 혼혈일 터.

연령은 서른 줄에 접어드는 부근인 그 남성은 살짝 긴장한 표정으로 고개를 숙이고 말했다.

"우리…… 아니, 저희는 그게…… 아직 솔직한 심정으로 결심을 못하고 있습니다."

"————."

"당신을 신용해도 될지, 말지를요. 『성역』 밖으로 나가는 건 바깥 사정을 아무것도 모르는 저희에겐 무서워서 견딜 수 없어요. 저도 여기서 태어나 여기서 자랐죠."

그것은 곧 가필도 주장했던 『성역』이라는 장소의 처지다.

여기 사는 사람들은 인간과도 아인과도 다른 혼혈로서 박해를 받아 안녕을 바라며 이 토지에 왔다. 혹은 여기서 태어나 나이를 먹고 생애를 지내다가 흙으로 돌아간다. 그런 생활이 400년, 『성역』이 시작된 이래로 계속되어 온 토지인 것이다.

결계를 푼다 함은 지금껏 있던 것이 사라진다는 뜻. 그것이 어떤 일인가. 줄곧 함께하던 마음의 버팀목이라는 의미로는 에밀리아에게 있어 팩에 가깝다.

팩과의 헤어짐은 갑작스럽고 에밀리아가 바라지 않은 이별이었다. 그것을 타인에게 강제당한다면 그들의 당혹감과 반발은 응당 있을 법하리라.

"밖에서도 로즈월 님의 신세를 진다면 여기서 생활과 무엇이 달라지는가. 달라질 필요라곤 없지 않은가. 줄곧, 그렇게 생각했습니다."

"……응."

"하지만."

눈썹을 들고 남성의 말에 귀 기울이는 에밀리아. 갈등하는 그 마음을 제지하는 말이 나왔다.

쳐다보니 남성은 곧게 등을 펴고 긴장으로 볼을 굳히며 말을 이었다.

"하지만…… 가필의, 그 아가가 외치는 소리를 모두 들었죠."

"―――."

"그 노력가가 무슨 기분으로 있었는지, 그걸 알고…… 난, 나 자신이 한심하더군요."

분한 마음과 자책감으로 얼굴을 와락 일그러뜨린 그의 두 눈에 에밀리아는 가슴이 먹먹했다.

"걔는 아직 열네 살짜리 어린애다. 그런데 몇 년 전부터 그런 식으로 골몰하고 있었나. 그 애는…… 훌륭하다. 에밀리아 님, 이건 당신에게도 할 수 있는 말이에요."

"난, 그렇게 훌륭하다고 못해. 오늘 밤까지 전혀 못쓸 애였고……."

아직 무언가를 성취한 것도 아니다.

그 자각 때문에 부정하려는 에밀리아에게 남성은 "그래도요." 하고 고개를 가로저었다.

"로즈월 님께 무리라는 말을 듣고, 누구나 두려워하는 『시련』

에 무릎 꿇고서…… 그런데도 당신은 여기 서 있죠. 묘소에 들어가서, 나와서, 그러니까."

"——네."

"결과가 어떻게 됐더라도 당신이 하려고 했던 일은 굉장한 일입니다. 존경할 만해요. 이곳에 있는 전원이 다 그 감정을 공유하는 건 아니고 아직 나도 당신을 다 헤아리지 못했어요. 그러니까 지켜보게 해 주십쇼."

말 없는 에밀리아에게 남성이—— 아니, 남성만이 아니라 그 등 뒤에 있는 사람들의 시선이 쏠렸다. 그 눈길을 받은 에밀리아는 힘차게 턱을 주억거렸다.

"——알겠습니다. 꼭 무사히 마치고, 그때 똑바로 이야기를 나누죠."

"네, 약속하겠습니다. 실제로 이야기도 안 해 보고 그냥 입장이나 겉보기만으로 누군가를 멀리하다니…… 우리가 해서 될 일이 아니었어. ——으흐익."

깊이 끄덕이던 남성이 느닷없는 자극에 펄쩍 뛰었다. 쳐다보니 그 원인은 그의 옆에 서서 갑자기 옆구리를 꼬집은 류즈의 소행이었다. 류즈는 남성의 항의 어린 시선을 코웃음 치고 말했다.

"장황하고 너무 성실해. 도중에 '저'에서 '나'로 돌아왔고, 망신이여, 망신."

"……죄, 죄송합니다, 장로님."

"어쨌든 우리 의견은 지금 말한 바와 같으이. 이것도…… 응? 왜 그러시오?"

가볍게 남성을 놀려먹은 류즈가 눈이 동그래진 에밀리아의 모습에 갸우뚱했다.

　"어―음…… 류즈 씨가 장로라고 불린 걸 듣고 놀랐어요."

　"아―."

　"정말로 가필이랑 이야기하는 것밖에 못 봤구나 싶어서."

　반성한다며 에밀리아가 혀를 내밀고, 류즈는 어안이 벙벙한 표정으로 남성과 얼굴을 맞댔다. 그러다가 곧 "크하하하!" 하고 소리 높여 웃었다.

　그 웃음은 류즈와 남성만이 아니라 『성역』 사람들에게, 그리고 아람 마을 주민들에게도 전염되어 광장에 한바탕 웃음이 넘쳤다.

　"어쩐지 웃음 사서 석연치 않지만…… 응, 류즈 씨, 고마워요. 그리고 밀데 씨도 엄―청 힘낼 수 있을 것 같아요."

　"――에밀리아 님, 이름을 기억하고 계셨습니까."

　감사를 들은 류즈 옆에서 노파―― 밀데 아람이 놀란 표정을 지었다. 그런 밀데에게 에밀리아는 "흐흥." 하고 가슴을 폈다.

　"전 이래 봬도 한창 임금님이 되려고 공부하고 있으니까요. 사람 이름쯤은 말이죠."

　"임금님은 아랫것들 이름 따위 일일이 기억하지 않는 법이라고 생각합니다만……."

　"그건 기억력이 별로 안 좋은 임금님이지. 전 기억력 좋아요."

　에밀리아의 답변에 밀데는 희미하게 눈웃음 짓고 나서 깊이 허리를 숙였다.

그런 친구의 모습을 곁눈질로 보며 류즈는 "자." 하고 묘소에 턱짓했다.

"에밀리아 님의 힘이 될 수 있었다면 다행이고……. 다음이 마지막 『시련』이라고 하네만."

"네, 바로 도전할 작정……인데…… 류즈 씨, 람이 어디 있는지 알아요?"

묘소를 나오자마자 많은 사람들의 마중을 받은 충격에 뒤로 미루고 말았지만 주위, 눈에 보이는 범위에 람의 모습을 찾을 수 없는 것이다.

에밀리아의 『시련』 돌파를 고대하는 그녀에게 그 보고를 하고 싶었는데.

"……람은 빼놓을 수 없는 역할이 있다고 하더이다. 에밀리아 님의 건투를 빈다고 말을 전했지요. '에밀리아 님에게는 에밀리아 님이 할 일이, 람에게는 람이 할 일이. 그걸 달성하죠.'라더구려."

람을 흉내 낸 류즈의 말투에 에밀리아는 그녀답다고 쓴웃음 지을 뻔했다.

람의 역할──그것이 에밀리아에게 바라는 그녀의 마음과 관련된 것임은 확실하다. 그리고 그 역할을 어떻게 달성할지── 희미하게 가슴이 술렁거렸다.

그 감정을 억누르고 에밀리아는 람을 믿었다. 람이 에밀리아에게 그리했듯이.

스바루 일행이 길을 만들어 준 것처럼, 에밀리아도 뒤따르고 싶다.

"……그건 그렇고 스바루도 람도, 아무도 내가 돌아오는 걸 안 기다려 줬어."

"허허. 자자, 토라지지 마시구려. 정인이 아닌 건 유감이겠으나, 늙은이나 추레한 이들로 괜찮다면 잘 기다렸으니 말이오."

"네—에. ─그럼."

토라진 기색으로 입술을 삐죽이는 반응에 류즈가 응수했다. 그 말에 에밀리아는 미소를 짓고 뒤돌아섰다.

정면에 묘소의 입구가 기다린다. 그곳으로 망설임 없이 되돌아간다.

"다녀오겠습니다."

에밀리아의 말에 아람 마을과 『성역』, 쌍방의 주민이 응원하는 소리가 날아왔다.

첫 번째보다, 두 번째보다 많은 기대를 업은 에밀리아는 자기 자신 또한 강한 결의를 품고서 묘소 안으로 내딛는다.

그리고──.

『──언젠가 찾아올 재앙과 마주하라.』

마지막 『시련』이, 온다──.

제3장 『──숲의 칠흑색 왕, 길티라우의 습격!!』

1

　──강철과 강철의 교차는 일격마다 여자의 비명 같은 쇳소리를 연쇄시킨다.

　"크아아아아──!!"

　"아하하하하! 멋져! 멋져! 멋져, 멋져, 멋져!"

　춤추듯이 몸을 뒤집으며, 상하좌우 궤도를 가리지 않는 곡도의 칼날이 급소에 번뜩인다. 그것은 어떠한 수련의 산물인가, 대충 하듯 보이는 모든 것이 치명필사의 위력을 간직한 일격이었다.

　ㄱ자로 꺾인 칼끝이 바람을 찢고 소리를 넘어서 말 그대로 신속(神速)으로 내달린다.

　신의 경지에 이른 살육기교, 이것을 가필 또한 상식 외의 기량으로 막아냈다.

　두 팔에 장착한 은빛 방패가 날아오는 칼날을 받는 것이 아니라 흘려서 막는다. 여자가 공격하는 기세를 하늘로 빼고 생겨난 틈에 반격을 때려 넣어 승기를 끌어당기는 후발선제다.

지금도 목을 치는 강력한 일격을 옆으로 흘리고 곧게 지른 앞차기로 여자의 몸통을 뚫으려 했다. 가필의 발차기는 직격하면 내장 전부를 파괴하고도 남는 위력을 발휘한다. 하지만──.

　"그거, 아까 봤어."

　무시무시한 것은 상궤에서 벗어난 여자의 안력이었다.

　속삭이는 소리는 군말이 아니라, 한 번 보인 공방의 기술은 두 번 통하지 않는다. 이 '두 번째'의 앞차기 때에도 여자는 최소한의 몸놀림으로 궤도를 벗어나 답례의 칼날을 풀어 내었다.

　강자에게 같은 기술을 두 번 보이는 행위의 어리석음, 그 대가를 치르라는 일격이 닿는다.

　"흐으으아아아!!"

　그 순간── 우행을 『미끼』로 써먹은 가필의 일격이 여자의 안면을 뚫고 지나갔다.

　"──크읍."

　비명을 목 안으로 씹어 삼킨다. 오른쪽 다리, 대퇴부에 나이프가 깊이 박혀 있었다. 조금만 늦었으면 다리가 잘려 나갔을 것이다. 하지만 그 대가로 여자는 일격을 정통으로 맞았다.

　지금까지 거친 공방으로 가필은 적을── 엘자의 기량을 존경하고 신뢰했다.

　탁월한 기술, 압도적인 전투 감각, 신체 능력의 차이를 메우는 육체 제어. 그녀는 선택받은 강자였다. ──따라서 같은 기술을 두 번 보이면 반드시 깨트린다. 그런 신뢰가 여자의 안면을 깨부수었다.

여자의 단정하고 요염한 얼굴을 뚫은 확신이 있다. 생명까지는 못 가도 전투를 지속하는 건 불가능한 중상. 그러나 가필은 방심하지 않는다. 왜냐하면——.

"——아, 아파, 아파라. 살아 있단 실감이 들어."

"나 참, 어이가 없군. 니는 도대체 뭔 체질인 거야."

탄식하는 가필의 눈앞에서 얼굴이 뚫린 엘자가 흥분에 뜨거운 숨결을 흘렸다. 얼굴의 유혈을 누르듯이 댄 왼손, 그것이 천천히 치워진 후에는 자못 얼굴을 돌리고 싶어지는 상처가 있어야 하리라. 그러나 그렇게 되지는 않는다.

왼손을 치우자 드러난 엘자의 얼굴——에는 피의 흔적은 있어도 상처는 없었다.

"죽여도 안 죽는 여자라고 대장한테 듣기는 했지만…… 너무 비정상적이잖아."

"그러네. 이 체질에 관해서만은 약간 미안하게 느껴. 당신의 보람을 빼앗아 버릴 것 같아서. ……나 같은 여자는 싫어?"

학을 뗄 때는 가필의 말에 상처가 아문 엘자가 갸웃했다. 문득 그 물음의 어감에 가필은 눈썹을 찌푸렸다.

엘자의 음성이 어딘가, 아주 약간이나마 비애를 머금은 것 같았기 때문이다.

"상처는 즉각 아물고, 피로를 느끼지 않고 한없이 싸울 수 있어. 그런 여자와의 싸움에 당신은 의의를 느낄 수 있어? 단련의 성과를 쏟아 낼 상대라고 생각할 수 있을까."

"——시시해 빠졌군."

내뱉은 가필의 목소리에 엘자가 뜻밖이라는 듯 눈이 동그래졌다. 얼떨떨해하는 그 얼굴이 급속히 앳되게 보여 가필은 콧잔등에 주름을 잡았다.

　"니는 적이야. 그리고 이 어르신은 난적을 떠맡은 초 최강의 방패라고. 대장에게도, 반한 여자에게도 기대받고 있어. 그런 빈말에 꺾일 수가 있겠냐."

　"당신……."

　"날려 버려 주지, 엘자 그란힐테. 네가 몇 번 부활하든지."

　가필은 이를 드러내고 다리를 벌려 싸울 스탠스를 잡으면서 부르짖었다.

　가필의 큰소리에 엘자는 잠시 침묵했다. 그리고 고운 눈썹 끝을 살짝 내리고는 자기 입에 손을 짚었다. ──웃음소리가, 들렸다.

　"아앙? 야, 뭘 웃고 자빠졌어!"

　"후훗……. 아아, 아니야. 미안해. 생각지도 못한 말이 다 들려서 무심코 웃음이 나오는 바람에. ……그래, 당신, 무척 착한 애인가 봐."

　"어딜 애 취급이야. 이 어르신은 어엿한 남자다. 어른 수컷이라고."

　"그래? 나한테는 어른으로나 남자로나 덜 여문 것처럼 보이는데."

　볼에 웃음기가 서린 엘자의 조롱에 가필은 언짢게 콧방귀를 뀌었다.

엘자의 심정은 가필에게는 읽어낼 수 없다. 솔직히 흥미도 없었다. 지금 가필에게 중요한 것은 눈앞의 적을 타도해 역할을 다하는 것.

——『성역』 최강의 방패가 『성역』 밖에서도 그 역할을 다할 수 있다고 증명하는 것이다.

"정말로, 멋져. ……하지만 그렇기 때문에 유감스러워."

"뭐가 말이야."

"낭신이 지금도 나 말고 다른 쪽에 한눈이 팔린 게. 당신이 구한 누나 말고도 누군가가 와 있나 봐? 줄곧 그걸 신경 쓰고 있지?"

엘자의 지적은 프레데리카와 저택에서 바삐 뛰어다니는 스바루 및 오토 일행을 가리키고 있었다. 그리고 그 지적은 틀리지 않았다. 가필은 확실히 동료를 염려하고 있다. 그것이 의식 구석에 계속 남아 있다고 하면 부정은 못한다.

"우려의 원인을 끊으면 나만을 봐 줄까? ——그렇지만 당신의 친구는 이 저택에서 달아날 수 없어. 당신도 깨닫고 있지?"

"……마수가, 유난히 우글대는 건 니 동행의 소행이라고 말이지."

"여동생이야. 그 애가 포위망을 치는 한 도망칠 곳은 없어. 애써서 마수를 대량으로 데리고 왔는걸. 지금쯤은 다들 싹 잡아먹혔을지도 몰라."

추악한 냄새와 기척이 이 로즈월 저택을 가득 메워 가고 있다.

마수를 조종하는 『마수 사역자』의 존재는 사전에 스바루에게 들었던 사항이다. 스바루 일행은 결계에 쓰는 『마수 퇴치』로 마수 대책을 세웠을 테지만, 지금도 그들은 저택에 남아 있다. 그 사실은 고막에 닿는 희미한 땅울림과 기척으로 감지할 수 있었다.

즉, 뭔가 예상 밖의 문제가 발생한 것이다. 모습을 보이지 않는 『마수 사역자』, 엘자의 여동생이라는 녀석도 그에 관계하고 있을 것이다. 생각하면 생각할수록 불안은 끝없이 치솟는다.

"사실 당신은 지금 당장에라도 친구가 있는 데로 달려가고 싶지. 난 그렇게 해 주지 않지만…… 초조함이 당신의 이빨을 무디게 한다면 그건 참으로 유감스러워."

완벽한 적과 싸우고 싶다. 그런 전사의 사고는 가필도 이해할 수 있다. 하지만 엘자의 그것은 모색이 다른, 전력의 사냥감을 해치우고 싶다는 사냥꾼의 생각이다.

그녀의 그 기대를 참작하면, 말마따나 지금의 가필은 상황이 안 좋을지도 모른다.

──하지만 그런 사고방식은 완전히 헛다리 짚은 거다.

"착각하지 마시지."

"착각?"

"어엉. 니는 뭘 몰라. 마수가 우글거려? 이 어르신은 그걸 구하러 못 간다? 그런 시시한 사정이 대장에게 통하겠냐."

전력을 다 내지 않았다는 말에 가필의 가슴속에서 투쟁심이 이글이글 타올랐다.

당당히 한 걸음 내디뎌 엘자에게 걸어가면서 가필은 이를 드러냈다.

여기서, 전력으로, 엘자를 무찌른다. ──하지만 동시에 가필은 믿고 있다.

"이 어르신을 때려눕혀 준 대장 패거리라고. ──마수가 암만 방해하든 말든 당연히 코웃음 치며 날려 줄 거 아니냐!!"

2

"못해, 못해, 못해, 못해, 불가능해, 불가능. 뭘 어쩌란 말이야……!"

스바루는 헐떡거리고 나약한 소리를 흘리면서 주저앉고 있었다.

업고 있던 렘을 무릎에 싣고 가쁘게 숨을 쉬는 스바루는 저택 1층에 몸을 숨기고 있다. 옆에는 오토와 페트라, 두 사람도 기진맥진해서 웅크린 상태다.

──스바루 일행은 달빛의 복도에서 마수 길티라우와 조우, 교전 상태에 빠졌다.

교전이라고 해도, 그만한 마수다. 지금의 스바루 일행이 대적할 수 있을 턱이 없어 급히 도주를 택하는 것 말고 다른 방도가 없었다. 가까운 방으로 후다닥 들어간 다음 덩치가 큰 마수가 입구에 걸리는 틈에 창문을 통해 정원으로 도망쳐서 일단 거리를 벌렸다.

그리고 다시 다른 방을 이용해 본관으로 돌아갔지만──.

"저, 저 마수…… 계속 이 건물만 빙빙 순회하고 있냐……."

"담당 구역이 있는 걸지도요……. 저희가 한 번 맞닥뜨렸을 때도 역시 이 본관이었어요. 수중의 마석과 발소리를 날리는 마법 등으로 어떻게 벗어났지만……."

잔재주를 부려서 추적을 뿌리쳐도 피난로를 확보하려면 놈과의 조우는 피하기 어렵다.

가증스러운 길티라우 외에도 저택에는 다수의 마수가 뒤섞여 있다. 그것들은 『마수 퇴치』로 쫓아낼 수 있지만 적과 마주치면 길티라우가 냄새를 맡는 악순환이다.

"이건 가필을 따로 보낸 게 역효과를 낳았나……."

"약한 말씀 하지 말아 주세요. 지금쯤 가필이 저희라면 괜찮을 거라고 강한 척 부르짖고 있을지도 모르는 판이니까요. 받는 기대에도 보낸 기대만큼은 부응하죠."

"네 의리파 성격은, 진짜로 장사꾼에 안 맞단 말이지……."

체력적으로 가장 나은 오토의 말에 쓴웃음 지은 스바루는 기합을 넣고 일어섰다.

등에 고쳐 업은 렘의 몸은 서글플 만큼 가볍다. 의식이 없는 인간을 메면 무겁다는 건 이 세상에서 몇 번씩 실감한 사실이지만 지금의 렘에 한해서는 그 사실이 맞아떨어지지 않는다.

온기도 무게도 왠지 거의 느껴지지 않는다. 존재감의 희박함은 육체에도 영향을 주고 있다. 희미한 심장 소리와 고른 숨소리만이 그녀의 현존을 지탱하는 전부였다.

떨어뜨려도 깨닫지 못한다. 그런 가능성이 무서워서 더 세게 렘의 몸을 지탱했다.

"스바루……."

그런 스바루에게 다가붙어 옷자락을 손끝으로 살짝 잡은 것은 어두운 표정의 페트라다.

아직 어린 페트라는 꿋꿋하게 이 목숨 건 밤을 불평도 없이 달려 나가 주고 있다.

"괘, 괜찮아?"

분홍빛 입술에서 나온 말은 자신의 생명을 염려하는 물음——이 아니라, 그저 렘을 업고 숨이 가쁘며 필사적인 스바루를 걱정해서 나온 말이었다.

페트라의 심성에 말 그대로 구원받는다. 반드시 구해야 한다고, 그렇게 결의하게 해 준다.

푸념을 거듭해서 사태가 타개된 적은 없다. 따라서 나츠키 스바루는 힘을 냈다.

"뭔가 떠올랐나요?"

스바루의 표정에서 무엇을 봤는지 한쪽 눈을 감은 오토가 그렇게 물었다. 음성과 시선에 있는 것은 숨기려고도 하지 않는 기대와 신뢰였다.

"_____."

쳐다보니 같은 기대와 신뢰는 스바루를 올려다보는 페트라의 눈에도 있었다.

스바루라면 뭔가 떠올릴 거라고 믿어 의심치 않는 눈초리에 숨이 막혀 쓴웃음 지었다.

"이봐, 이봐. 둘 다…… 나한테 뭘 기대하는 거야."

숨을 깊게 내뱉은 스바루는 몸을 흔들어 렘을 부드럽게 고쳐 업었다.

기대―― 그런 말이라면 스바루에게 누구보다 기대하고 있던 게 렘이었을 것이다.

지금 그녀를 업고, 지금 오토와 페트라의 눈길을 받으며, 스바루는 기대받는다.

숨을 내뱉었다. 그리고 결심했다.

"저택에서 달아나려면 저 마수…… 뭐시기 라우를 돌파하는 건 필수야."

"하지만 지금 저희가 가진 수단으로 쓰러뜨리는 건 어렵죠. 어쩌겠어요?"

오토의 물음. 각자의 능력과 가지고 있는 기술과 물품. 상대의 상황, 무대가 되는 저택, 그 조건들을 전부 감안해 생각하고 생각하며, 생각해서――.

"무력도 마력도 빠져 있다 함은 말이지. ――드디어 내 현대 지식 무쌍이 나설 차례군."

3

처음에 마수―― 숲의 칠흑색 왕, 길티라우가 포착한 것은 희미한 소음이었다.

"――――."

조그맣게, 겁내듯이. 그것은 사냥감이 형편없이 발소리를 못 숨긴 소리였다.

　그 소리를 고막에 포착한 길티라우는 사자의 얼굴을 들어 올려 낙담으로 비릿한 숨을 내뱉었다.

　사냥은 숲의 칠흑색 왕이라고 불리는 길티라우에게 사는 보람이다. 도망치는 사냥감을 발톱으로 잡다가 이빨로 물고 생명을 빨아 공복을 채우는 행위야말로 더없는 기쁨이라고 여긴다.

　그 사냥에서 중요한 것은 과연 사냥감에게 왕의 이빨에 물릴 자격이 있는가 없는가.

　강하고 씩씩하며 다리 튼튼한 사냥감을 힘으로 사냥해야 비로소 수렵──. 그 미의식에 따르자면 이번 사냥감은 완전히 수준 미달이다. 기대에 못 미치는, 소심하며 우둔하기 짝이 없는 해악이다.

　물론 '주인'의 명령을 거역하려는 생각은 없다. 하지만 어디까지나 명령에 따를 뿐. 주인에게는 '뿔'의 주박에서 해방해 준 은의가 있다. 따라서 부탁은 들어준다.

　코를 돌리며 길티라우는 살금살금 도망 다니는 사냥감의 발소리를 쫓았다.

　대책 없고, 꾸밈없고, 생각 없고, 거리낌 없는. 우아함이라곤 한 톨도 없는 약자의 발소리를.

　"────."

　길티라우의 질주는 그 거구에 반해서 놀랍도록 가벼웠다. 굵은 사지는 바닥을 짓밟으면서도 소리 하나 없으며, 그림자 사자라고도 불리는 은신술에는 일종의 예술성마저 느껴졌다.

　마치 암살자처럼 무음의 악몽으로 화한 왕은 달빛이 비추는 저택을 날듯이 달렸다. 발소리는 서서히 경계를 흐리며 지척에 육박하는 죽음을 깨닫는 기색도 없다.

　모퉁이 다음에 발소리의 주인이 있다. 그 모퉁이를 돌자마자 왕은 발톱을 휘둘렀다. 일격으로 사냥감의 등을 찢어발기고 그대로 시체를 내던져 이 굴욕을 해소한다. 하지만――.

　"――?"

　발톱을 쳐든 길티라우는 위화감에 발길을 멈추었다. 확실히 있어야 할 기척은 없어지고, 복도에 남은 것은 오로지 위대한 왕의 위용뿐.

　어리석고 허약하며, 추하고 약한 사냥감의 모습은 어디로 사라졌단 말인가.

　――그 직후, 다음 발소리가 귀청에 닿아 길티라우는 사납게 추적을 재개했다.

　발소리는 계단을 이용해 아래층으로 가고 있다. 뛰어 도망치는 발소리에 길티라우는 사냥감의 평가를 미미하게 고쳤다. ――소심한 약자에서 경멸받아 마땅한 어리석은 자로 말이다.

　그저 도망쳐 다닐 뿐이라면 한 번 이 발톱을 받아 끔찍하게 스러지기만 해도 용서했다. 그러나 이 사냥감은 왕의 자비를 함부로 다루어 죽음의 안식을 스스로 거부한 것이다. ――백 번 죽어 마땅하다.

　계단을 뛰어 내려가 층계참에서 벽을 박차고 거구를 휘날리며 날듯이 아래층으로. 2층, 계속해서 1층으로 도망치는 사냥감을 쫓은 길티라우는 최하층에서 사냥감을 따라잡았다.

멀찍이 떨어진 건물에서 '주인'이 자신을 부르는 목소리가 들렸다.

"_____."

그 목소리에 길티라우는 한순간 생각에 잠겼으나 눈앞의 사냥감을 우선했다. 이 사냥감 또한 '주인'에게 분명한 위해다. 시급히 처리한 연후에 합류하겠다.

──죽도록 해라, 어리석은 사냥감아. 그것이야말로 '주인'에게 바칠 최고의 영화가 되리.

감정이 들끓은 왕은 소리를 죽이는 것마저 잊고서 질주했다. 구태여 세게 발소리를 냄으로써 도망치는 사냥감에게 통고했다. 왕이, 죽음이, 네놈에게 다가서고 있다고.

그래, 도망쳐라. 도망치거라. 꼴사납게 도망쳐 다니며 등을 보이고 찢어발겨져 죽는 것이다.

정면, 문이 닫히는 소리가 나서 길티라우는 주저 없이 쌍바라지 문에 몸통째 부딪쳤다. 찌그러진 문이 가볍게 날아가자 현격하게 넓은 방이 길티라우를 맞이했다.

여태까지 하나밖에 모르는 바보처럼 사냥감이 달아나던 좁고 작은 방이 아니다. 충분히 발톱을 휘두르고 거구로 뛰어 다닐 수 있는 넓은 곳이다.

그 광경에 길티라우는 혹시 사냥감이 마지막 기개를 부려 결투를 신청한 것인가 기대했다. 하지만 사냥감의 모습은 눈에 띄지 않고 방 안쪽에 또다시 문이 닫히는 소리—— 부서진 입구와는 별도로 이 넓은 방과 연결되는 작은 방으로 이어지는 문이 닫히고 있었다.

결국 이 정도냐고 길티라우는 정말로 낙담했다. 넓은 방에는 큰 테이블이 비치되어 하얀 천이 덮인 그 위에는 불이 붙은 촛대가 진열되어 있다. 그 일렁이는 불꽃에 얼굴이 붉게 비친 왕은 무거운 발걸음으로 안쪽에 있는 방으로 육박했다.

구렁이처럼 흉악한 꼬리를 날카롭게 휘두르자 나무로 된 문이 쉬사리 찢어졌다. 그것을 앞발로 거칠게 쳐 올린 길티라우는 숨을 들이켜다가 포효와 함께 들이닥쳤다.

"크허엉————!!"

유린, 그 광경에 휘말린 비극을 설명하자면 오로지 그 말만이 어울린다.

그것은 정녕코 유린이었다.

꼬리를 이리저리 휘두르고 발톱이 미쳐 날뛰며 작은 방 안을 파괴라는 파괴가 지배한다. 식량이 보관된 찬장 및 냉각고가 부서지고 벽에 세운 주머니와 상자가 분연을 피웠다. 후려친 앞발이 바닥을 깨트리고 깔린 융단이 찢어지며—— 직후, 하얀 연기가 시야를 가득 메웠다.

시야에 연기가 끼며 호흡기를 침범당할 만큼 방대한 양의 가루가 휘날렸다. 시력을 빼앗기고 포효하기 위한 호흡마저 봉인될 정도의, 가루가.

"걸렸다!"

누군가의, 사냥감의, 승리의 함성 같은 소리가 들렸다.

그리고 그 목소리는 이 작은 방이 아니라 직전의 넓은 방에서 들린 것으로.

"먹어라, 과학의 진수—— 분진 폭발이다!!"

소리와 함께 하얀 먼지로 자욱한 작은 방 안으로 뭔가가 날아들었다.

하얗게 물든 시야에서 붉게 일렁이는 그것은 넓은 방에 진열된 촛대 중 하나다. 그 촛대가 벽에 맞고 붉은 불꽃이 순간 바닥 위에서 세게 빛났다.

"어, 어라……?"

하지만 그뿐이다.

촛대는 바닥에 떨어진 채로 그 이상의 반응을 보이지 않았다. 던져 넣은 목소리 주인이 왠지 잘못 짚은 듯한 낌새로 망연히 선 것이 느껴졌다.

——이것이 하늘이 준 기회라고, 길티라우가 가진 왕의 본능이 부르짖었다.

상대에게 뭔가 예측 못한 사태가 발생한 것이다. 그게 아니었으면 길티라우의 신변에 위험이 닥칠 정도의 잔재주——. 아니, 더이상 적을 얕보지 않으리라. 전력으로 이 발톱을 행사한다.

사냥감을 찢고 물어뜯어 그 혈육으로 승리의 영예를——.

"에잇, 그러니까 말했잖아요! 영문 모를 짓을 하기보다!"

"평범하게 이러는 편이 빠르다고!"

작은 방을 뛰쳐나간 순간, 길티라우는 카랑카랑한 소리와 함께 이보다 더 카랑카랑한 소리를 고막에 포착했다. 먼저 사냥감과 다른 사냥감──이라고 알아챈 직후, 머리 위로 뭔가가 대량으로 쏟아졌다.

액체다. 물이 아니라 미끈한 감촉. 살짝 노란색인 그것을 받고 자랑스러운 검은 체모를 더럽힌 왕은 분노로 이빨을 떨었다. 하지만 그런 감정도 한순간이다.

"오토 스웬의 개인 사업, 있는 돈 다 꼬라박은 장사용 기름── 모조리 받아 가시죠!"

사냥감이 터트리는 쾌재를, 왕은── 길티라우는 막을 수단이 없었다.

──온몸에 뒤집어쓴 기름이 촛대의 불에 인화해 저주스러운 불길에 칠흑색 왕이 불타올랐다.

"크아아────!!"

야생에서 내려와 '주인'을 얻고 끝까지 하늘의 옥좌를 고집했던 숲의 왕.

마수는 자기 자신이 무엇에 패배했는지 모르는 채로, 몸을 태울 정도의 굴욕과 같은 색의 불꽃에 휩싸여 그 명맥이 재가 될 때까지 불살랐다.

4

"발소리만 날리거나, 냄새를 지우거나…… . 네 마법의 잔재 주는 이런 거냐?"

"······전에 슬쩍 이야기한 것 같긴 한데요. 그런 걸 용케 기억했네요. 그렇다고는 해도 이거, 쓸모가 있겠어요? 기껏해야 딱 한순간 상대를 돌아보게 하는 정도라고요."

"있지, 있어. 그걸로 함정까지 유도해서······ 나머지는 내가 과학의 진수로 날려 버려 주겠어."

"유난히 자신만만한데요, 그 과학의 진수라는 건······."

"간편 최강, 분진 폭발이지. 방법과 재료는 어머나 쉬워라. 불이랑 밀가루가 조금 있으녀 그설로 가능한 뛰어난 기술. 실제 위력대로라면 괴물 한 마리 날리고도 남을걸."

"그런 식으로 말하니까 믿고 넘어가 줬더니 이거 봐요!"

"시끄럽네! 과학의 발전에 희생은 따르기 마련이라고! 제길, 왜 실패? 가루 부족인가 화력 부족인가······. 혹시 물리 법칙이 은근히 다른 세계였나?"

"아유! 그런 건 됐으니까 더 제대로 두드려! 아, 안 돼! 안 돼!"

서로 고함치는 스바루와 오토를 페트라가 애타는 표정으로 야단쳤다.

시끄러운 세 사람을 붉은 불꽃이 형형히 밝히고 있었다. 그도 그럴 터, 세 사람은 현재 식당에서 필사적인 소화 활동 중──. 단, 불길은 심해지기만 할 뿐이라.

"사용한 기름이 너무 많았다고! 어떻게 끌 작정이었대? 삽시간에 번진다!"

"이렇게 큰 마수를 사냥하는데 어떻게 아껴요! 애초에 못 들고 나올 거면 결과는 매한가지예요! 이거, 진짜 꼭 사 줘야 하거든요!"

"둘 다 그럴 때가 아니잖아! 이제 못 꺼! 도망치자!"

"불장난을 수습 못한 중학생 같군⋯⋯."

지긋지긋한 표정으로 스바루는 불이 옮겨 붙은 식탁보를 불길에 던져 넣었다. 비축 창고에서 난 불은 그칠 낌새가 없다. 식당에도 꽤 타올라서 검은 연기가 끼기 시작했다.

"문제의 마수는 쓰러뜨렸지만 치른 희생이 너무 크다⋯⋯."

발화 지점에 엎어진 것은 새까맣게 탄 마수 길티라우다. 작전대로 오토의 좀도둑 마법으로 아래층으로 꾀어내어 창고에서 분진 폭발을 이용해 격파──하지는 못하고, 분진 폭발은 불발. 대신에 오토가 보관하던 기름으로 태워 죽인 게 승리 요인이었다.

커다란 덩치에 어울리게 무식해서 의심도 없이 함정에 걸린 게 인상적이었다. 하지만 죽을 때에 날뛰는 바람에 불이 번져 저택은 완전히 화재에 빠졌다.

"이거, 이제 개축이 아니라 새로 지으라고 해야겠지⋯⋯."

"그런 소리나 할 때예요! 도망치죠! 계단이 없어지기 전에!"

"빨리! 빨리!"

친숙하던 광경이 불에 휩싸이는 모습에 현실감을 잃은 스바루의 소매를 두 사람이 끌었다. 그 두 사람에게 끌린 스바루는 렘을 다시 업고 불타는 식당에서 밖으로 뛰어나왔다.

도중에 출현하는 마수는 오토와 페트라가 『마수 퇴치』로 쫓아냈다. 그리고 자욱한 검은 연기와 불길을 본능적으로 두려워해 마수가 건물에서 도망치는 기적도 있었다.

"그런데 이걸로 가필이 타 죽으면 어쩌지!"

"길티라우가 아니니까 가필도 도망쳐요! 그리고 그 한 명이라면 마수를 걷어차고 밖으로 뛰쳐나올 수 있어요! 피난로를 안 써도!"

생각지도 못하게 전장을 갉아 내는 결과가 된 스바루는 전전긍긍하지만 오토는 이 상황에서도 머리가 돌아가고 있었다. 덕분에 평정을 잃지 않고 위층에 당도했다.

다행히 길티라우 외에 『마수 퇴치』가 통하지 않는 마수는 나타나지 않았다. 스바루 일행은 집무실로 도망쳐 들어가서는 페트라가 벽에 붙은 책장의 장치를 조작──. 천천히 소리와 함께 책장이 이동하고, 지하를 지나 곧장 밖으로 이어지는 비밀 통로가 모습을 드러냈다.

"됐다! 스바루! 비밀 통로…… 이걸로 밖에 나갈 수 있어!"

"그래, 그렇군. ……이 계단으로 아래까지 가서 통로를 따라가면 밖으로 도망칠 수 이어. 출구는 제대로 포위망 밖으로 이어져 있어. 뒷일은…… 오토, 렘을."

"네, 알아요. 제대로 맡아드리겠어요."

장치에 기뻐하는 페트라에게 끄덕인 다음 스바루는 오토에게 등을 보였다. 그리고 등에 업은 렘을 천천히, 자상하게 그에게 양도했다. 떨어뜨리지 않게끔 신중한 손놀림으로.

"절대로 떨어뜨리지 마라. 상처도 내지 마. 이상하게 만지지도 마라."

"걱정되는 건 몰라도, 여기서 독점욕 내는 건 귀찮은데 말이죠!"

"저, 저기, 둘 다……. 왜 그런 이야기하고 그래?"

렘을 업는 오토에게 스바루가 던지는 주의와 넉살. 둘의 대화에 페트라가 불안스러운 표정으로 물었다.

"지금, 말투라면, 왠지 스바루가 같이 안 오는 것 같아서……."

"──응, 맞아. 미안하지만 난 같이 도망쳐 줄 수 없어. 따로 행동할 거야."

"왜?!"

스바루가 의문을 긍정하자 페트라가 낯빛을 바꾸며 매달렸다.

"그만 도망치자! 저택은 불났고 프레데리카 언니한테도 폐 끼쳐! 마수는 잔뜩 있고, 스바루가 싸워도 못 이기잖아? 도망치자!"

"아니 뭐, 실제로 그렇긴 한데, 도망칠 수 없거든. 지금은 아직 도망치면 안 돼."

만류하려는 페트라의 마음을 기쁘게 여기면서, 스바루는 소녀의 손가락을 부드럽게 하나씩 풀어냈다. 그때마다 페트라의 눈에 큰 비탄이 번져나갔다.

그런 페트라를 달래듯이 소녀의 바로 옆에 서 있는 오토가 말을 걸었다.

"페트라. 나츠키 씨는 해야만 하는 일이 있어서 그래요. 그걸 달성 못하는 한, 나츠키 씨는 뜻을 안 꺾어요. 아시잖아요."

"하지만 스바루는 약하단 말이야! 위험하잖아! 오토 씨가 남으면 되잖아!"

"그거 딱히 제 강함을 믿어 줘서 하는 말이 아니죠?!"

페트라는 오토의 목소리에 고개를 젓고 눈물이 솟은 눈으로 스바루를 올려다보았다. 스바루는 그런 페트라에게 눈높이를 맞추고자 무릎을 꿇고는 살짝 그녀의 머리를 쓰다듬었다.

"미안하다, 페트라. 너도, 렘도, 프레데리카도 무사히 저택에서 피신시킬 거야. 하지만 그뿐만이 아냐. 한 명 더, 데려 나와야 하는 녀석이 남아 있어."

"베, 베아트리스, 님?"

"……귀찮음 많고, 외로움 타는 성격이면서 남 돌보기 잘하고, 쭈—욱 혼자만 떠안고서 맘대로 답을 내놓고 괴로워하며, 자기론 결판을 못 낸다고 웅크리고 있어."

스바루가 머리에 그리는 소녀, 그 고독한 자세에 페트라가 눈을 크게 떴다.

"베아트리스는 말이야, 대충 페트라와 비슷한 또래다 싶지. 애써 커 보이려는 느낌이 있지만…… 그러고 보니 페트라는 걔 첫 친구랑 닮았을지도 모르겠네."

"첫, 친구……?"

제일 처음, 베아트리스와 친구였던 류즈 메이엘. 그녀와 베아트리스 사이에 분명히 있었을 우정. 그것이 지금도 상처로서 남아 있다면.

"내가 베아트리스를 데리고 돌아오면 꼭 개랑 친구가 되어 주

라. 페트라 너도 분명히 마음에 들 거야. 엄청 놀리는 보람이 있는 녀석이거든."

"오, 오토 씨보다?"

"어. 이제 오토 따위 필요 없을 정도지."

오토가 뭔가 말하고 싶은 표정이었지만 스바루는 의식적으로 그것을 무시했다.

그리고 스바루는 쓰다듬던 페트라의 머리에서 손을 떼고 일어났다.

"난 베아트리스를 찾으러 갈게. 타 죽지 않게 노력할 셈이지만 만약 타 죽으면 사인은 오토의 기름 때문에 일어난 화재라고 무덤에 새겨주라."

"그런 바늘방석은 사양이니 무사히 안 돌아오면 패 버릴 거예요, 진짜로."

학을 뗀 기색으로 말한 다음, 오토는 몸을 기울여 렘의 잠자는 얼굴을 스바루 쪽으로 보였다. 변함없이 잠자고 있는 공주님은 스바루의 각오를 배웅해 주지는 않는다.

그러면 된다. 렘은 스바루를 배웅할 입장이 아니다. 스바루가 맞이하러 갈 입장이다.

"──스바루! 조심해야 해!"

페트라가 내민, 자기 몫의 『마수 퇴치』를 받아 들고 스바루는 출발했다.

등에 닿는 페트라의 목소리에는 대답하지 않았다. 페트라 또한 바라지 않았다.

화마가 조금씩 저택을 덮고 그 나날을 보낸 장소가 재가 되어 간다.

──이 불길은 금서고에 닿을까.

그녀에게 이를 문을 찾아 헤매면서 스바루는 그런 생각을 안 할 수 없었다.

제4장 『다음에는 꼭 다과회를』

1

──『시련』의 시작을 느끼고 에밀리아의 의식은 즉각 각성했다.

감각적으로는 첫 번째 『시련』에 가깝다. 자신의 현재를 파악하고 『시련』에 도전한 것을 똑똑히 의식하고 있다. 두 번째의, 자신의 현재가 애매해지는 그것과는 다른 종류다.

단, 여태까지와 명확하게 다른 점이 한 가지── 이곳에는 에밀리아의 몸이 없었다.

오감이 사라지고 육체가 소실한다. 있는 것은 그저 의식뿐.

──의식이, 하늘에 뜨는 감각이다.

미덥지 못한, 수중에 영혼만 내던져지면 이런 기분일까. 이렇게 신기한 상태에도 불구하고 에밀리아는 위기감 없이 천천히 사태 파악에 애쓰고 있었다.

위험은 없고, 그것이 가능한 장소라고 존재하지 않는 머리가 이해하는 것 같았다.

주위는 어둡고, 어둠뿐인 공간이 퍼진 그곳에 에밀리아 자신의 육체는 존재하지 않는다.

　그런데도 자기 자신을 놓치지 않고 있을 수 있는 건 암흑에 떠오르는 여러 빛이 있기 때문이다.

　──알록달록하고 희미한 빛들이 에밀리아 주위에 부유하고 있다.

　미정령이 내는 빛과 비슷하지만 그 빛에 생명력은 느껴지지 않는다. 더 무기질적인, 마광석의 빛 쪽에 가까울까. 어느 쪽이든 간에 이 세계에는 자신과 빛이 있을 뿐이고.

　『────.』

　그런 공간을 유영하는 대로 그저 시간이 흘러간다. ──아니, 시간이 흐르고 있는지 아닌지도 이 상태로는 뚜렷하게 감지할 수 없다.

　안내역의 마녀는 나타나지 않고 변화가 없는 상황에 내던져진 에밀리아는 어둠을 떠돌았다.

　──이런 상태다. 의식이, 빛에 끌려간 것은 자연스러운 현상이었다.

　『────.』

　여럿 있는 빛 중 하나, 은빛의 그것을 골라 만지려던 에밀리아는 살짝 당혹했다. 만진다 함은 몸이 있어야 비로소 성립되는 개념이다. 그것이 지금 가능한지 불가능한지.

　──생각에 잠기기보다 해 보는 편이 빠르다.

　에밀리아의 결론은 그것이며, 결론은 곧장 행동으로 이행되어 빛에 의식이 겹친다. 그것은 역시 만지는 것이 아니라 겹치거나 뒤섞인다는 감각에 가까우며――.

"미워, 미워, 정말 미워. 나, 당신이 미워 죽겠어. 정말이야.
전부, 정말. 처음 만났을 때부터 줄곧…… 몸서리치게, 당신
이, 미웠어."

접촉한 순간, 목소리가 직접 의식에 울렸다. 동시에 날아드는
것은 강렬한 붉은 광경이다.

공간이 전환되어 눈앞에 본 적도 없는 정경이 펼쳐진다.

비정상적으로 큰 태양, 연기가 자욱한 불탄 황야, 부스러진 거
대한 건조물 옆에 서서 새빨간 햇살을 받으며 은빛 머리를 피로
물들이는 소녀―― 에밀리아다.

두 번째 『시련』에서 목격한 직후의, 성장한 자신이 피범벅으
로 서 있다.

에밀리아는 심히 슬픈 얼굴로 폐허 앞에서 누군가에게 말을
던지고 있었다.

"몇 번이나 생각했고, 몇 번이나 부정했지만…… 그래도 역
시 악몽에 따라잡혀 버렸어. 그러니까, 말할래."

그 피로 물든 얼굴에 미소가 생겼다. 이 세상에서 가장 미운 누
군가에게 보내는 미소가.

"우리 역시―― 만나지 말았어야 했을지도 모르겠어."

남보랏빛 눈 끄트머리에서 한 줄기 눈물이 천천히 흘러 떨어
졌다.

뺨을 타고 턱에서 방울진 이슬이 피로 젖은 대지에 떨어지기

직전에 세계가 터지고 사라졌다.

『──흡.』

숨을 집어삼킨다거나 하는 짓은 의식만으로는 할 수 없다. 그저 받아들이는 것이 최선이다.

의식은 다시 처음의 암흑으로 돌아가고, 에밀리아는 의식만으로 빛뿐인 세계에 떠 있다.

지금의 빛은, 그 앞에 보인 광경은, 피로 붉든 에밀리아는 무엇이었는가.

현재의 자신을 본 것은 두 번째였지만 그것은 확실히 에밀리아였다. 문제는 그 광경에 서 있는 자신에게 기억이 없다는 점. 어쩌면 그 또한 있을 수 없는 언젠가인가.

──아니다. 에밀리아는 직감적으로 생각했다.

혼란에 빠진 의식을 다스리며 에밀리아는 기억 속을 더듬어 제일 최초로 되돌아왔다.

『시련』은 언제나 도전자에게 무엇을 부과하는지 처음에 제시해 주고 있다.

첫 번째는 『먼저 자신의 과거와 마주하라』고.

두 번째는 『있을 수 없는 현재를 보라』고.

그리고 세 번째는──『언젠가 찾아올 재앙을 마주하라』다.

언젠가 올, 재앙. ──그것은 미래라는 뜻일까.

가장 큰 후회와 이어지는 과거와, 지금이 아니라 있을 수 있던 현재를 보여 주고, 마지막에 언젠가 직면하게 될 미래를 보여 준다. 그것이 마녀가 준비한 묘소의 『시련』의 전부인가.

그, 모든 것이 황혼에 휩싸인 곳에서 눈물지으면서 누군가를 미워하는 미래가 찾아오는가.

『＿＿＿＿.』

부정도 수긍도 없이 잠시 사색을 중단한 에밀리아는 깨달았다.

조금 전 에밀리아가 접촉한 빛이 사라지고 있어야 할 곳에 공백이 있는 것이다. 그런데도 빛의 수는 다 해서 스물, 아직 더 있다. ——그때 에밀리아는 느닷없이 이해했다.

이 빛이다. 이 암흑에 떠오르는 빛 하나하나가 에밀리아를 기다리는 미래인 것이다.

아마도 이 전부를 볼 때까지 이 『시련』은 끝나지 않는다.

——빛이 보여주는 미래는 각각 다른 것인가. 아니면 지금 것에서 이어지는가.

그 답은, 다음 빛을 건드려 다음 미래를 보면 알 수 있다.

공백의 이웃에 있는 다음 빛, 그것은 마치 하늘처럼 파랗고 화창해서——.

"네 말이 맞아. 그 애는 우리의 적이고, 상처도 깊었어. 여기서 물러난들 치유 마법도 쓸 수 없는 나랑 너론 구하지 못했을지도 모르지."

"그렇다면…….."

"하지만 그 애는 아직 어린애였어. ——그것만으로, 충분하지 않아?"

또다시 세계의 모습이 전환된다.

그것은 전의 광경과도 다른, 깎아지른 벼랑에 선 두 인영을 부감하는 광경이다.

깊은 숲을 배경으로 마주 보는 두 사람. ——그 얼굴이 보이지 않는다. 하지만 목소리에 기억은 있었다.

하나는 가까운 곳에. 또 하나는 가깝다고 할 정도는 아니지만 확실하게, 기억이.

벼랑 위에서 대치 중인 한 사람은 무릎을 꿇고, 또 한 사람은 그 무릎을 꿇은 상대를 내려다보고 있다. 표정은 보이지 않지만 두 사람이 심히 침울한 표정인 것을 에밀리아는 알 수 있었다.

"너는…… 넌, 영웅이야. 영웅밖에…… 못 돼……!"

"나는."

"구해 줘서, 고맙다!!"

고개를 돌리고 손을 뻗은 그림자에게 또 한 사람의 그림자가 감사의 말을 무책임하게 전했다.

——결별. 그것은 바꾸기 어려운 슬픔과 돌이킬 수 없는 실의에 채색된 이별의 순간이었다.

『————.』

미래의 상영이 끝나고 어둠의 세계에 되돌아왔다.

비탄과 갈등, 양쪽 다 있다. 하지만 그 이상으로 이 『시련』에 대한 의혹이 있었다.

지금의 세계에선 에밀리아의 존재가 눈에 띄지 않았다.

그 자리에 있던 두 사람은 양쪽 다 에밀리아가 아니다. 아마도 에밀리아가 아는 인물일 거라고 짐작은 가지만 자신이 없는 미래의 광경을, 왜, 목격했는가.

──자신의 선택의 결과, 일어날 수 있는 모든 『재앙』의 미래를 보게 되는가.

그것이 언젠가 찾아올 재앙과 마주 보라는 뜻인가.

『────.』

침묵하는 틈에 파란 빛이 사라졌다. 첫 번째 은색 빛과 똑같이 공백이 발생했다.

에밀리아의 주위에는 아직 스무 개에 가까운 빛이 남아 있다.

──그 하나하나에 선택의 무게가 있으며, 비극이 되는 미래가 기다리고 있다.

그것을 받아낼 각오를, 자신의 선택의 결과를, 지켜보러 의식을 뻗었다.

다음 미래가, 또 다음 미래가, 언젠가 올 재앙이, 에밀리아의 선택을 기다린다.

2

──미래를 보았다.

『──가 없으면, 검도 못 휘두르냐, 도둑놈아!!』

『스바루도, 에밀리아 언니도, 지쳐 버렸구나. 미안해. 그런데 나까지 짐이 되겠어. 미안해. 항상 부족한 답례를 한없이 말해 주고 싶었어…….』

『그래, 그래……. 내, 자랑스러운 손자는…… 착하게, 컸을 게야…….』

알록달록한 빛은 만질 때마다 에밀리아에게 다른 미래를 보여 주었다.

『미안해. 내가 약한 탓에, 미안해. 죽여 주지 못해서, 미안해. 이걸로 이제 계속, ──는 영원히 외톨이야. 내가, 약해서, 미안해…….』

『이걸로 약속을 지켰다고 생각하나 보죠? 그렇다면…… 그렇다면 난 그때, 그 동굴에서 거적에 말려 죽을 걸 그랬어! 이런…… 이런 새벽을 볼 바에는, 끝나야 했었어! 제길, 제기랄!』

『결단코, 저주니 뭐니 영문 모를 것에 살해당한 게 아니야!』

통곡이, 노호가, 종언이, 재생이, 이별이, 만남이, 다양한 형태로 제시된다.

『자, 봐라. 또, 소녀의 승리니라.』

『이토록 죽이고 싶던 상대가 자상한 사람이었다니, 터무니없는 악몽이지 뭐야.』

『저항할 수 없는 실의에 무릎을 꺾고 검마저 잃었는데…… 이 손에 대관절 뭐가 남아 있단 거지?』

기다리는 것은, 당도하는 곳은, 잘못이 아니냐고 물어본다.

『내가 그라케 욕심쟁이인 기가? 사치스러운 말 하나? 그냥 혼자뿐이 아니라꼬, 혼자만 남기 싫다꼬…… 머가 그라케 어렵데이?』
『약속대로 죽여 주마! 아앙?! 나츠키 스바루우우우!!』

미래에는 절망밖에 없는 것일까. 슬픔과 괴로움 외에 아무것도 없는 것인가.

『그냥, 눈치챘을 뿐이지. ……여태까지 동안, 혼자서 걸어온 게 아니─이었다는 것을.』
『결국 저희는 속죄하고자 피 한 방울까지 남김없이 흘려야만 하는 거로군요.』

그렇다면 이 길은 잘못됐는가? 소원하는 것은 잘못인가.

『어째서…… 영혼이 깃들지 않는데에?!』
『정의니 선악이니, 몽땅 다 시시해. 넌 거기서 제자리걸음이나 해. 난…… 우리는 마녀건 용이건 간에 길 막는다면 때려잡을 거다.』

　들이미는 무수한 비극과 재앙. 울고 싶어지는 갈등 속에서 자신의 걸음을 의심했다.

　이 길의 끝에 기다리는 것이 비극뿐이라면, 그것은——.

『——부탁을 하자고 기도하는 건 오만해요. 기도하는 건 용서를 청할 때.』

　마지막 빛 속에서 깨어난 모습을 본 적이 없어야 할 소녀가 그렇게 말했다.

　그것은 희망을 노래하기에는 덧없고, 절망에 잠기기에는 씩씩해서, 존재하지 않는 심장의 박동이 급해졌다.

　하염없이 미래를, 슬프고 괴로운 미래만을 보여 줬으니까.

　——미래에 무슨 일이 기다리더라도 당신과는 꼭 이야기를 나눠 보고 싶어.

　그녀와, 어느 소년에 관해서 함께 이야기하고 웃음을 나눌 수 있는 미래를 원한다고 생각했다.

　가령, 비극뿐인 세계가 기다리고 있다 하더라도 그것만은, 진심으로——.

3

——시야가 트이자 에밀리아는 바람이 살랑이는 녹색 초원에 덩그러니 서 있었다.

암흑과, 계속 전환되는 세계를 번갈아 오가던 직후다. 이 순간도 에밀리아는 자신이 또 다른 미래를 보고 있다고 생각하다가 —— 곧 그게 아님을 깨달았다.

"손도 발도, 제대로 있어……. 목소리도 나오고, 여기는……."

에밀리아는 두 주먹을 쥐고 자기 육체의 소재를 확인. 그 뒤로 주위를 둘러보고 이곳이 본 적이 있는 초원이라는 사실과, 바로 뒤에 살짝 높은 언덕이 있음을 확인했다. 언덕 위에는 큼직한 우산이 펼쳐져 있어서 자연히 그쪽으로 발길이 갔다.

언덕을 오르자 우산 아래에는 하얀 테이블과 의자가 있고 슬며시 따스한 차 향기가 감돌고 있다. 당연히 그곳에 에키드나가 있으리라 생각한 에밀리아는 대비했지만——.

"아무도, 없어?"

둥근 테이블과 육각 의자. 테이블 위에는 다과와, 의자와 같은 수의 컵이 놓여 있으며 직전까지 다과회를 하던 분위기가 그대로 남아 있다. 지금은 뒷정리도 도중에 내던지고 참가자만이 없어진 자리가 있을 뿐이고.

"————."

마시다 만 컵을 만지자 손가락에 희미한 온기가 느껴졌다. 에밀리아가 찾아오는 걸 깨닫고 당황해서 없어졌다. ——그런 기색으로도 느껴져서.

"에키드나랑 누군가가 차를 마시다가, 그리고?"

알고는 있었지만 죽은 사람인 데 비해서 퍽 자유로운 처지다, 에키드나는.

『시련』의 감독관을 맡는 것은 물론, 손님을 초대한 다과회를 열 정도라니 두 손 들겠다. 망자──『홀로』의 자유가 여기서 극에 달했다.

그런 감상과 함께 에밀리아는 아무 생각 없이 테이블의 다과에 손을 뻗고──.

"──마녀가 대접한 것을 가벼운 마음으로 손대면 나중에 후회할걸."

"──?!"

등 뒤로 느닷없이 닿은 모르는 목소리에 경악한 에밀리아는 순간적으로 뒤돌아보려다가── 더욱 경악이 겹쳤다. 뒤통수에 손가락이 닿아 몸이 꿈쩍도 못하게 된 것이다.

"……아."

그것은 힘으로 억눌린 것이 아니다. ──압박감에 위축된 것이다.

바로 뒤에 서 있는 존재는 에밀리아의 상상을 초월하는 존재다. 그것을 기척과 접촉한 손가락으로 감지한 에밀리아의 온몸에 쥐가 난 것 같은 감각이 내달렸다.

──돌아보면, 혹은 뒤에 있는 인물의 변덕 하나면 자신은 즉각 소멸된다고.

"착하구나. 돌아보지 않은 게 정답이야. 나는……."

"다, 당신은……."

"나는, 뭐냐──털이 곤두설 만큼, 무시무시한 마녀니까."

마녀── 그 단어 하나에 에밀리아의 심장이 세게 옥죄이며 더욱 숨이 막혔다.

에밀리아도 그 용모 때문에 마녀라고 비방당해 마녀라는 단어에는 복잡한 감정이 있다. 그러나 그것도 이 존재 앞에서는 죄다 착각이나 마찬가지다.

진정 마녀라고 불러야 할 존재란, 이토록 무시무시한 독기를 두른 존재인가.

"……흥, 그런 법이지. 역시 그 눈매 사나운 애 쪽이 이상했더랬어."

"눈매, 사나운? 그거…… 스바루, 이야기?"

"흐응."

뒤에 선 마녀가 콧소리를 내고는, 쥐어 짜낸 에밀리아의 목소리에 감탄했다.

"그 애 말을 들은 순간 좀 기운이 나는구나? 그거 멋지지만 좀 상황이 안 보이는 거 아니니? 너……당신, 그 애를 어떻게 생각하는 거야?"

"스바루는, 나를, 좋아한다고 말해 주는…… 소중한, 애인데……."

"그, 그래……. 호오, 흐──응, 그렇구나. 뭐, 딱히, 아무래도, 좋지만!"

자기가 물어보고는 콧김 씩씩대며 제 말만 해 버려서 에밀리아로서는 석연치 못하다.

그러나 동시에 배후의 마녀에 대한 공포심, 그것이 살짝 흐려지는 것을 느끼고 있었다.

이유는 모르겠다. 상대가, 대화도 통하지 않는 존재가 아니라고 알았기 때문인가.

그 감각에 기댄 에밀리아는 한 번 침을 삼키고 결심하여 이야기하기 시작했다.

"당신은, 마녀인 거지……. 그렇다면 에키드나가 말하던 친구란 뜻?"

"흥이다. 친구라고 그 애가 말할 리…… 아니, 말하겠네! 그것도 뽐내는 얼굴로!"

"뽐내는 얼굴인지는 모르겠지만…… 그래도 여기에 있는 건 당신이고, 에키드나는?"

애초에 에밀리아와 접하는 에키드나는 거의 줄곧 언짢아했다. 그렇기에 친구에 대해서 누설했을 때도 자랑하는 표정이나 으쓱대는 티는 아니었던 느낌이다.

그런 에밀리아의 답변에 "저기 있지." 하고 마녀는 살짝 어조를 낮추었다.

"그 애, 당신이랑 만나고 싶지 않대. 『시련』에서 어지간히 쓴맛을 봤겠지."

"……그러네. 나, 마지막에 에키드나를 엄—청 상처 입혔으니까."

두 번째 『시련』에서 마지막에 보인 에키드나의 표정과 증오의 목소리가 잊히지 않는다.

그것이 에키드나와의 마지막 대화가 된다면 그것은 몹시 미련이 남는 결과다.

그래도 에밀리아와 에키드나의 관계── 아무도 개입하지 않고 올바르게, 마주 본 다음에서의 결과는 받아들인다. 그 결과 미움받았다고 해도 선택의 책임은 받아들여야 하는 법이다.

"아무래도 좋다고 생각하는 게 아니라, 결과를 받아들이는구나. ······장하잖니. 그 애는 상당히 당신에게 밉살맞은 말만 했을 텐데."

"에키드나는 이야기해 주니까. 이야기해 주지 않는 편이 내게는 훨씬 싫은 일이야. 가능하면 당신과도 마주 보며 이야기하고 싶은데······."

"──그건, 절대로 안 돼. 그때는 많은 이를 죽게 한 내 주먹이 울 거야."

딱딱한 목소리. 그러나 거짓말의 어감은 없고 다시 에밀리아의 뒷목에 소름이 돋았다.

이 마녀의 말에는 정말로 많은 이를 죽게 한 무게가 있었다. 그 무게를 띤 채로 마녀는 "소임을 다해야겠지." 하고 운을 떼고 말했다.

"에키드나는 감독관의 소임을 팽개쳤어. 대신에 내가 그걸 인계받겠어. ──세 번째 『시련』, 당신의 눈에는 어떻게 비쳤지?"

"……많은, 슬픈 세계를 봤어. 언젠가 올 재앙이라고, 목소리는 말하더라. 그건…… 그건, 정말로 언젠가 일어날 일이야? 진짜, 미래?"

"일어날 수 있는 가능성. 에키드나의 의견은 그랬었지."

에밀리아가 품는 의문에 마녀는 탄식과 함께 대답했다. 그것은 의문의 긍정에 가깝지만 단언이라고도 할 수 없는 애매한 것이었다. 지어낸 것이라면 그게 가장 마음 편하겠지만.

"보인 미래는 전부 실현될 가능성이 있다면, 반대로 하나도 못 볼지도 몰라. 하지만 가짜로 지어낸 것은 아니야. 그 애는 그런 면만은 공평하니까. 뭐, 꺼림칙한 미래만 보여 준 것은 틀림없이 골탕 먹이려는 거겠지만."

"공평하고, 골탕……. 에키드나는 엄—청 심술궂은 애니까 말이야."

"그걸 심술로 끝내나……."

에밀리아의 에키드나 평에 마녀는 쓴웃음 짓고 그 이상은 아무 말도 하지 않았다.

그리고 마녀의 지금 설명은 에밀리아에게 낭보이기도 했다.

"……어떻게 안심한 표정을 지을 수 있어?"

"어?"

"방금 이야기를 듣고는 어떻게 안심했느냐고 물은 거야. 이상하잖아. 왜냐면 너한테 꺼림칙한 미래만 잔뜩 봤잖아. 그런데……."

"하지만 절대적인 게 아니잖아?"

비극뿐인 미래를 보았다. 비탄을, 통곡을, 혈루를, 그것만을 목격해 왔다.

그 광경에, 미래를 꼽아 보여 주는 것은 잘못이 아니냐는 생각 또한 들었다.

그렇지만——.

"선택한 결과, 그런 식이 될 미래도 있다. 하지만 그렇게 되지 않을 미래도 있다. 그걸 알면 괜찮아. 난 쭉 싸울 수 있어."

"————."

"그래야 한다고, 엄—청 굳세게 타이름 받았으니까."

괴로운 미래뿐이었지만 그런 와중에도 희망은 있었다. 그것을 기억한다.

에밀리아가 주저앉을 것 같아지면 부모님과 오빠의 추억이 지탱해 준다. 그리고 포기해 고개 숙일 것 같아지면 벽에 새겨져 있던 마음이 마음에 불을 지펴준다.

"슬픈 미래가 기다리고 있다면 달려가서 피해 버릴래. 그래도 안 될 것 같으면 힘차게 뛰어넘을 거야. 떨어지려는 사람이 있으면 힘내서 끌어올릴 거야. 그걸 반복해 가면 아까 눈물도 분명히 전부 닦아 줄 수 있어."

"무턱대고 자신만만하게 그런 말이나 하고…… 금방 꺾이는 거 아니니?"

"혼자뿐이라면 그럴지도 몰라. ——하지만 난 외톨이로 만들어 주지 않더라."

도발적으로도 느껴지는 마녀의 말에 에밀리아는 가슴을 폈다.

과거가, 현재가 그랬듯이 분명히 미래에도 에밀리아는 혼자가 아니다. 그리고 혼자가 아닌 에밀리아 옆에는 믿음직한 사람들이 많이 있어 준다.

내놓고 믿으면 된다고 뻔뻔하게 구는 게 아니다.

믿고, 믿음을 받아서, 그런 관계가 있을 수 있으면 줄곧 함께 해낼 수 있다.

——에밀리아는 그렇게 남의 힘을 빌리는 이치와 자기 힘으로 일어서는 이치를 깨우쳤다.

이는 자신감이 없고 미래를 두려워하는 에밀리아에게는 한 번도 택할 수 없던 선택이었다.

"……강하구나, 당신. 그런 면, 모친과는 전혀 안 닮았어."

"——! 내 어머니를 알아?"

생각도 못한 연결 고리에 놀란 에밀리아의 목소리가 희미하게 쉬었다. 그 반응에 마녀는 잠시 망설이다가 한숨을 내쉬었다.

"그래, 잘 알지. 근데 말 못해. ——그렇게, 약속해서."

"_____."

목소리에 담긴 감정, 그 깊이 아물지 않는 여운에 에밀리아는 말문이 막혔다.

속내를 말하자면 어머니에 대해 알고 싶은 기분은 있다. 하지만——.

"응, 알았어요. 그렇다면 난 아무것도 안 물어."

"……그래도 되니?"

"말하기 싫은 게 아니라 말할 수 없다고 알겠는걸. 그리고……."

한 번 말을 끊고 눈을 감는다. 눈꺼풀 뒤에는 『어머니』의 모습이 보였다.

"내 어머니는 포르투나 어머니야. 『시련』으로 그걸 떠올릴 수 있었으니까, 그걸로 충분해."

어릴 적에는 자신에게 두 어머니가 있는 게 자랑스러웠다. 지금도 아버지는 두 명—— 아니, 세 명 있다고 할 수 있을지도 모른다. 그런데도——.

"어머니와 아버지. 그리고 오빠랑, 숲에 있던 모두의 기억을 떠올릴 수 있어서 충분해. ……이건, 에키드나의 『시련』 덕분이니까."

"——그……렇구나. 그 애의…… 에키드나의 흉계도 가끔 좋게 작용하네."

가슴에 손을 짚고 가족을 그린 에밀리아의 말에 마녀의 목소리가 희미하게 들썩거렸다. 잘못 들었는지, 그것이 에밀리아에게는 오열에 가까운 것으로 들려서.

"……혹시, 울어?"

"——윽, 울긴, 누가 울어! 난 안 울어. 지금은 울 자격 없어."

"우는 데 자격은……."

필요 없다고, 에밀리아는 뒤돌아보며 마녀의 눈물을 닦아 주고 싶었다.

최초에 마녀에게 느끼던 장렬한 압박감을 지금은 느끼지 못한다. 그렇다면 마녀와도 대등하게 마주 볼 수 있다고, 그렇게 생각한 것이다.

그러나 그렇게 뒤돌아보는 에밀리아를 마녀는———.

"———와푸."

돌아보는 에밀리아의 얼굴에 팔이 감기더니 한껏 부드러운 것에 묻혔다. 순간, 무슨 일이 일어났는지 알지 못하던 에밀리아는 곧 자신이 껴안긴 것을 깨달았다.

마녀의 가슴에 얼굴을 묻힌 에밀리아는 움직임이 완전히 봉쇄당했다.

"돌아보지 않는 게 정답이라고 그랬잖아. 나쁜 아이지 뭐야."

"……그렇게, 우는 얼굴을 보여 주기 싫어?"

"얼굴을! 보여 주기 싫은 거야! 볼 낯이 없는데…… 아아, 진짜! 에키드나가 똑바로 해 줬으면! 세크메트도, 다프네도, 튀폰도 카밀라도!"

귓전의 큰 소리에 고막이 떨렸다. 노성으로 들리지만 그렇지 않다. 들은 적이 없는 이름 모두에도 마녀의 흐려질 수 없는 친애가 느껴졌다.

"눈물은, 그쳐 줬어?"

"화냈으니까 그쳤어. 하지만 대신에 분개했거든. 노발대발했다고."

"그거, 엄—청 무서워."

"진심이야. ——진심이니까, 이제 이걸로 끝."

목소리는 차분하며 분노는 느껴지지 않는다. 단, 말에 거짓은 없다고 변화가 증명했다.

마녀의 가슴에 안긴 에밀리아는 바로 등 뒤—— 다과회 준비

가 있어야 할 곳에 변화가 생겨나 강한 바람이 부는 것을 깨달았다.

"이 공간, 에키드나의 성에서 나가는 출구야. 뒤돌아서 나아가면, 그걸로 돌아갈 수 있어."

"＿＿＿＿＿."

"이런 곳에서 느긋하게 있을 겨를은 없잖아? 당신…… 네게는 해야만 하는 일이 있을 거야. 제자리걸음이나 하고 있어도 돼?"

머리 바로 위에서 또렷해진 마녀의 목소리가 들렸다. 단단히 안고 있는 팔의 따스함, 얼굴을 묻은 가슴 속에 희미하게 심장 소리가 울리고 있다. ──망자인데, 그것이 신기했다.

"……얘, 듣고 있니?"

"어, 아, 미안해. 어쩐지 이상하게 안정이 돼서……."

"그런 면이 문제란 말이지……."

"＿＿?"

에밀리아는 화낼 거라고 생각했는데 마녀의 말은 부드럽고 향수를 띠고 있었다.

그 사실을 추궁하기 전에 "자, 끝!" 하고 마녀는 말을 뱉었다.

"앗."

"곧장 가 봐. 그걸로 『시련』은 끝. ──결계는 열릴 거야."

머리를 잡고 빙글 뒤로 돌린다. 전광석화 같은 빠른 기술에 결국 에밀리아는 마녀의 얼굴을 볼 수 없었다. ──대신에 눈앞에 한 짝의 문이 있다.

마녀의 다과회의 준비를 사이에 두고 언덕 위에 덩그러니 한 짝만 서 있는 문이.

　"저곳을 통해 밖으로 나가면……."

　『시련』은 끝, 결계가 열린다. 그것은 에밀리아가 바라던 결과 그 자체.

　이걸로 좋든 나쁘든 『성역』의 주민들은 선택에 쫓긴다. 마지막에 광장에 모여 준 사람들이 얼마나 밖으로 나가 줄지는 모른다. 그들이 밖의 생활을 불안해하는 대로 정말로 밖에 나가는 것이 그들을 위한 게 되는지도.

　하지만 스바루가 가필에게 말했듯이 에밀리아 또한 말해야만 한다.

　시간은 움직이기 마련이다. 그 시간 속에서 그들은 스스로 거머쥐어야만 한다.

　그리고 가능하다면 에밀리아도 내놓지 못한 그 답을 함께 찾아줬으면 바란다고.

　손을 끄는 일이나 등을 미는 일이 어렵더라도 옆에서 걸어가는 일은 할 수 있다.

　──미덥지 못하고 근거 없는, 갓 시작한 왕도(王道)의 표현법이지만.

　"그거면, 되는 거야."

　"＿＿＿＿."

　에밀리아는 속내를 말로 표현하지 않았다. 그런데도 마녀의 긍정에는 힘이 있었다.

"응, 고마워. 나도 그러고 싶어."

그렇기에 에밀리아는 은발을 쓸어 올리고 발을 내디뎠다. 뒤돌아보지 않는 건 어디까지나 얼굴을 보이기 싫다는 마녀의 의사를 존중했기 때문.

처음에 마녀에게 느꼈던 그 공포는 이제 없으며 그저 가슴을 펴고 걸어갈 수 있다.

그리고 밖으로 이어지는 문의 손잡이를 잡았다가 그때 문득 생각난 점을 밀했다.

"저기, 마녀님. 만약 만날 수 있다면 에키드나에게 전해 줄 수 있어?"

"뭔데?"

"또 만나면 꼭 다과회를 하자. 나, 꿈속에서 귀신이 돼서 나와도 꼭 환영할 테니까. ──가능하면 당신이나 다른 마녀들과도."

"──으."

에밀리아의 그 요청에 마녀는 딱 한순간 망설이다가──.

"──그래, 말해 줄게. 싫어해도 목덜미 잡고 끌어내 주겠어!"

기세 있는 목소리를 지르고 마녀는 당당히 요청을 받아들였다. 그 어조야말로 본래의 그녀라고 전해질 만큼 몸에 밴 태도였다.

그 대답을 듣고 에밀리아는 미소 지었다. 문을 밀어젖히고 펼쳐지는 암흑으로 들어선다.

망설임은 없다. 이 암흑이 어디로 이어지는지 에밀리아는 똑바로 알고 있다.

　──그것은 『과거』를 넘어서, 『현재』를 선택해, 그리고 『미래』로 이어지는 문이다.

4

　『시련』에서 기상하는 건 수면에서 각성하는 것과는 다른 종류로 느껴진다.

　육체의 잠이 아니라 의식만이 몸을 떠나는 감각이다. 육체에서 영혼이 떨어져 의식은 각성 상태를 유지하니까 수면과 다른 감각이 드는 건 당연하다고 할 수 있다.

　만약 이것이 평범한 잠이라면 아침에 약한 에밀리아는 귀중한 시간을 빼앗겨서 야단이리라. 이전에는 팩이 있어 줬지만 앞으로는 혼자서 대처해야만 한다.

　"……아, 큰일 났네. 울 것 같아."

　꾹 어금니를 깨물어 에밀리아는 아직 아물지 않은 상실감에 고개를 저었다. 그리고 일어나서 벽에 새겨진 글씨를 손바닥으로 훑고는── 석실 안쪽으로 눈길을 돌렸다.

　이미 여러 번 다닌, 이 『시련』이 시행되는 석실에는 묘소 더 안쪽으로 이어지는 문이 있다. 굳게 닫혀서 지나갈 수 없다고 여겨지던 문. 그것이 지금──.

"――열려 있어. 안으로 오라는 뜻?"

그 언덕 위에서 마녀는 문을 나서면 결계는 풀린다고 이야기해 주었다. 하지만 에밀리아에게는 실제로 묘소에 변화――『성역』의 결계가 풀린 감각은 없다.

하지만 동시에 느끼고도 있다. 이 문 안쪽에 진정한 의미로 결계를 풀 열쇠가 있다고.

"불안스러워 해 봤자 소용없지. 좌우간 가서, 보고, 해 본다. 좋아, 갑니다."

희미한 불안을 배짱으로 밀어낸 에밀리아는 기합을 넣고 문을 지났다.

안에는 입구에서 석실로 통하던 통로보다 좁은 길이 이어지고 있어서, 에밀리아는 살짝 자세를 낮추면서 그곳을 지나갔다. 곧 새 석실에 당도했다.

그곳은 『시련』의 석실보다 한 둘레 이상은 더 작은 방이었다.

그 석실도 별로 넓지는 않았지만 이쪽 방은 더 비좁아서 로즈월 저택의 큰 침대가 두 개만 놓이면 그것만으로도 발 디딜 곳이 없어진다.

하지만 그런 감상은 방 한복판에 놓인 어느 것을 보고 금세 날아갔다.

――에밀리아의 눈에 그것은 관으로 보였다.

관은 투명해서 아마 마정석을 가공해 만든 것이리라. 순도는 한눈에 봐서 떨릴 정도로 높고, 팩의 그릇이 된 결정석에 필적, 아니 어쩌면 능가하고 있었다.

그런, 비정상적인 순도의 마정석으로 만들어진 관에 한 여성이 누워 있다. ――당연하지만 숨은 없다. 핏기가 가신 얼굴에 생명력은 없으니 이것은 생명이 달아난 빈 껍질이다.

길고 매끄러운, 눈처럼 하얀 머리카락. 하얀 도자기를 떠올리게 하는 살결에 보는 이의 심장을 확 잡을 듯 고운 미모. 그 몸매를 칠흑이 연상되는 드레스로 감싼 여성은 백과 흑, 이 세상에서 가장 단적이며 여분의 것이 없는 아름다움의 정수에서 극치에 이르러 있었다.

에밀리아의 입술에서도 무심코 감탄의 숨결이 흘러나왔다.

거울을 보면 자신 또한 절세의 미모를 지녔지만, 에밀리아는 자신의 용모에 아름다움의 관점에서 무심하므로 순수하게 여성의 미모에 마음이 떨렸다.

그것은 『시련』에서 수도 없이 얼굴을 맞대고 몇 번씩 말을 주고받은 『탐욕의 마녀』――

"――에키드나하고 닮았는데, 누구지?"

――그녀를 연상케 하는 차림새임에도 에밀리아에게 낯선 여성이 그곳에 있었다.

"――――."

희미한 놀람과 함께 에밀리아는 관에서 의식을 떼고 방 안을 둘러보았다. 좁은 방이다. 둘러볼 필요도 없이 방에서 특별히 눈길을 끄는 것은 이 관뿐. 이 이상 안쪽으로 들어가는 길이나 문도 없다. 이곳이 묘소의 최심부―― 즉, 묘소의 주인이 잠자는 방일 터다.

"그런데, 에키드나가 아냐⋯⋯. 닮았지만, 언니분일까."

기억에 선명한 마녀의 용모와 관 속 여성 사이에는 유사점이 많다. 눈꺼풀을 감은 눈이나 콧날부터 입술에 걸린 얼굴 생김새가 닮았다. 다만 에키드나가 10대 후반으로 보이는 외양이던 것에 비해 이 여성은 20대 중반가량——. 혈연인 건 틀림없을 것 같다.

"에키드나의 무덤인데 언니가 잠자고 있다니, 엄—청 이상하지만⋯⋯."

다른 결론이 떠오르지 않아 에밀리아는 그 기이함에 갸우뚱했다. 그리고 갸우뚱한 목은 관을 중심으로 묘소 전체에 둘러쳐진 술식을 알아채고 더욱 각도가 깊어졌다.

"아⋯⋯." 하고 무심코 목소리가 나왔다. 술식은 그럴 만큼 자연스럽고 고도로 복잡화된 것이었다. 자연히 이것이 『성역』의 결계, 그 구성의 열쇠라고 확신할 수 있었다.

"굉장해⋯⋯. 너무 굉장해서 뭘 하고 있는지 전혀 모르겠어⋯⋯."

에밀리아도 정령술사로서 어느 정도 마법의 지식은 있다고 생각했다. 하지만 눈앞에 있는 복잡한 술식은 그런 에밀리아의 상식적인 이해를 크게 초월하고 있다.

한 번 기능을 멈추면 다시는 움직일 수 없으리라. ——그럴 필요는 물론 없지만.

"찾았다. 아마 여기 흐름을 막으면 술식이 망가질 거야."

에밀리아는 관에 손을 대고 정밀하게 구성된 술식의 핵을 찾

아냈다. 그것은 마침 관 속에서 잠자는 여성이 깍지를 낀 가슴 위—— 그곳이 중심점이었다.

딱 한순간 망설임이 있었다. 술식을 부수면 결계는 풀리고 묘소는 역할을 잃고 정지한다. 그리되면 그 다과회에 갈 방법은 없어지고 마녀가 아는 친어머니의 단서도——.

"——그딴 거, 죄다 이젠 관계없어!"

미혹을 떨쳐내듯이 에밀리아의 주먹이 관에 내리꽂혔다.

순간, 술식의 핵이 부서지고 결정석으로 만들어진 관 뚜껑에 거미집 모양의 금이 번졌다.

핵이 부서진 마나의 흐름은 완전히 뒤틀려 어마어마한 빛의 분류가 실내에 미쳐 날뛰었다. 그것은 고요한 공기를 흐트러뜨리며 에밀리아의 은발을 빛나게 하다가 이윽고 갑자기 사라졌다.

묘소의 기능 정지—— 그 사실을 에밀리아는 공기의 변화로 확실하게 감지했다.

"방금 끝났어……. 응, 틀림없이 그 감각이 있었어."

눈에 보이는 변화는 없다. 하지만 확실히 변했다. 에밀리아는 어금니를 깨물고 이 방이 단순한 관의 안치소로—— 아니, 묘소가 단순한 건조물로 전락했음을 확신했다.

이로써 『성역』의 주민을 막는 결계는 없어졌다. 이 결과를 듣고 그들이 고향과 바깥의 생활 중 어느 쪽을 택할지, 그것은 그들 하기 나름이다. 물론 누가 어떤 결론을 내렸다고 해도 존중하고 로즈월의 뒷배 아래 에밀리아도 거들어 줄 작정이지만.

"그러고 보니, 로즈월, 선생님이라더니…… 혹시 이 사람이 그 선생님?"

묘소에 도전하기 직전, 에밀리아에게 비꼬는 말과 격려를 던진 로즈월은 말했었다. 시작한 것은 자기랑 선생님이라고. 그것이 무엇을 시작했다는 것인지 자세히는 모른다.

단지 그것이 『성역』을 가리킨다면 이 여성은 로즈월과 깊은 인연이 있을 터다.

"그것도 포함해서, 모두에게…… 람과 로즈월에게 이야기하러 가야 해."

관 속의 여성은 나중에 생각할 문제다. 지금은 결계가 풀린 사실을 전해 『성역』에 남은 사람들을 밖으로 내보낸다──. 자세히 묻지 못했지만 그럴 필요가 있다고 스바루가 말했었다.

그리고 그것은 아마도 로즈월의 기묘한 태도와도 관계가 있다. 서둘러야 한다.

뒤돌아서 에밀리아는 급한 걸음으로 통로를 지나 석실을 통과해 묘소 밖을 향했다. 광장에는 류즈와 밀데를 대표로 『성역』과 아람 마을의 사람들이 있을 테고.

그리고 에밀리아는 묘소 밖으로 뛰쳐나가서──.

"──어?"

──살을 에는 냉기와 매서운 눈보라에 덮인 『성역』에, 에밀리아의 하얀 숨결이 흘러나왔다.

제5장 『피와 내장까지 사랑해서』

1

후각에 스며드는 불꽃의 냄새에 가필은 한순간 의식을 빼앗겼다.

멀찍이, 뜨문뜨문 어른대는 초열의 기척. 천천히, 그러나 확실하게 번져나가는 그것은 저택에 불이 났음을 의미한다. 그것은 도대체 누가 지른 것인가.

"또 한눈팔아?"

한순간의 정체를 놓치지 않고 파고드는 엘자가 휘두른 칼날이 가필에게로 짓쳐들었다. 정신을 판 대가로 생명을 내놓으라니 제법 탐욕스럽기도 하다.

그것이 한때는 『탐욕의 마녀』의 사도였던 가필이라면 더더욱 그렇다.

하지만 『탐욕의 마녀』와 연을 끊은 가필에게 그 탐욕은 통하지 않는다.

"어설퍼!"

"어머, 팍팍해라."

안면에 호를 그리는 참격을 가필은 몇 번이나 그랬던 것처럼 이빨로 막고 물어 부수었다.

턱의 힘에 무기를 빼앗긴 엘자는 즉각 칼자루를 놓고 뒤로 뛰었다. 멈춰 선 가필을 중거리에서 응시하며 새로운 쿠크리 나이프를 들고 갸우뚱했다.

"한눈파는 시늉을 하다니, 배우가 따로 없구나. 아니면 유혹해 주던 거야?"

"꼬치꼬치 걸리는 투로 말하지 마시지. ……시침 떼고 있는 거냐?"

"──? 시침 떼? 도대체, 무슨 소리?"

요염하게 미소 짓는 엘자는 가필이 직구로 던진 물음에 의아한 티만 낼 뿐이다. 그 반응에 가필은 불꽃과 그녀가 무관계하다고 결론 내렸다. 연기를 이용할 만한 상대가 아님은 서로 생명을 노리던 시간이 증명해 주었다.

그리되면 이 불은 이쪽 편의── 스바루의 책모일 가능성이 크다.

"극단적이긴 한데…… 옳거니, 효과는 직방이잖아. 역시 대단한걸, 대장!"

"뭔지 모르겠지만 그건 너무 높이 사는 게 아닐까?"

"핫, 오기 부리지 마셔. 말했잖아. 방해하는 마수 따위 대장과 유쾌한 동료들한테 걸리면 문제도 아니라고!"

불 지른 장본인이 스바루라면 그 목적은 마수를 쫓아내는 것이리라. 제안한 게 스바루인지 오토인지는 모르지만 참으로 그

네들이 할 법한 수단이다.

마수도 불을 두려워한다. 필시 피난 경로의 확보는 이루었다. 그렇다면——.

"이 어르신이 니를 때려눕히고 우리 편의 완전 승리란 거지."

"못하는 말이 없는걸. ——하지만 그렇게 쉽지는 않아."

벼르는 가필의 시야, 핏빛 웃음을 띤 엘자의 모습이 흐려졌다.

첫 걸음부터 최고 속도의 영역으로 들어선 엘자에게 가필 또한 낮은 자세에서 돌진을 선택. 둘 사이의 거리는 한순간에 소실하고 양자는 복도 중앙에서 격돌을——

"——흡!"

——하기 직전, 두 사람은 각각 천장과 바닥을 박차고 튕기듯이 그 자리를 벗어나고 있었다.

직후 발생한 것은 안뜰에 인접한 벽이 파괴되어 건물 전체를 뒤흔드는 충격이었다. 그것은 전장이 된 1층만이 아니라 위층마저 파괴에 끌어들여 붕괴시켰다.

그리고 그렇게 만든 것은 호쾌하게 건물로 쓰러진 바윗덩이 같은 거대한 마수였다.

상상을 초월하는 거구의 출현은 아무리 가필이어도 예상 밖의 사건. 그 예상 밖은 더 이어졌다. ——바윗덩이가, 깜찍한 항의성을 터트린 것이다.

"아유, 못 믿겠어! 바위돼지야, 어서 일어나아! 일어나라고오!"

"아앙? 타고 있는 거, 꼬마냐?"

짐승 위에서 소란 피우는 목소리에 가필은 얼굴을 찌푸렸다.

쳐다보니 바윗덩이 등에 타고 있는 것은 파란 머리를 땋아 내린 소녀── 이것이 『마수 사역자』의 정체인가.

그리고 그 『마수 사역자』가 지금 이렇게 전장에 끼어든 원인은──.

"가프! 이런 곳에 있었어요?!"

"누님?!"

부서진 벽을 지나 반파된 복도에 몸을 날린 것은 금발 메이드, 프레데리카였다. 도망쳐 보냈을 터인 프레데리카의 합류에 가필은 눈을 부라리며 달려갔다.

"왜 또 남아 있어! 람의 동생은, 대장 쪽은?!"

"맡은 역할은 다했어요. 제가 남은 이유는, 알잖아요?"

한쪽 눈을 감고 그렇게 말한 프레데리카의 모습에 가필은 입을 다물었다.

프레데리카의 몸에선 싸움에서 입은 상처를 여럿 찾아볼 수 있다. 당연하다. 『마수 사역자』를 잡아 두는 역할을 사서 나섰다면 그야말로 무수한 마수를 상대했을 터.

단련하고 단련해, 강해지자고 발버둥 치던 가필과 달리 누나는 투쟁과는 무관한 나날을 거듭했을 것이다. 그 누나가 얼마나 뼈를 깎으며 애썼단 말인가.

"칠칠치 못한 얼굴 하는 게 아니어요."

가필의 우려를 깨달은 프레데리카가 휑히 뚫린 이마에다 수도를 먹였다. 가필은 "아파." 하고 아프지 않은데 반사적으로 뇌까리고 누나를 노려보았다.

"가프, 당신의 배려는 알겠지만 저도 메이더스 가문을 섬기는 몸……. 좋든 나쁘든 호신할 방법은 교육받았답니다."

"교육받았다 그래도…… 아아, 하지만 람도 강하긴 했지. 이해했다."

"비교대상으로 그 애가 적절할지는 저도 답하기 어려운 구석이 있지만요……."

이마에 손을 짚은 프레데리카는 고민하듯이 이를 딱 부딪쳤다. 그 부분만 떼어보면 역시 남매라고 해야 할지, 가필과 프레데리카는 판박이었다.

그리고 그 관계도가 맞아떨어지는 건 아무래도 가필 쪽만이 아닌 것 같았다.

"메일리, 무사해? 무사하다면 됐지만 방해는 하지 말았으면 했어."

"아유, 엘자는 다아 자기 맘이지! 애초에 엘자가 앞지르는 바람에 내가 고생하게 됐잖아! 똑바로 반성해애!"

"다 치우면 반성이든 뭐든 해 줄게. ――자, 네 할 일을 하렴."

메일리라고 불린 소녀가 엘자의 항의에 뺨을 부풀리며 손뼉을 쳤다. 그 즉시 바윗덩이가 빙글 몸을 돌려 천천히 그 머리를 가필 쪽으로 겨누었다.

그 밖에도 건물 안팎에서 여러 마수의 기척이 접근했다. 그야말로 『마수 사역자』.

그러나 그 엘자는 그 기척에 의혹을 품은 듯이 갸우뚱하며 물었다.

"마수의 수가 꽤 적은 것 같은데."

"여기에 올 때까지 저 큰 메이드한테 많이 당해서 그래! 그리고 저택에 불이 났단 말이야아. 그걸로 그림자 사자도 죽어 버렸나 봐."

속이 상한 표정으로 메일리는 엘자의 질문에 대답하고 말을 이었다.

"뿔이 안 꺾였는데도 따라 주는 희한한 애였는데 금방 욱하는 구석이 옥에 티였더라지이. 진짜, 중요한 상황에서 쓸모없다니까아."

"왜 그렇게 다루기 어려운 마수를 데려왔는지 이해하기 어려운걸."

"다른 애가 번식기라 그 애밖에 없었다고! ……그래서, 엘자 상대는?"

짐승 위에서 복도를 내려다본 메일리의 시선이 가필을 포착했다. 소녀는 "흐응." 하고 흥미롭게 숨을 내쉬더니 의미심장하게 나이에 안 맞는 요염함과 함께 미소 지었다.

"얼굴 무서운 오빠, 엘자에게 찍히다니 되게 불쌍해라."

"대장의 험한 인상엔 못 당하지. 니들은 자매 모두 거하게 저질러주셨어."

가필의 대꾸에 메일리는, 그리고 엘자도 뜻밖이라는 표정을 지었다.

자매라는 말을 들어서 놀랐을지도 모른다. 확실히 두 사람의 사이는 혈연이 아닐 것 같다. 두 사람 다 용모는 곱상하지만 닮

앉다고는 도저히 말하기 어렵다.

하지만 틀림없이 자매. ──가필의 감이 그렇게 이르고 있다.

"자매. 그래, 자매라. ……그래서 공교롭게도 피차 남매와 자매가 모인 것 같은데, 여기서 시합 재개한다고 봐도 될까?"

마수 옆에 서서 쿠크리 나이프의 끝을 겨누며 엘자가 물었다.

가필은 옆에 있는 프레데리카의 상태를 힐끔 살폈다. 호흡은 가쁘고 얼굴은 핏기가 잃어 창백하다. 외상도 간과 못할 수준에 이르러 있다.

"가프."

시선을 알아챈 프레데리카가 가필을 불렀다. 그 목소리에 담긴 감정에 가필은 쓴웃음 지었다. ──프레데리카는 만만하게 보지 말라고 강하게 호소하고 있다.

조용히 가필은 앞으로 나섰다. ──지금이, 승부할 때다.

"불타는 저택, 밖에는 마수 무리, 뒤에는 다쳤는데 허세나 부리는 누님."

"──?"

"구해야만 하는 일당에, 때려눕혀야만 하는 강적. 대장에겐 '너만 믿는다' 는 소리 들었지. 반한 여자한테는 큰소리치고 나왔고."

"얼굴 무서운 오빠, 대체 무슨 말을 하는 거야아?"

"뻔한 거 아니냐."

공교롭게도 같은 각도로 갸우뚱하는 엘자와 메일리, 그 둘이 품는 의혹에 가필은 당당한 기분으로 이를 딱 부딪쳤다.

"이만큼 조건 모였는데 안 불타는 남자가 이 세상에 어디 있단 거야?! 아아, 해 주겠다고! 『검성 레이드는 용 앞에서 검을 뽑고 웃는다』지!"

"그건 머리가 돈 정신병자란 의미의 관용구인데?"

"엉, 알지, 그럼. 그래서? 이 어르신과 니가 모였는데, 뭐 잘 못된 게 있냐?"

아예 시원하게, 가필은 자신의 미련함을 긍정했다. 그 대답에 엘자는 한순간 얼떨떨한 표정을 지었다. 하지만 그것도 불과 몇 초.

곧장 활짝 얼굴을 편 엘자는 광기 어린 빛이 깃든 두 눈에 웃음을 띠며 흥분으로 입술을 핥았다.

"그러네. 정말로 그래. 네 말이 맞아."

의욕에 불이 붙은 엘자에게 가필은 방패를 맞부딪치는 전의로 응수했다.

"잠깐, 엘자, 일 까먹은 거 아냐아? 엄마한테 혼난다고오."

"그러네. 그러니까 그쪽은 네게 부탁할게. 난 이 아이한테 집중하고 싶어."

"부―. 그렇게 금방 나한테 기댄다니까아. 진짜로―."

일을 팽개친 엘자의 발언에 분개하는 메일리가 무슨 말을 이으려고 했다. 하지만 그 뒷말은 못하게 한다. 한눈을 팔았다던 타박에 대한 답례를 여기서 때려 박는다.

"―쉬익!!"

가필은 날카롭게 호흡을 내뱉고 발바닥에 힘을 주었다. 순간,

반파된 저택 복도째 지면이 정사각형으로 도려내고 튀어올랐다. 그것을 호쾌하게 정면으로 차 버렸다.

"──윽?!"

고속으로 육박하는 지반의 포탄을 엘자가 땅에 엎드리는 자세로 회피. 하지만 등 뒤에서 미처 못 피한 덩치 큰 마수는 직격당한 충격으로 거세게 옆으로 미끄러지며 회전하다가 벽면에 충돌했다.

"꺄아아아!"

그 기세에 휘둘리며 마수에 매달린 메일리가 떨어졌다. 그대로 지면에 머리부터 떨어지려는 차에 미끄러진 엘자가 가까스로 받아 냈다.

"가, 가프, 방금 그건 대체 뭘 한 거여요?"

"이 어르신이 가진 가호의 힘이지. 땅에 발이 붙은 한, 눈이 닿는 곳은 이 어르신의 사정거리란 거야. 말해두지만 쓸데없는 짓은 하게 못 돼. 니한테도, 그쪽 동생한테도 말이지."

말을 맺고 가필은 이를 드러냈다. 하지만 『지령의 가호』는 그렇게까지 만능은 아니다.

확실히 대지에서 힘을 받아 회복력을 높이는 것 말고 지금 한 것처럼 지면을 융기, 함몰시킬 수도 있다. 그러나 그것은 어디까지나 손발이 닿는 범위의 이야기.

요컨대 허풍이다. 하지만 그렇기 때문에 가필은 뻔뻔스럽게 웃었다. 이때라는 상황에서야말로 웃는 법이라고, 스바루나 오토에게 배웠으므로.

"——메일리. 밖은 최소한이면 돼. 다른 애를 부르고 그 마수도 일으켜."

"……엄마한테 혼난다고오."

엘자의 팔에서 풀려나온 메일리가 낮은 목소리가 중얼거렸다. 그러나 이미 상황이 그것을 허용하지 않음을 메일리도 짐작하고 있다. 메일리는 한숨짓고 손피리를 불었다.

가늘고 높은 소리가 멀리, 온 저택에 울려 퍼지는 것을 조용히 지켜본다. 이로써 마수가 온다. 다수로 밀어닥쳐 가필과 프레데리카를 짓뭉개러 모여들 터다.

더욱더 전의가 타올라서 질 수 없다고 영혼이 포효한다.

"팔다리를 뽑아 가볍게 만들어서 챙겨가 줄게. 네 정인보다 오래 사랑할 수 있어."

"창자 포기한단 선택지는 없으시냐."

기가 막힌 주장에 목뼈를 뚜둑거린 가필은 앞으로 숙인 자세로 적을 영격했다.

엘자는 상반신을 들썩 흔들어 두 손에 들고 있던 쿠크리 나이프를 바닥에 떨어뜨렸다. ——대신에 검고 하얀, 두 자루의 흉흉한 날붙이를 움켜쥐고 달빛을 반사했다.

"누님은 자기 몸만 생각해."

"메일리, 앞으로는 한 발짝도 나서면 안 돼."

두 사람은 의도치 않게 등 뒤에 둔 누나와 여동생에게 동시에 말을 남기고 곧장 격돌했다.

『창자 사냥꾼』과 『성역의 방패』의 전투는 최종국면으로——

향한다.

——그 직후, 저택 복도는 혼전에 난전, 살의가 미쳐 날뛰는 혈육의 향연으로 탈바꿈했다.

"카악——."

눈앞을 지나치는 녹색 꼬리에 이빨을 꽂고 무아몽중으로 물어뜯는다.

보라색 체액이 튀고 이를 받은 살갗을 독액이 태운다. 하지만 상관없다. 쳐든 굳센 팔을 후려치고 멋없는 쌍두사의 머리를 둘 다 부수었다.

순간, 턱 끝을 스치듯이 구부러진 칼날 형태의 흉흉한 '죽음' 이 후려쳤다.

검광을 덧쓰듯이 바람이 일어나고 찌부러진 마수의 주검이 날아갔다. 찰나의 공방에 달라붙는 죽음에서 달아나는 것이 아니라 파고들어서 육박하는 '죽음' 의 안면을 때려 날렸다.

내지른 두 팔이 정면, 여자의 가슴과 옆구리를 포착해 뼈와 내장을 엉망진창으로 뒤틀어 짜냈다.

"————."

귓가, 눈앞, 상하좌우, 불문하고 교차하는 짐승의 포효, 비명, 절규, 자신의 함성, 충격음과 마찰음이 겹치며 강철과 강철이 스친다. 소리가, 빛이, 너무나 혼탁해서 세상이 토막토막 끊어졌다.

상관없다. 이 손맛과 악문 이빨과 눈앞의 핏빛 미소만이 진짜다.

타격의 위력에 여자가 피를 토하고 핏빛 미소는 더욱 거무칙칙하게 물들었다. 생명에도 영향을 줄 충격 속임에도 여자의 검은 눈에서 유열의 빛깔이 지워지지 않았다.

전투력보다, 생명력보다, 그 정신성이야말로 가장 성가신 성질이라고 직감했다.

"――쉭!" "크아아아!!"

짧은 날숨과 응수하는 포효.

여자의 왼팔이 사라지고 들고 있던 칼날이 시야에서 없어졌다. 쇳소리가 등 뒤에서 연쇄, 벽을 반사하며 천장을 박차고 바닥을 치며 흉기가 가필의 등 쪽을 노린다.

찰나의 망설임, 뒤돌아보는 선택지는 소멸하고 가필은 정면, 오른팔을 팽팽하게 당긴 여자의 일격에 의식을 집중. ――오른쪽 견갑골에 칼날이 박히고 일순 움직임이 멈추었다.

순간, 내지른 일격은 생명을 따내는 형국이었다.

"――큭?!"

차 올려서 옆머리와 칼날 사이에 끼어들게 한 것은 쌍두사의 주검이었다.

칼날이 마수의 주검에 박혔다. 그리고 참격은 타격으로 전환되어 옆얼굴을 치고 지나갔다.

충격은 의식을 흔들고 몸이 힘차게 회전했다. 치명적인 빈틈을 내준다. ――그 전에 발에 힘을 주었다. 『지령의 가호』가 바닥을 터트리며 앞으로 날았다.

예상 밖의 거동과 반격에 여자의 반응이 한순간 늦어졌다. 그

때 낮은 궤도에서 뻗은 왼팔이 여자의 안면을 움켜쥐고── 왼 팔이 폭발적으로 발달, 짐승의 팔로 변모했다.

육체 일부를 수화시키는 『부분 수화』가 짐승의 발톱으로 여 자의 안면을 뜯어내듯이 찢어발겼다.

"끼, 아아악──!"

한 번 안면을 날렸던 일격보다 강하고 깊게 얼굴을 파헤치는 충격이다. 다섯 손가락의 칼날에 머리가 찢겨져 천하의 여자도 절규하며 발 움직임이 무뎌졌다.

"흐아아아!!"

그 몸통에 앞차기가 꽂히고 여자의 몸이 가볍게 등 뒤로 날아 갔다.

이미 깨진 뼈와 찌부러진 내장들이 휘도는 충격은 고통으로 죽어도 이상하지 않다. 하지만 쓰러지는 여자는 선혈을 흘리면 서도 토막토막 끊기는 웃음소리를 내고 있다.

──생명, 끝나지 않고. 전의, 사그라지지 않고. 그 심성, 영 원히 구하지 못하니.

"쳇! 그럼 계속해서!"

추가타를 가하려는 가필을 노리고 공방을 틈탄 마수가 쇄도했 다.

검은 날개가 난 쥐가, 몸에 얼룩무늬를 새긴 사나운 큰 개가, 동포가 살해당한 분노에 타오르는 쌍두사 무리가, 그리고 부활 한 거구── 바위돼지라고 불린 바윗덩이가 짓쳐들었다.

"가프! 이쪽은 제가!"

몸에 힘을 주는 가필의 등 뒤, 기습을 노린 마수 무리가 발톱에 찢겨 나갔다. 돌아볼 여유는 없다. 단지 프레데리카가 분전하며 적을 쓸어버리는 것이 전해진다.

그렇다면 가필이 할 일은, 정면에서 오는 저택과도 필적하는 거구의 돌진을 영격하는 것──.

"납작해져 버려라아!"

메일리의 목소리를 들은 바위돼지가 체구와 비교해 너무 짧은 사지로 뛰어 날아들었다. 그것은 이미 짐승의 타격력이 아니라 건물이 떨어지는 질량탄이나 다름없다.

인력으로, 단독으로, 견디기란 불가능──. 그렇기 때문에 짐승의 본능이 타오른다.

두 다리로 버텨 서고 『지령의 가호』를 최대한으로 해방. 발바닥에서 전해지는 대지의 가호와 온몸의 근육이 부푸는 약동감 ── 자신 안에 잠자는 피가 작렬해 육체가 변모했다.

"──오오오오오!"

영혼에 쩌렁거리는 포효는 밖으로 보내는 것이 아니라 자신의 내면에 울리기 위한 것이었다.

온몸에 맴도는, 받아들이기 어렵다고 기피하던 자신의 혈통. 그것을 지금 자신의 의사로 일깨워 지배하고 운명을 타개하기 위한 힘으로 삼는다.

골격이 삐걱거리는 소리와 함께 변화하고, 목이, 몸통이, 머리가 짐승으로 형상을 바꾼다. 금빛 대호(大虎)가 현현하며 압박감에 견디다 못한 의복이 터져나갔다. 하지만 두 팔에 장착된 방패는 팽창한 두 팔에 팔찌처럼 남아──── 바위돼지에 필적하는 폭력의 화신이 현현했다.

"크어엉────!!"

양웅── 아니, 양수(兩獸), 격돌하다. 충격에 저택이 터지고 작렬한 공기가 폭음을 낳았다.

안면을 부딪치는 바위의 마수를 맹호는 대검 같은 발톱을 갈겨서 막아냈다. 두꺼운 피부에 발톱이 밑동부터 벗겨지고 돌진력을 죽이지 못해 뒤로 억시로 밀려났다. 뒤로 꺾인 대호의 가슴팍을 바로 위에서 거수의 앞발이 짓밟으며 지면에 메다꽂았다. 피가 뿜어졌다.

"워그피그! 멈추면 안 돼애!"

뼈가 깨지고 살점이 갈리는 소리를 들어도 마수의 주인은 방심하지 않는다.

우는 것만 같은 주인의 명령에 바위돼지는 함성을 터트리면서 두 앞발을 쳐들어 두 번째 짓밟기로 대호의 머리를 밟아 부수려고 했다.

──순간, 복근의 힘으로 몸을 일으킨 맹호가 마수의 텅 빈 배때지를 물어뜯었다.

바위 같은 피부를 가진 마수일지언정 평소에는 보이지 않는 배의 방호는 얇고 무르다.

발톱이 먹히지 않던 피부에 날카로운 이빨이 박혔다. 가죽을 찢고 속살에 이르러, 그 안쪽까지.

"그르르르아아아──!"

바위돼지의 배때지를 물어뜯은 채로 대호의 몸이 사납게 옆으로 회전했다. 이빨로 물어서 사냥감의 살을 뜯어내는 거동──수룡이라고 불리는 용종이 행하는 포식 행동이다.

먹기 위해서가 아니라 죽이기 위해서, 대호의 송곳니가 바위돼지의 몸통을 가차 없이 물어뜯었다.

두꺼운 피부 안쪽, 거수는 자신의 질량에 어울리는 방대한 양의 내장과 피를 품고 있었다. 이빨의 상처 자국에서 흘러나온 그것은 흡사 파도처럼 저택의 통로에 쏟아졌다.

"───오."

허옇게 눈을 까뒤집은 바위돼지가 허약한 단말마를 남기고 무너졌다.

"세……상에……. 미, 믿을 수 없어……. 믿을 수 없어어!"

혈육을 내뱉고 거수의 유해를 밀어젖히는 가필에게 메일리가 뒷걸음질 쳤다.

주위, 손피리에 불려 모인 마수는 소형과 중형 무리이며, 승부를 판가름할 바위돼지 같은 대형 마수는 끝이다. 불과 한순간에 추세가 뒤집혔다.

"아유! 이게 무슨 일이야아! 엘자! 엘자아! 어떻게 해 줘어!"

"……사람을 참 험하게 부리는 애야."

땋은 머리를 정신없이 흔들며 울듯이 외친 메일리의 목소리에 살육자가 응답했다. 천천히, 어둠빛 머리카락을 찰랑이며 선 것은 날아간 얼굴을 재생한 엘자 그란힐테.

색향을 풍기는 피범벅의 미모가 도취된 눈초리로 가필을 보고 있다.

"여자의 얼굴을 주저 없이 날리다니, 역시 멋져, 너."

"악, 크, 오오……."

피에 젖은 흉상으로 미소 짓는 여자에게, 두 어깨가 부서진 대호가 극심하게 으르렁댔다. 떨리는 맹호의 거구는 서서히 줄다가 커다래진 육체는 원래 인간형으로. 몇 초 뒤, 반라의 소년이 전장에 되돌아왔다.

"아아…… 제길, 돌아왔다. 머리 아파 죽겠군……."

"오호라……. 반수라는 그거구나. 인간치고는 눈매가 사납다 했었어."

"그 논리가 통한다면 우리 대장도 인간이 아니란 말이 된다만."

가필은 머리를 내젓고 인간형으로 돌아온 몸의 감각을 확인했다.

골격이 인간형으로 돌아오는 과정에서 부서진 두 어깨도 움직일 정도로는 붙었다. 그렇다고는 해도 움직일 때마다 삐걱거리는 아픔이 퍼져서 사고가 하얗게 달아오른다. 오랜 시간 완벽하게 움직일 수는 없다.

"너는 신경 쓰지 않는다고 그랬지만…… 슬슬 부조리하게 느낄 시기겠지."

"_____."

"당신은 만신창이가 되어가는데, 내 상처는 아물어. 시간을 들이면 들일수록 차이는 벌어지지. ……치사하다는 생각은 안 해?"

엘자의 가늘고 긴 팔다리에는 일절 상처가 없다. 피를 닦으면 거기에는 하얗고 매끈한 피부가 건재할 것이다. 가필과의 부상 차이는 벌어지기만 할 따름이다.

불사성이라고 해도 무방한 그것을 비겁하다고 욕하는 것도 어쩌면 올바를지 모른다.

"이 어르신은, 안 꺾여. 한 말은 안 굽혀."

고개를 가로젓고 나약한 생각을 부정했다. 애당초 그럴 필요부터 없다.

"니는 불사 같은 게 아냐. 죽을 때까지 죽이면 죽지 않겠냐고. ──안 그래, 흡혈귀?"

"……알고 있었어?"

"점은 찍었었지. 옛날부터 이 어르신은 책 읽는 걸 좋아했거든. 그런 특별한 놈들이 있다는 건 알고 있었지. 설마 밖에 나오자마자 맞닥뜨릴 줄은 몰랐지만."

『성역』에는 빈번하게 밖에서 책이 배달되어 왔다. 그 배송자가 가필에게 무엇을 배우게 하고 싶었는지는 책 종류에 편중이 없어서 알 수 없었지만.

가필은 뭐든지 읽었다. 반한 여자가 슬픈 표정을 짓는 이유를 물어 죽이기 위해.

그중에 『흡혈귀』라고 불리는 특성을 가진 존재에 대해서도 기록되어 있어서.

"먼 옛날 마녀 중에도 있었다더군. 그 마녀가 죽었단 말이지. 니도 죽일 수 있어."

벌써 네 번, 가필은 이 전투에서 엘자에게 치명상을 입혔다고 생각한다. 그녀가 전설에 나오는 불사의 괴물과 똑같은 특성을 이어받았다 해도 재생력에는 한계가 있을 것이다.

아마도 앞으로 한 번이나 두 번, 그걸로 끝난다. 그리되기 전에——.

"……결단코 나쁜 짓 안 하겠다면 동생이랑 같이 못 본 척 못 해 줄 것도 없지."

"——너, 정말로 귀여운 애구나."

마지막에 건넨 자비의 꽃다발을 미소로 쳐내는 것이 신호였다.

내딛는 발이 폭발하고 가필의 몸이 직선으로 날았다. 이를 요격하는 칼날이 세로로 쪼개려 떨어지고, 발생한 참격의 위력에 저택 복도가 갈라졌다.

참격을 방패로 막았지만 칼날에 가슴팍이 얕게 베였다. 피가 튀는 것도 상관하지 않고 전진, 전진——.

"내가 태어난 북방의 구스테코는, 아주아주 추운 땅이었어."

찰나의 공방을 펼치면서 갑자기 노래하듯이 나온 말이 고막에 스며들었다.

들릴 리가 없다. 의식이 작열하고 치명적인 일격을 교환하는 순간순간에 그런 음성이 끼어들 여지는 조금도 없다. 그래야 할 텐데도 목소리는 숨어든다, 스며든다.

"빈부격차가 심한 나라로, 빈곤층에선 버리는 애도 드물지 않아. 난 그렇게 버린 애 중 하나로, 철이 들 적에는 부모도 없이 흙탕물을 마시며 살고 있었어.”

“——하앗!!”

“훔치거나, 상처 입히거나, 그런 짓을 하며 하루하루를 거듭하고…… 무엇 때문에 사는지, 행복이란 무엇을 말하는지. 그런 걸 생각할 겨를도 없는 하루하루였지.”

굳센 팔을 내휘두른다. 엘자의 안면을 날려 버리려 든다. 피한다. 은빛 섬광이 번뜩인다. 몸을 기울여 피한다. 피하자마자 반격, 막힌다. 거리가 벌어진다.

“그날은 유달리 추운 날이었어.”

“시끄러! 안 물었거든!”

“영봉에서 부는 바람은 차가워서 온 거리가 얼어붙던 날. 뱉은 숨결도 얼 것만 같은 극한의 눈보라 속에서 도둑질하던 나는 가게 주인에게 잡혔지.”

엘자는 열기가 담긴 숨결을 흘리며 꿈꾸는 눈초리로 이야기했다.

미쳐 날뛰는 칼날의 기세는 더해지고, 어깨의 상처로 방어가 늦는 가필은 베여나간다.

“죽어도 불평 못할 입장이었지만 난 여자였거든. 천박하게 웃으며 내 옷을 찢으려던 그 남자의 얼굴이 지금도 기억이 나.”

“커, 억…….”

“얼어붙을 듯이 찬바람이 부는 가운데, 윗옷이 벗겨지고 속옷도 빼앗겨서…… 무슨 짓을 당할까보다 얼어 죽는 쪽이 먼저 생각났을 때, 난 우연히 유리 조각을 주웠어.”

긴 다리가 옆머리로 튀어 오르는 것을 가필은 박치기로 격추. 뇌수에 울리는 충격에 몸이 뒤로 꺾이지만 엘자의 발등도 깨부수었다. 표정은 황홀, 전율이 내달린다.

"생각하고 그랬던 게 아니야. 그냥 유리 조각을 상대의 배에다, 찔러 넣고."

"―――."

"남자의 비명도, 누군가의 목숨을 앗은 데에 대한 당혹도, 아무것도 못 느꼈지. 하지만 난 찬바람 속에서 생각했어."

숨을 죽이는 가필 앞에서 엘자가 황홀하게, 사랑하는 소녀처럼 웃었다.

"――피와 내장은 어쩜 이렇게 따뜻하담."

번뜩이는 칼날의 궤도에서 땅을 기듯이 벗어나 발목을 후리는 걸 넘어 송두리째 뽑아 갈 차기를 지른다. 엘자는 도약해서 공격을 피하고, 멀어지는 살육자에 가필은 혀를 찼다.

미처 처리 못했다, 그 사실에 대해서만 혀를 찬 게 아니다.

"이 세상에 행복이 있다면 추위를 잊게 해 줄 온기가 그거야. 태어나서 아무것도 얻지 못한 내가 얻은 첫 행복. ――이해는, 못하겠지?"

"하기도 싫어."

"그러면 돼. 공감해 주길 바란단 생각은 없어서."

"그럼 왜 그런 이야기를 이 어르신한테 하고 앉았냐. 속 뒤집어지는군."

"왜일까?"

적의와, 그 외를 두 눈에 깃들인 가필에게 엘자는 이상하다는 듯 갸우뚱했다.

  그 뒤로 색기가 넘치게 눈웃음을 치더니 뺨을 살짝 붉게 물들이고 가필을 응시했다.

  "아마 네가 정말로 사랑스럽기 때문일 거야."

  "……미안한데 이 어르신은 반한 여자가 있다. 정신머리가 나간 여자랑 사귈 틈은 없어."

  "야박해라. 하지만 괜찮아. 내가 용무가 있는 건 네 내용물뿐이니까."

  말은 통하는 것 같으면서도 결국 근본부터 하나도 이해를 나누지 못했다.

  엘자의 신상 이야기를 다 들은 가필은 결론 내렸다.

  서로 마음이 통하는 건 물론이거니와 서로 용납할 수도 없다. 가능한 건 서로 죽이는 것뿐.

  "――죽이겠다, 엘자 그란힐테."

  "죽이고 나서야 비로소 너를 사랑할게. ――가필 틴젤."

  밝혔던 이름을 서로 부르고 양자 사이에 유일하게 통하는 폭력에 내맡긴다.

  흉기는 섬광으로 변해 반파된 저택 복도를 미쳐 날뛰며 칼질했다. 그 칼날의 빗속을 가필은 몸놀림―― 아니, 방패의 방어를 최소한으로 돌진한다.

  어깨가, 배가, 다리가, 이마가 칼날에 스쳐서 출혈하지만 그래도 가필은 흔들리지 않는다.

여섯 걸음, 거리가 줄어든다. 가필은 팔을 휘둘러 왼팔의 방패를 곧게 던졌다.

다섯 걸음, 엘자의 팔이 방패에 맞아 손가락이 으스러지고 왼손 무기를 떨어뜨렸다.

네 걸음, 방비를 잃은 왼쪽 반신에 무수한 참격이 들어와 피가 띠를 긋는다. 멈추지 않는다.

세 걸음, 내디딘 발바닥에 대지가 폭발, 융기하고 저택이 단말마와 함께 붕괴했다.

두 걸음, 선회한 『창자 사냥꾼』의 일격이 평생 최고속의 기세로 몸통에 꽂혔다.

한 걸음, 몸통에 둔 오른쪽 방패, 팔을 부러뜨리면서 『창자 사냥꾼』의 일격을 막았다.

영 걸음, 둘의 거리가 제로가 되고 가필의 왼쪽 발톱이 엘자를 직격——.

"——막았다고 생각해서 방심하면 못 써."

숨죽인 웃음소리가 들리고 가필의 안면에 긴 다리가 내리꽂혔다. 떨어지는 발꿈치, 거기에 장치된 칼날이 둔탁하게 빛나며 곧게 가필의 머리 중심으로——.

"——엘자!"

꽂히는 순간, 비명 같은 부름 소리에 엘자는 뒤로 뛰고 있었다.

불길의 연소에 휘말려 수도 없는 충격에 견디다 못해 마침내 붕괴하는 저택의 동관. 그 떨어지는 파편 바로 아래에 머리를 감싸 안은 메일리가 비통하게 언니를 부르고 있었다.

거기로 엘자는 달려든다. 머리 위, 낙하물에 칼날을 후려쳐 토막 낸다. 잇달아 떨어지는 파편을 베고 뚫고 펜다. 여전히 낙하물은 끝이 없고——.

그 순간, 발밑을 바람이 지나간다. 금빛 털에 아름답고 매끄럽게 생긴 그 바람은 붕괴에 휘말려 찌부러지려는 소녀를 물고 안전한 곳으로 이탈했다.

"엘자아!"

아름다운 네발짐승에게 끌려서 밖으로 뛰쳐나가는 메일리가 애타게 엘자를 불렀다.

그 목소리에 엘자는 돌아보지 않았다. 바로 눈앞에 가필이 육박하고 있었다.

"——!!"

엘자 오른팔의 칼날과 가필 왼팔의 발톱이 교차했다.

부서지는 소리, 가필의 왼팔이 망가지고 엘자의 오른팔이 손목에서 보기 흉하게 끊어졌다. 선혈이 팍 튀고 엘자는 쓸모없어진 팔을 뻗어 가필을 밀어 쓰러뜨렸다.

얼싸안듯이 뒤엉킨 두 사람은 상대의 목을 물어뜯다가 튕기듯이 떨어졌다.

"으, 크."

목 왼쪽에 작열, 피를 뿜는 상처 자국에 손도 대지 못하고 그저 엘자는 뺨을 붉혔다.

숨결에 색이 들 정도로 열기를 띠고, 젖은 눈은 씻어 내지 못한 열정으로 가득했다.

——엘자의 눈앞에서 가필이 바위돼지의 거구를 들어 올려 내던졌다.

피를 흘리고 격정에 눈을 태우는 소년의 목에는 자신이 입맞춤한 자국이 있다. 포물선을 그리는 바윗덩이가 다가드는 것을 알면서도 엘자는 마지막 순간까지 사랑스러운 남자를 바라보았다.

가쁘게 호흡을 흐트러뜨리고 가슴속에 솟구치는 것을 담아서 금발 소년에 미소를 보내며.

"——짜릿해라."

어마어마한 중량이 여자를, 살육자를, 흡혈귀를, 『창자 사냥꾼』을, 철저하리만큼 짓뭉갰다.

마수의 체액에 섞여서 흘러넘치는 선혈, 부활의 조짐은 없음.
——죽음의 향이, 퍼진다.

가필이 함성을 터트렸다. 그것은 높이, 높이, 불타 무너지는 저택에 울려 퍼졌다.

——『성역의 방패』와 『창자 사냥꾼』의 싸움, 여기서 결판나다.

제6장 『복수에서 시작되어』

1

──화려한 색채와 정반대로 싸움은 고도로 치밀한 마법전의 양상을 빚고 있었다.

지팡이를 휘둘러 바람 칼날을 만들어 내어서 풀어놓는다.

발생한 진공 칼날은 보이지 않는 암살자가 되어 쇠마저 찢어발기는 위력으로 대상의 발을 치려 든다. 발동 순간, 시선과 호흡을 의도적으로 틀어서 페이크도 넣은 일격이다. 그것을──.

"──윽."

"설마, 이런 거언─ 아니겠지?"

보이지 않는 진공 칼날의 기습, 그것을 적── 로즈월은 발끝으로 쉽사리 짓뭉갰다.

그 사실과, 그것을 이뤄낸 기량에 목이 얼어붙었다. 짓밟은 마법을 해소한다는 건 말처럼 쉬운 일이 아니다. 로즈월은 발끝으로 마법의 구성을 고친 것이다.

게이트로 타인의 색에 물든 마나를 게이트의 개입 없이 다시 칠한다. 그것을 목숨이 걸린 전투 중에 행하다니, 제정신으로

할 짓이 아니다.

그리고 그 행위를 해치우는 게 로즈월 L. 메이더스── 마법사의 명문, 메이더스 가문의 당주이자 당대 최강 궁정 마도사의 칭호를 여유 있게 따낸 남자다.

"그럼, 답례다."

스스럼없는 어조로 말하며 로즈월은 두 손과 입술── 손가락과 영창으로 마법을 삼중 전개했다.

속성의 복합이 아니라 세 종류의 마법을 동시에 발동하는 신기다. 그것은 사고하는 뇌가 세 개 필요할 정도로 광기 어린 기법──하물며 그의 한계는 이 정도가 아니다.

그것을 누구보다 이해하고 있기 때문에 소녀── 람은 쏟아지는 불꽃 탄환의 회피에 애썼다. 아직 한계를 보이지 않은, '놀고 있는' 지금이야말로 승기라고.

발사되는 적색, 청색, 녹색의 다른 불꽃 탄환. 그것을 람은 크게 뒤로 뛰며 바람 칼날로 영격했다. 이를 떨치고 반격할 태세를. ──그런 사고는 직후의 광경에 배신당했다.

"──?!"

붉은 불꽃이 바람을 받고 기름을 부은 듯이 화력을 늘리며 작열의 불기둥으로.

파란 불꽃이 바람에 갈라져 사방팔방으로 뿔뿔이 파열하며 피해를 확대한다.

녹색 불꽃은 바람을 빨아들이고 그 형태를 불꽃 뱀으로 바꾸어 대지에 요동치며 파괴를 일으킨다.

그 모든 대처에 전력을 기울인다. 대화력의 불기둥을 뛰어넘고, 파란 불꽃을 피하기 위해서 거목을 박차고, 그러자 녹색 불꽃 뱀의 이빨이 착지점에서 람을 아가리에 잡으려고——.

"——참 내, 재주도 좋구나, 로즈월. 하지만 그래선 어설퍼."

불꽃 뱀의 배에 말려들기 직전, 람의 고막에 태평한 목소리가 스며들었다. 그러나 그 태평한 목소리와 대조적으로 그것이 초래한 결과는 장렬하고 압도적이었다.

불꽃 뱀이 입을 여는 자세로 얼어붙고, 이리저리 뛰는 불꽃과 불기둥 또한 같은 말로를 걷는다. 그것은 여러 마법을 조종하는 기술의 대극, 한 마법의 극한 화력이 이끈 강행 조치——.

그것을 한 이는 허공에 짧은 팔로 팔짱을 낀 새끼 고양이—— 대정령 팩이었다. 새끼 고양이는 갸웃하며 자신의 몸길이만 한 꼬리를 로즈월에게 겨누었다. 웃음을 던진다.

"잔기술이 풍부한 건 맹공부의 성과겠지만 나 정도가 상대가 되면 곡예지."

"엄격하군. 한데 이걸 보건대 에밀리아 님의 힘으로 밀어붙이는 경향은 당신 탓이 아닌지?"

"노코멘트."

가슴 앞에서 팔을 교차한 팩은 로즈월의 사정에 안 좋은 지적에 대답하지 않았다. 그 뒤로 새끼 고양이는 천천히 고도를 내려 어깨를 들썩이는 람의 머리 옆에 붙었다.

"괜찮아? 너무 무리하면 몸에 안 좋아."

"……배려는 됐어요. 대정령님 덕분에 어떻게 싸움은 되고 있으니까요."

"허세 부리네. 하지만 실제로 '어떻게' 라는 부분이 보통내기가 아니지. 뿔 꺾인 오니 아이와 숙주 없는 프리티 야생 정령. 반편이끼리라고는 해도 둘이 덤볐는데 놀아나고 있어."

볼에 묻은 검댕을 닦으면서 람 또한 팩의 분석에 속으로 동의했다. 조금 전 '놀고 있는' 중에 반격하겠다고 생각했지만 그마저도 아득하다.

가필 전의 소모와 팩과의 불충분한 연계도 있다. 하지만 그 이상으로——.

"——로즈월이 강해. 단순한 인간이 이렇게까지 연마한 건 감탄하겠어."

"칭찬해 주셔서 영광입니다."

칭찬에 로즈월은 우아하게 묵례했다. 연극조의 몸짓이지만 그에게 아직 그럴 여유가 있다는 것이야말로 이 전황의 로즈월 유리를 여실하게 나타내고 있다.

——클레말디의 헤매는 숲 최심부, 마녀의 실험 시설을 무대로 포문을 연 싸움은, 현재 그 시설에서 벗어나 전장을 숲으로 옮겨 이어지고 있었다.

이미 시설 주변의 숲은 전투의 여파로 심각하게 황폐해진 상태다. 곳곳에 불길의 흔적이 타고 있으며 바람 칼날로 나무들은 쓰러지고 얼음덩이가 된 수목도 적지 않다.

그것들에 눈길을 준 로즈월은 한쪽 눈—— 노란 쪽의 눈을 람에게 돌렸다.

"역시 밖으로 데리고 나온 게 정답이었군. 이 상태로 날뛰다가 그 시설이…… 그 마수정이 깨지면 난처하니—이까."

"————."

"물론 그래도 네 목적은 이룰 수 있을 테지만, 그건 안 노리고?"

"대정령님더러 발목을 잡아달라고 부탁하고 그 틈에 시설을 파괴하란 말인가요?——농담을."

지적을 일소에 부친 람에게 로즈월이 뜻밖이라는 듯이 눈썹을 들었다. 그 반응에 람은 입술을 누그러뜨리고 "그도 그럴 게." 하고 말을 이었다.

"그런 짓을 해도 람의 소원은 영원토록 이뤄지지 않으니까요."

"——그렇다고는 해도 이대로 계속해 봤자 불리해질 뿐 아닌가? 전력 차이를 메우기 위해서 네가 강구한 수단에는 철렁했어. 하지만 믿는 대정령님도 완전치 못하지."

"……네, 그러네요. 생각보다 쓸모없어서 람도 낙담을 감출 수 없어요."

"분명하게 말하네. 싫진 않지만."

람의 독설에 팩은 문자 그대로 쓴웃음을 지었다. 그리고 긴 꼬리를 흔들면서 "그건 그렇고." 하고 로즈월을 쳐다보았다.

"네 주도면밀함에는 절로 머리가 수그러져. 도대체 언제부터 리아에게 술법을 걸고 있었어?"

"술법……? 대정령님, 무슨 말씀을……."

"자, 들어나 봐. 내가 그릇에서 나오기 어려워진 건 왕도에서 돌아온 즉시였어. 이쁜이라면 저택과 마을을 덮친 마녀교 아무

개의 소양일까 싶었지만, 『성역』에 와도 답답한 건 변함없더라. 그러니까 술법은 적이 아니라 한 식구가 걸었을 테지."

팩의 말뜻을 알 수 없어 람은 고운 입술을 찌푸렸다. 하지만 로즈월은 새끼 고양이의 말을 가로막지 않고 끝까지 지켜볼 자세다.

"계약 관계상 난 그릇에서 나올 수 없는 시기가 정기적으로 있으니 말이야. 좀 앞당겨졌지만 처음에는 그건가 싶었더랬지. 뭐, 리아가 스스로 봉인한 기억 건도 있고, 말 못하는 편이 사정이 좋을지도 모르겠다 생각도 했어. 그런데 그건 틀렸더군."

발언 도중에 팩의 목소리가 살짝 낮아졌다. 평소에는 감정적이 되는 걸 상상할 수 없는 새끼 고양이의 음성, 그것이 확실하게 깊은 분개를 띠었다.

"내 서약을 이용해서 리아로부터 보호자를 배제했구나. 그러기 위한 술법을 왕도에서 돌아와 리아에게 걸었을 테고. 그 애는 나한테 찰싹 붙어 다니니까."

"……엄밀히는, 당신 쪽이 자식을 독립시키지 못했다고 해야 하—아지 않을지?"

"내가 팔불출인 건 부정할 수 없으니 그런 말 들으면 괴롭네."

작은 어깨를 으쓱인 팩에게 로즈월은 부정하지 않고 한쪽 눈, 파란 눈을 감았다.

"다행히 에밀리아 님은 스바루와의 싸움 때문에 낙심하는 중이었으니 말이죠. 『성역』으로 떠나기 전에 당신과 에밀리아 님의 계약에 수작을 부리는 것쯤은 쉽지요."

"일단, 정령과 술사의 계약은 불가침……. 밖에서 쉽게 건드릴 게 아닌데."

"이래 봬도 오래도록 베아트리스와 지내왔으니까—아요. 좋든 나쁘든 고정관념의 의표를 찌르는 건 특기란 말이죠. ——그 애는 조금, 너무 고집스럽습니다만."

계약을 입에 담은 로즈월이 한순간만 아련한 눈빛을 띠었다. 그 모습에 검은 눈꼬리를 살짝 내린 팩은 짧은 팔로 팔짱을 끼었다.

"너는 리아가, 풀이 죽은 채로 있기를 바랐어."

"네. 그러니까 당신이 방해됐습니다. 당신과 스바루의 행동을 옭아매는 데에 가장 고심했다고 해도 되죠. 스바루는 히든카드이며, 당신은 유일하게 제가 정면으로 싸워서 질지도 모르는 강적이죠."

"자못 성질나지만 너도 나랑 똑같이 스바루에게 퍽 기대하나 보네."

"설마. ——저와 당신은 그에게 거는 기대가 비교가 될 턱이 없습니다."

그 순간, 그때까지 어딘가 여유가 있던 로즈월의 어조가 살며시 딱딱해졌다.

스바루에 대한 기대가 언급된 로즈월은 자기 가슴에 손을 얹고 주먹을 쥐었다. 그 몸짓에 눈길을 주며 람은 자신의 얇은 가슴이 아픈 것을 느꼈다.

생뚱맞은 걸 알아도 람은 그가 이렇게까지 소원하는 스바루에게 샘이 났다.

"내게 그는 비원에 손을 닿게 하기 위한 마지막 열쇠야. 단연코 사랑하는 딸을 맡기는데 충분한지 아닌지, 시금석에 부딪쳐서 시험하는 정도로나 생각하는 당신과는 달라."

"——막 지껄이지 마라, 로즈월."

목소리에 격정을 담은 로즈월에게로 차가운 적의가 극한의 냉기가 되어 쏟아졌다. 회색 체모를 곤두세우고 존재가 날카로워지는 팩은 말을 이었다.

"네게 비원이 있듯이 나도 내 존재 이유를 리아에게 바치고 있다. 그런 내가 리아를 누군가에게 맡기는 것을 쉽게 받아들인 줄 아나? 우쭐대지 마라, 마녀의 제자야."

"……모양을 보니, 계약 이전의 기억이 떠올랐나아—?"

"상황을 통한 추측도 다분히 있지. 하지만 여기가 누구의 숲이고 내게 서약을 부과한 게 누구인지를 감안하면 상상은 가. 너와 많이 비슷한 말투의 남자도 기억나더군."

"————."

"상처를 기억해 두기 위해선지, 아니면 징계인지. 어느 쪽이든 간에 퇴행적인걸."

팩의 말은 서서히 힐책보다 연민 쪽이 강해졌다. 그 말에 로즈월은 "퇴행적이라." 하고 자조하듯이 입술을 일그러뜨렸다.

"그렇다마다요. 나는 뒤를…… 항상 과거를 보고 있지. 내게 훌륭한 것은 전부 과거밖에 없어. 지금 있는 것은 주검 위에 성립되는 허깨비야."

"──으."

"그러니까 『예지의 서』에 따라서 잃어버린 과거를 되찾기 위해서 발버둥 치나……."

로즈월의 주장에 람의 뺨이 굳고, 팩은 그것을 곁눈질하고 한숨지었다.

그리고 팩은 못 말리겠다며 고개를 가로저었다.

"네 입장에 토는 안 달아. 단지……."

"단지, 뭐죠?"

"베티가 슬퍼할걸, 로즈월."

"──큭."

그 한마디에 얼마나 통렬한 의미가 있었는지 로즈월의 표정이 희미하게 굳었다.

그리고──.

"──울 고아."

"정곡이 찔렸다고, 어른스럽지 못하군."

예비동작 없이 다짜고짜 쏟아지는 불꽃 탄환. 그것을 우뚝 선 빙벽이 영격했다.

격돌에 폭발음이 울려 퍼지고 하얀 충격파가 숲을 쓸며 전투의 재개를 고했다.

2

"──시간 끌기는 이만 끝일까. 조금은 쉬었어?"

도약 직전, 솜씨 좋게 윙크한 팩의 말에 람은 속으로 혀를 찼다.

배려는 필요 없다고 그랬는데 말귀를 못 알아듣는 새끼 고양이다. 무엇보다 지금 잠깐 휴식해서 정말로 구원받은 것과 나약한 자기 육체에 부아가 치밀었다.

하지만 그래서 어쨌다고. '이 몸이 완벽했더라면' 하는 푸념만은 절대로 말 안 한다.

지금 있는 모든 것에 최선을 다하지 않고서 어떻게 한탄할 자격이 있겠나.

푸념이든 변명이든 마음이 못 닿고 패했을 때에, 사후의 낙원에서 요란하게 울부짖으면 그만이다.

"——큭! 엘 후라!!"

어금니를 세게 깨물고 피를 삼키며 지팡이를 겨누었다. 대지의 폭발에 맞춰 공중에 뛰어 자세는 거목 줄기에 발을 붙인 반전 상태, 거기서 마나를 바람으로 변환, 바람의 칼날이 솟구친다.

죽일 맘은 없다. 그러나 죽일 맘으로 쏘지 않으면 애초에 스치지도 못한다.

혼신의 일격에 대해 로즈월의 대처는 선연하고도 섬세하다. 그는 육박하는 마법의 구성을 바꿔 써서 바람 칼날을 단순한 마나로 분해, 자신의 게이트로 흡수해 다른 형태를 부여했다.

앞서 보여준 두 손과 입술을 사용한 마법의 삼중 전개—— 그에 더해 이번에는 발 구르기를 도입해서 발동하는 사중 전개, 극한의 마법이 네 발 동시에 발사됐다.

"크."

입술을 뒤튼 람은 줄기에 붙인 발바닥에 힘을 주어 전력으로 그 자리를 벗어났다. 순간, 거목을 씹어 부술 터인 마법의 궤도가 꺾이며 달아난 람을 추적, 등을 뒤쫓는다.

"끈······질겨!"

내뱉고 바람을 후려갈겨서 두 발의 불꽃 탄환을 요격. 착지하고, 코앞까지 끌어들여 후방 선회, 미처 못 꺾인 한 발이 땅에 착탄, 마지막 한 발에 정면으로 지팡이를 찔러 넣는다.

"디져 버려!"

지팡이 끝부분에서 마나가 작렬하고 불꽃 탄환의 폭풍이 등 뒤로 빠졌다. 한순간의 간격, 거기에──.

"──안심하기에는 아직 이르지."

긴 다리로 파고들며 접근한 로즈월이 람의 몸통에 주먹을 때려 넣었다. 그것은 마법의 기량과 무관계한, 극한의 단련 끝에 당도한 강철의 권격이다. 직격하면 뼈는 물론이고 내장에 이르는 파괴력, 그것이 맞는 순간, 얼음 방패가 파고드는 일격을 막았다.

충격, 경쾌한 소리가 울리고 얼음 방패가 깨졌다. 창졸간에 방어한 팩이 휘파람을 불었다.

"마법만이 아니라 얼마나 단련했는지!"

"필요한 건 뭐든지. 시간이라면 영혼이 마모될 만큼 있었지. 따라서──."

얼음 방패에 맞은 주먹을 펼친 로즈월이 허리 회전만으로 장저를 내질렀다. 그것은 당연히 얼음에 막혀서 람에게는 닿지 않는다. ──그래야 하는데, 람의 몸을 충격이 뚫고 지나갔다.

"커, 흑⋯⋯."

"옛날, 서쪽 나라의 밀정에게 배운 전투 기술, 중수법(重手法) 이다. 방어해도 먹히지?"

타격이 아니라 충격파에 얻어맞은 람은 뒷걸음질했다. 뼈가 삐걱거리고 내장이 뒤집혔다. 직접 맞는 것보단 낫지만 애초에 일격을 받는 것이 치명적인 몸이다.

호흡이 흐트러지고 시야가 뿌예진다. 발밑이 불안정해지고 람은 고개를 들어──.

"──숙여!"

들린 목소리에 람은 들려던 머리를 억지로 숙였다. 그 머리 위, 뒤통수 쪽으로 돌아간 팩이 두 손을 내질러 거대한 고드름 을 로즈월에게 발사했다. 수령 백년의 거목에 필적하는 질량, 그 얼음 공격에 천하의 로즈월도 크게 뒤로 뛰고.

"여기까지 쓰게 된 건 반년 전의 당신 이래로군──!"

칭찬하기에 마땅하다고 소리를 높이며 로즈월의 초절 마술 기 교가 진가를 발휘했다. 그것은 두 손과 입술, 더해서 두 다리로 각 각 다른 발구르기에 따른 술식 전개── 오중 전개 마법이다.

다섯 방향에서 다른 술식의 마(魔)가 발사되어 혼신의 얼음 공 격을 융해, 절단, 파쇄해서 무력화한다. 초열과 절대 영도의 충 돌에 숲은 다시 하얀 증기에 휩싸였다. 그 순간을 틈타 팩이 말 했다.

"설 수 있어? 바로 못 서면 다음 고비에서 질 거야."

"쉽게도 말씀하시네요."

람은 입 끝에 흐르는 피를 닦고 자세를 바로 세우며 한숨지었다. 곁눈질로 보니 큰 기술을 쏜 새끼 고양이는 팔짱을 낀 몸에서 희미한 인광을 흘리고 있었다.

──제한을 넘은 힘을 행사해 육체를 구성하는 마나가 풀리기 시작했다는 증거다.

에밀리아와의 계약을 해제해 미계약 상태인 팩의 실력은 크게 감퇴했다. 애당초 그의 경우 그 존재를 유지하는 것만 해도 막대한 마나가 필요한 판이다. 그것을 계약자로부터 조달할 수 없는 이상, 존재의 유지도 마법의 행사도 자기 혼자 손쓸 수밖에 없다.

그 제한 속에서도 팩은 가진 기술을 다해서 잘해 주고 있다. 약간 힘에 의존하는 측면은 부정할 수 없지만 그가 진심으로 힘에 의존하기로 선택하면 이 정도로는 끝나지 않는다.

"아예 금기를 깨고 성수화(星獸化)해 버리면 될 거라고 생각하는데에— 말이죠."

"한없이 주위의 마나를 다 빨아먹어도 된다면 이야기는 빠르겠지만…… 그걸 하면 리아가 슬퍼하거든. 그 애가 지키고 싶은 것을 지키지 못해서야 본말전도지."

"계약은 풀린 다음인데 갸륵하기도 하지."

"갸륵한 걸로 치면 내 임시 파트너도 안 진다고 보는데?"

증기의 막을 가르고 모습을 보인 로즈월의 비꼬는 말에 팩이 넉살로 응수했다. 그 말에 로즈월은 단신으로 걸레짝이 된 람을 응시하고 눈이 가늘어졌다.

"갸륵하다라. 확실히 자기 목적을 위해서 모든 것을 내던지는 자세만을 가리키면 그녀의 행위는 갸륵하다고 할 수 있을지도 모르겠습니다만…… 그 결실은 너무나 어리석어."

"_____."

"그녀에게는 비원을, 동족의 복수를 이룰 수 있는 호기가 있었어. 어울리지 않는 초조로 그걸 망친 끝에 쓰러질지도 몰라. ……나는 지극히 유감이야, 람."

"_____."

"나는 네가 소원을 이루고 행복해졌으면 했어."

로즈월의 두 눈에 슬픔과 희미한 적막감이 배어 있다. 그것은 그가 진심으로 람의 목적이 이루어지지 않는 것을 유감스럽게 여기고 함께하지 못한 것을 후회한 증거다.

로즈월은 진심으로 람의 목적이—— 오니족의 보복이 자신에게 와야 마땅하다고 믿고 있었으며, 람이 그것을 이룰 때까지 길을 함께해 줄 거라고 기대했었다.

스바루에게 공범의 역할을, 람에게 장송(葬送)의 역할을 기대했기에.

정말로, 끝까지, 이 남자는——.

"——람?"

"그토록 반복해도, 그토록 접촉했어도, 당신은 진의를 깨닫지 못해."

기가 막히고 한심해서, 분노와 자조로 람은 머리가 돌아 버릴 것만 같았다.

둔하다거나, 이치에 맞지 않다거나, 그런 것과는 이미 차원이
달랐다.

완고한 것이다. 응고된 것이다. 있을 수 없다고, 그렇게 단정
하고 움직이지 못하는 것이다.

──그 마음속에선 결코 람의 마음이, 복수가 아니라 연모일
수가 없다.

"동족의 복수를 빌어 증오에 몸을 태우는 단순한 오니였으면
좋았어. 단순한 복수귀였더라면 이 가슴, 아프지 않고 끝났어.
하지만요──."

이어지는 말을 예상할 수 없는 로즈월은 의아하게 눈썹을 찌
푸릴 뿐. 쓴웃음이 새어 나왔다.

정말로, 이 사람은 전혀 자신의 마음 말고는 아무것도 보지 못
하는구나 싶어서.

그러니까 아마 이 말도 완전히 예상 밖이겠지만──.

"람은, 로즈월 님을 사랑합니다."

"──────."

곧게, 애정의 고백을 받은 로즈월이 놀라며 경직했다.

진심으로 한 톨도 상상 못한 대답에 로즈월은 말문을 잃고 머
리를 저었다.

"왜 그러시죠?"

"왜……고, 자시고…… 날, 놀리고 있나? 이 마당에 이르러
서, 견제를……."

"그런 잔재주가 통할 거란 생각을 할 것 같아요? 람은 그저 본심을 전했을 뿐이에요."

"그렇다면 더더욱 그럴 리가 있을까 보냐!"

언성을 높이며 로즈월이 격분했다. 삿대질하며 굳은 표정으로 람을 쳐다보았다.

"날 사랑한다고? 무슨 소리를 하나! 증오하는 상대다. 미운 남자일 테지. 네 고향을 망하게 한 원인에 관련된 남자야. 실제로 너 또한 날 죽이고 싶을 만큼 미워할 터다!"

"시작은 그래도 지금은 달라요. 람은 지금, 당신을 사랑합니다."

"멍청한, 소리를……! 도대체 누가 그런, 싸구려 감정을 믿나!"

복수로 시작된 마음은 계속 복수여야만 한다.

연모에 이르는 마음은 연모에서만 시작해야 마땅하다.

외곬이고, 마음은 불변하는 것이라고 고집스럽게 믿는 그는 람의 변심을 믿을 수 없다.

믿어서는 안 되는 것이다. 그것을 이해하면 그의 행위 전부가 뒤집히고 마니까.

"복수는 어쩔 거지?! 너는 맹세했을 터 아닌가! 불타 무너지는 고향을 앞두고 죽은 동포들의 넋에, 반드시 복수를 달성하리라고 맹세하지 않았나!"

"동포들에게 미안하다는 마음은 있고, 고향을 생각하면 아픔도 아파요. 하지만 사랑해 버린 건 어쩔 수 없죠. 람은 죽은 사람보다 람 자신의 마음을 우선할 거예요."

뻔뻔하게 말하는 람에게 로즈월은 다음 말을 잇지 못했다. 그저 입을 다물었다.

그러니까 변화하고 변천하는 연심을 믿을 수 없어 입을 다문 그에게 선고해 주었다.

"람은, 당신을 폐인으로 만들지 않아요. 그런 당신을 손에 넣어 봤자 의미가 없어."

"……모순, 되고 있다. 네 마음이 어쨌든, 아니, 입 밖에 꺼낸 바와 같다면 더더욱 그렇지. 여기서 네가 반기를 들 이유를 모르겠군. 책의 기록과 어긋나면, 나는…… 그런데 왜!"

"그러니까 지금 이때인 거죠. 바루스가, 에밀리아 님이, 가프가…… 로즈월 님의 마음을 흔들고 있는 지금만이 람에게 천재일우의 호기."

가필이 의도에서 벗어나고 스바루가 공범자 요구를 거절하고 자신의 과거를 극복한 에밀리아가 람에게 약속해 주었다. ──이때만이 람의 평생에 한 번 있을 기회.

"마녀의 망집에서 당신을 빼앗는다. 그 유일하고도 마지막 기회──."

이해 못하고 있는 로즈월, 그 표정에서도 사랑스러움을 느끼며 람은 자조했다.

이 사랑의 열병, 이미 쓸 약도 없다. 하면 열을 띠며 죽을 때까지 발버둥 치자.

"──대정령님!"

"좋고말고. ──나는 사랑하는 딸 다음으로, 사랑하는 여자

애 편이니까."

람의 부름에 팩이 대답했다. 들을 값어치 없는 넉살을 흘려들
은 람은 부르짖었다.

순간, 숲을 얼리는 폭풍이 휘몰아치고── 마지막 도박의 시
간이 찾아들었다.

3

바람이 그쳤을 때, 반응이 늦은 로즈월은 숨을 죽이고 그 광경
에 어금니를 깨물었다.

주위, 숲에는 얼음으로 만든 거울이 무수히 떠올라 있다. 그것
은 빛과 경치를 로즈월의 시야에서 난반사하며 때려 넣어 전장
파악에 찰나 동안 이상을 일으켰다.

"잔재주를──!"

거울에 비치는 무수한 숲에, 무수한 람과 무수한 팩이 반사된
다. ──느긋하게 있을 수는 없다고 로즈월은 마법의 오중 전
개를 즉각 결단, 술식이 구성되고 세계에 간섭했다.

발생한 붉은 불꽃이 옆쪽으로 세계를 핥고 얼음 거울째 숲을
초토화했다. 하지만 그 정도는 예상한 범주였던 오니와 정령의
연계는 끊이지 않았다.

폭염을 쏜 로즈월의 머리 위에 그림자가 드리운다. 날아드는
그 인영을 로즈월은 주먹으로 요격, 약해 빠졌다. 부서지는 손
맛에 놀란다. 얼음상이다. 인간 모형의 얼음상이 잇따라 사방

팔방에서 로즈월을 노리며 던져진다.

세게 대지를 밟았다. 직후, 위로 부는 폭풍이 얼음상과 고드름의 연격을 한꺼번에 하늘로 날렸다. 한순간의 간격, 로즈월은 잇따른 마법을 짜내어 뒤로 날리려고 했다. 앞으로 고꾸라졌다.

"발밑을⋯⋯."

"목적 없이 뿌린 게, 아니야옹?"

주의를 위로 끌고 아래, 전형적인 잔기술이지만 고도의 마법전 중에선 무섭도록 효과 직방이다.

한순간, 하지만 치명적으로 움직임이 봉인되어 로즈월의 의식이 주위로 퍼졌다. 여기서 결정지으려 오리라 날카롭게 곤두선 경계심—— 거기서 부풀어 오른 기척이 꽂혔다.

로즈월이 설마 하고 경악했다. 하지만 기척은 의심할 여지없이 부풀어 올랐다.

나무들을 옆으로 거꾸러뜨리고 초토화한 숲을 짓밟으며 하늘을 뚫을 만큼 거대한 위용이 현현했다. 그것은 회색 체모에 사납고 흉악한 발톱과 어금니를 지닌 작은 산만 한 거체였다.

성수화—— 그것은 대정령 팩을 『종언의 짐승』으로 일컫게 하고, 한때 사대정령의 한 축이던 『조정자』 멜라퀘라를 소멸시킨 히든카드이자 악몽 같은 한 수다.

그것을 못 쓰게 하는 것이 로즈월의 승리 조건 중 하나였다.

사정이 있어 지금의 로즈월은 전력을 다할 수가, 히든카드인 마법의 육중 전개를 할 수가 없다. 본색을 드러낸 팩과 상대하면 이 팽팽한 균형은 무너지고 짓눌린다.

따라서 로즈월은 그 거구에 구성한 최대 화력을 때려 넣는 쪽을 선택했다.

바로 등 뒤에 돌아 들어가 그 성수화한 정령의 흉악한 얼굴을 노려보며——.

"——뭣?!"

"——까꿍! 커졌을 뿐이었습니다—."

깜찍한 얼굴 그대로 거대화한 정령과 정면으로 눈이 마주치자 함징이라고 깨달았다. 늦었다.

마법의 발동은 멈추지 않아 로즈월은 표적이 커진 거구의 정령에게 불꽃 탄환을 퍼붓고, 수작을 부린 정령이 터져 날아갔다. 즉각 전선에 복귀하기는 불가능. 남은 건 이 기회에——.

"——엘 후라!!"

영창. 집약된 바람이 대지를 터트리고 날아오르는 흙덩이에 로즈월의 시야가 가려졌다. 그 교란을 팔 한 번 휘둘러 떨쳐 내고 잇따라 던져진 얼음상을 훤칠한 다리로 걷어차 떨어뜨렸다.

질량감이 있는 얼음상을 땅에 내리꽂은 로즈월은 재차 마나를 충전, 마법을 가다듬었다.

현재, 가장 큰 적인 팩은 날아갔으니 이어지는 람의 맹공만 극복하면 끝이다. 숲에 잠복한 람을 찾아서 방심 없이 눈길을 주위로 돌리고——.

——람은 그렇게 알아서 로즈월의 시선이 벗어나는 것을 『천리안』으로 보고 있었다.

"——아, 으."

이마에 의식을 집중하는 바람에 격통으로 시야가 새빨갛게 물들었다. 람은 핏발 선 눈에서 피눈물을 흘리며 자신을 둘러싸던 얼음을 벗겨 내고 로즈월의 발밑에서 벌떡 일어났다.

얼음상으로 분장해 그의 발에 차여 발밑에 떨어지는 것까지가 작전. ——온몸의 근육이, 뼈가 삐걱거리고 여러 힘줄이 단열된다. 그 반응을 모조리 무시하고 오니족의 피가 끓어올랐다.

"————."

찰나에 얽힌 공방. 람의 작전을 깨달은 로즈월이 타격을 내갈겼다. 늦다. 목만 기울여 회피하고 그의 오른손에 살짝 손을 얹고서 뼈를 부수었다. 비명을 억누르는 표정을 눈에 새긴 채로 람의 팔이 그의 몸통에 닿았다. 로즈월이 숨을 집어삼켰다.

2초에도 못 미치는 불완전한 오니화—— 하지만 지금 람의 완력은 인체의 한계를 훨씬 초월해 어루만지기만 해도 인간의 뼈를 부수고 내장을 끄집어낼 힘이 있다.

이 순간, 로즈월은 자신의 패배를 예상했을 터다. 그러나——.

"——뭣……이?"

있어야 할 충격과 고통이 찾아오지 않아 로즈월은 얼떨떨한 소리를 흘렸다.

그 로즈월에게서 10미터가량 떨어진 위치에 한 번 뛰어 도달한 람이 급정지. 고개 숙인 얼굴에서 피를 흘리다가 끝내 대량으로 토혈하며 무릎을 꿇었다.

결정적인 국면에서 승패를 판가름 내지 않았다. 그 판단에 로즈윌은 눈썹을 모으다가 깨달았다.

허물어지는 람의 손이 있어서는 안 될 물건을 잡고 있었기 때문이다.

"그건……!"

"람에게…… 만악의 근원은 이거니까요."

낯빛을 바꾼 로즈윌이 람에게 달려가려고 했다. 그 행동에 람은 미소 지으며 아무 주저도 없이── 손에 든 『예지의 서』를 쓰러져서 녹색으로 타오르는 나무의 불꽃에 던져 넣었다.

"──!"

로즈윌의 소리 없는 절규, 하지만 무정하게도 불꽃은 『예지의 서』를 삼키고 기세를 올렸다. 경쾌한 소리와 함께 낡은 책을 장작 삼아 녹색 불길은 강하게, 더 강하게 타올랐다.

이 광경이야말로 고대하던 호기, 람이 끊임없이 노리던 유일한──.

"──겨우, 이걸로."

만족스럽게 뺨을 발그레 물들이며 람은 한숨지었다.

──분노에 내맡긴 불꽃 탄환이 소녀의 작은 몸을 날려 버린 것은 그 직후였다.

4

──설경이 펼쳐지고 있었다.

자신이 뱉은 하얀 숨과 살을 에는 냉기, 옆으로 후려치는 눈보라를 눈에 담고 에밀리아는 놀랐다.

도대체 무슨 일이 있었단 말인가.

"――리아 님!"

쩌렁쩌렁 우는 찬바람, 그에 섞인 목소리를 주워들은 에밀리아는 뛰쳐나갔다. 눈이 쌓인 계단에 발을 딛고 광장으로 달려 내려갔다. 바로 코앞마저 눈에 가려진 세상에서 에밀리아는 광장에 있었던 사람들의 모습을 열심히 찾았다.

이런 눈보라다. 건물 안에 피난해 줬으면 하는데, 방금 목소리는――.

"다들! 안 돼! 이렇게 눈 오는데! 제대로 집 안에…… 어?"

폭설 속에서 에밀리아는 어깨를 맞댄 인파를 찾아내어 달려갔다. 그리고 눈 속에 남자는 판단을 내린 것을 꾸짖으려다가 말문이 막혔다.

그곳에는 『성역』과 아람 마을의 주민, 합쳐서 백 명의 사람들이 에밀리아의 귀환을 기다려 주고 있었다. 다만 그 상황이 상상과 동떨어져 있다.

――사방을 얼음벽이 둘러싸서 눈보라로부터 몸을 지키는 상태로 있던 것이다.

"이건……."

"에밀리아 님이 돌아오셨다! 에밀리아 님! 『시련』은 끝난 건가요?!"

무심코 멈춰 선 에밀리아에게 얼음벽 안에 있던 젊은이가 소리를 질렀다. 그 말에 눈치챈 주민들은 에밀리아의 귀환에 얼굴을 마주 보며 환성을 터트렸다.

"고, 고마워! 모두 덕분에 무사히 돌아왔어요! 엄—청 감사하고…… 있는데, 이것도 큰일이라서! 저기, 무슨 일이 있었어? 이 눈은?"

"——아주 좀 전부터 내리기 시작한 겁니다. 눈 깜빡할 새에 이만한 양이."

기세에 압도당한 에밀리아에세 대답한 건 인파를 헤치고 얼굴을 내비친 밀데였다. 그녀는 깊이 허리를 굽히고 말했다.

"이 얼음벽 덕분에 바람과 눈은 모면했지요. 그러니 제 판단으로 이 자리에 머물렀습니다. 부디 용서해 주세요."

"그건…… 응, 네, 정답이라고고 봐. 이 눈이면 설불리 행동하다간 조난할지도 모르는걸. 하지만……."

"결계가 풀려도 이래선 이동은 곤란……하겠구려."

이를 가는 에밀리아의 결론을 받아 밀데가 하얀 숨을 뱉었다.

결계가 풀린 다음, 그대로 백 명을 『성역』 밖으로 피난시키면 최선이었다. 하지만 이 강설에서 용차의 바퀴는 돌아가지 않아 오도 가도 못하게 될 게 확실하니 피난도 뜻대로 되지 않을 것이다. 그렇다고 이곳에 계속 남는다는 선택도 못한다. 하다못해 바람을 헤어나서 안전한 곳에——.

"——대성당에 돌아가기가 어렵다면 묘소는 어때? 저 안이라면 마나의 작용 때문에 따뜻하고, 눈이 엄—청 쌓여도 무너질 염려도 없어."

"안에 들어갈 수 있습니까?"

"응, 괜찮아! 위험한 장치는 멈췄으니까 들어가도 끄떡없을 거야. 모두 안으로 부탁해. 그리고…… 당신! 부탁이 있어!"

놀라는 밀데에게 끄덕인 다음 에밀리아는 한 남성을 손가락으로 가리켰다. 그것은 마지막 『시련』에 도전하기 전에 말을 주고받은 인물이다. 눈이 동그래지고 바로 턱을 주억였다.

"──아, 알겠습니다! 토칵입니다! 뭐든지 말씀해 주십시오!"

"고마워, 토칵 씨. 저기 있지, 아직 여기에 안 온 사람이 있을 테지? 그 사람들을 모아 왔으면 해. 행상인이나 지룡들도 전부, 모두 묘소로 모아 줘!"

이 자리에 있는 백 명 말고도 『성역』에는 소수의 체류자가 있었다. 그들을 내버려 둘 수 없다. 무슨 일이 일어나든 간에 한곳에 있어 주는 편이 지키기 쉽다. 그 판단이다.

"……맡겨주십시오. 반드시 해내겠습니다!"

에밀리아의 지세에 토칵이 힘차게 끄덕였다. 에밀리아의 안목으로는 이곳에서 그가 가장 육체적으로 뛰어난 인물로, 적임일 터다. 분명히 해내 줄 것이다.

그리고 에밀리아는 남은 문제에 착수했다. 즉──.

"류즈 씨는 어디로 갔어? 그리고 람과 로즈월도……."

밀데 옆에 그 어린 용모의 노파가 눈에 띄지 않는다. 놓을 수 없는 역할이 있다고 들은 람도 이 자리에 돌아오지 않았고 로즈월을 포함해서 그 안부가 우려됐다.

"그게, 장로님은 눈이 내리기 시작하자마자 가족을 맞으러 가겠다고. 말리긴 했습니다만…….”

“가족? 가족이면…… 그거, 시마 씨 말이야?”

가족이라고 들어 에밀리아의 머리에 떠오른 것은 류즈와 똑닮은 자매인 시마였다.

엄밀히는 류즈와 시마는 자매가 아니지만, 에밀리아의 이해로는 그렇게 되어 있다. 그리고 시마는 현재 자택에서 안정을 취하고 있다고 람에게 들었을 터로.

“하지만 그렇게 작은 류즈 씨가 스스로 데리러 가지 않아도 누군가의 힘을 빌리면 됐을 텐데…….”

“어어, 저, 죄송합니다, 에밀리아 님……. 그, 시마라는 건 누구 말씀이시죠?”

“어어?! 몰라?! 어째서?!”

시마의 이름에 갸우뚱한 것은 아람 마을 사람만이 아니라 『성역』의 주민도 마찬가지다. 듣자니 그들은 한 명도 시마의 존재를 모른다고 한다.

뭔가 사정이 있다고는 느끼고 있었지만 생각지 못한 상황에 에밀리아는 안달복달하고 말았다.

“하지만 난 진짜로 만났는걸. ……아무튼! 두 사람은 내가 찾으러 가겠어요! 두 사람이 아니라, 세 사람? 네 사람? 많아! 하지만 내가 찾으러 갈게!”

류즈에 시마, 그리고 람과 로즈월, 에밀리아가 찾는 사람은 증가할 따름이다. 각각 여러모로 사정은 있겠지만 대화는 전부 안전한 곳에서 했으면 한다.

"나머지는…… 이 얼음벽! 만들어 준 사람과 이야기하고 싶어. 마법이 특기인 사람이라면 토캭 씨를 도와주면 기쁘겠는데……."

눈을 막는 얼음벽을 손가락으로 가리키고 에밀리아는 그 공로자를 찾아서 시선을 이리저리 돌렸다. 이 얼음벽이 없으면 상황 파악은 아주 늦어져서 주민 집합은 곤란하기 짝이 없었으리라.

그 판단을 봐도 도움 받을 수 있으면 고맙겠다고 생각한 에밀리아의 제안이었다. 하지만 그 말에 그들은── 특히 아람 마을 사람들은 얼굴을 마주 보고 의문을 건넸다.

"……에밀리아 님이 해 주신 게 아닌가요?"

"뭐? 내가? 난 안 했는데……."

또다시 생각 못 한 지적에 에밀리아가 눈이 동그래졌다. 그러나 에밀리아에게 가장 큰 충격은 직후에 있었다. 놀라는 에밀리아에게 밀데가 이은 말은.

"하지만 그 정령은 감사라면 에밀리아 님께…… 리아에게 전하라고."

리아라고 불린 데에 에밀리아의 숨이 막혔다.

"눈이 내리기 시작한 직후에 이 광장 상공에 작은 정령이 날아와서 눈 깜빡할 새에 이 벽을. 에밀리아 님이 정령술사라고는 들었기에 철석같이……."

"팩……."

에밀리아를 리아라고 부르고 사랑해 주는 정령은 단 한 명뿐. 이런 상황에서 밉살스럽게도 거들어 줄 만한 이도 한 명뿐이고.

밀데의 설명에 마음이 흔들린 에밀리아는 얼음벽을 손으로 만졌다. 이것을 빚어낸 것이 그라면 만지는 것으로 그 흔적에, 마음의 잔영을 느낄 수 있지 않을까 하고.

하지만 얼음벽을 만진 순간 에밀리아를 꿰뚫는 감각은 그런 깜찍한 것이 아니었다.

"――아."

만진 손바닥을 통해서 뭔가가 에밀리아 안으로 흘러들었다. 그 순간 쩌렁쩌렁 불어닥치는 찬바람 틈새로 에밀리아는 세상에 금이 가는 소리를 듣고 고개를 들었다.

――폭설로 부예진 시야 저편, 하얗게 물든 숲에 얼음으로 된 탑이 우뚝 서 있다.

지금 이 순간에 현현한 얼음 탑, 그것은 에밀리아를 꾀어 불러내기 위한 표식이다.

『아직 리아가 할 일은 남아 있잖아?』

줄곧 옆에 있어 주던 가족의 그런 목소리가 들린 느낌이 들어 어금니를 세게 깨물었다.

저곳에 달려가야만 한다고 직감하고 에밀리아는 백 명을 돌아보았다.

"나, 저곳에 가야만 하나 봐. ――무사히 기다려 줄래?"

"――『시련』 전에 약속한 바와 같습니다. 에밀리아 님이야말로 무사하시길."

배웅하는 말을 받은 에밀리아는 미소 짓고 나서 얼음 탑으로, 숲으로 발길을 돌렸다.

발걸음에 망설임은 없다. 왜냐면 당연하지 않은가.

──팩이 에밀리아에게 잘못된 것을 가르칠 리 없으니까.

5

의식이 없는 람은 잠자고 있는 것처럼 보였다.

"……람?"

힘없이 쓰러진 몸을 안아 일으킨 로즈월은 소녀의 이름을 불렀다. 대답은 없다. 평소라면 전부 무시하더라도 로즈월의 말을 가장 우선시하는 람이, 지금은.

──지금, 그녀는 죽음의 구렁에 있으며 다름 아닌 로즈월의 소행이 그 원인이었다.

"책이 불타서 울컥했구나. 어울리지도 않게. ……하지만 그 애는 이렇게 될 것도 각오했었어. 정말로 강한 애라고 생각하는데."

검게 더러워진 람의 모습을 내려다보며 그렇게 말한 것은 거대화를 푼 팩이었다. 불꽃 탄환의 직격을 맞아 마나로 구성된 육체는 희미하게 흐려졌다. 하지만 목소리에 담긴 경의는 진짜배기이며, 얼이 나간 로즈월을 쓰러뜨릴 정도의 힘은 충분히 남아 있을 것이다.

그러나 팩은 그러지 않고 전투의 재개를 뒤로 미루며 잠자코 떠 있을 뿐이다.

"……람."

그런 팩에게 눈길도 주지 않고, 로즈월은 호리호리한 몸을 안고서 그녀의 이름을 부르고 있다.

직전, 쓰러진 람을 안아 들 때까지 자신이 무슨 생각을 하고 있었는지 떠올릴 수 없다.

람이 사력을 다해 자신에게 맞서는 이유도 이해하지 못한 채였다.

로즈월에게 람은 편리한, 쓸 만한 장기말이었다. 능력도 정신면도 손색없고, 무엇보다 로즈월에 대한 복수를 바란다는 점이 완벽했다.

그녀에게라면 자신의 최후를 맡겨도 된다고 진심으로 생각했던 것이다.

끊이지 않는 복수심을 불태우며 끝까지 따라와 줬을 때에는, 그녀가 바라는 대로 이 몸을 바쳐 영혼이 복수의 불길에 태워져도 상관없다고 생각했다.

그것을 배신당했다. ——예상도 못한 형태, 예상도 못한 이유로.

"람, 왜, 너는……."

변하고자 한 것인가. 마음이 모양을 바꾸었던 것인가, 이해를 할 수 없다.

모든 마음은, 그 마음이 가장 강하게 빛난 순간에서 그대로 변함이 없을 터다.

누군가를 사랑했다면, 누군가를 미워했다면, 그 열정은, 빛은, 영원해야 마땅하다.

오래, 오래, 마냥 소원하던 마음이야말로 진짜로 승화된다. 긴 세월을 거친 마음은 강고하여 누구에게도, 무엇에도 지지 않는다. 그래야만 한다.

가필의, 『성역』 밖을 미워하는 마음은 깨지지 않는다.

에밀리아의, 과거를 꺼리며 계속 분해하던 시간은 보답받지 못한다.

그리고 람의, 로즈월에 대한 끝없는 증오와 복수심 또한.

『람은, 로즈월 님을 사랑합니다.』

"네가 졌어, 로즈월."

귓속에 새겨 드는 저주 같은 사랑의 고백.

지금도 품속에서 눈을 감고 있는 소녀의 입에서 나오던, 있어선 안 될 마음의 변절.

그것을 되새기는 가슴속을 읽혀 로즈월의 목이 희미하게 울었다.

"그 애는 목적을 이루었어. 가느다란 실을 타고 건너서."

"————."

"곧 리아도 『시련』을 마치고 올 거야. 믿던 책도 잃었지. 네 집착심에는 두 손 들었어. 하지만⋯⋯."

이제 끝이라고 정령은 로즈월에게 항복을 권고했다. 오늘, 두 번째 항복 권고다.

첫 번째는 나츠키 스바루에게, 두 번째 여기서 대정령에게. 하지만 두 번째의 항복 권고에는 저항하기 어려운 힘이 있다는 점에서 첫 번째와 크게 다르다.

실제로 로즈월은 손발에 힘이 들어가질 않는다. 그 이유는 불명해도 사실은 사실이다. 이 순간의 로즈월에게 정령의 말에 저항할 수단은 없었다.

──다만 그건 어디까지나 이 순간의 로즈월에 한정한 이야기다.

불꽃이 그을리고 탄 냄새를 찬바람이 나른다. 전투의 여파에 황폐해진 숲에서 빈사의 람을 껴안은 로즈월을 팩은 잠자코 지켜보고 있다. 그 정령이 문득 깨달았다.

흘끔흘끔 하얀 가루눈이 시야를 스치며 땅에 떨어지기 전에 녹아 사라지는 것을.

"눈……? 말도 안 돼. 하지만 넌 이곳에……."

어른대는 눈의 조각에 머리 위를 쳐다본 팩은 하늘을 메우는 눈구름의 존재에 목소리를 떨었다.

──마수정을 촉매로 기후를 바꾸어『성역』에 눈을 내리게 한다.

그것이 로즈월의 노림수이며『예지의 서』의 기록을 준수하기 위한 행위다. 그것을 저지하고자 람과 팩은 손을 잡고『예지의 서』를 소각하는 것에 성공했다.

하지만 그 작전은 앞으로 한 발짝, 로즈월의 주도면밀함에 따라잡지 못했었다.

"──당했군. 싸움을 시작하기 전에 눈구름을 부르는 술식을 새겨 놨었나. 그 뒤에 너는 그냥 느긋하게 시간만 벌기만 해도 됐었어."

전투의 막을 열기 전, 마수정의 바로 근처에 술식을 새기고 이후에는 두 사람을 끌어내어 의식에서 떼어놓았다. 항상 술법을 전개하고 있을 필요가 있었기에 로즈월은 히든카드인 마법의 육중 전개를 쓰지 않고 고전을 강요받게 된 것이다. 하지만──.

"눈이 내린다. 스바루가 불안해하던 대로 됐군. 나는, 그걸 연장시키러 가겠어."

"────."

"로즈월, 넌 대단해. 대단한 마법사야. 내가 아는 한 너만큼 연마한 인간은 아마 없을걸. 근데 말이지."

부유하는 정령이 고도를 높이고 눈구름의 원인을 치우러 로즈월에게 등을 보였다.

그리고 떠날 때, 딱 한마디만을 남겼다.

"아무리 해도 넌 인간이야. ──그 마인처럼 될 수는 없어."

목소리는 멀어지고 기척은 사라진다. 정령은 인광을 남기고 날아갔다.

남은 것은 눈이 어른대는 풍경에 소녀를 안은 마인── 아니, 광대만 있을 뿐.

마인이 되다 못한 가엾은 광대가 남아 있을 뿐으로.

"────."

잠자는 소녀를 안은 팔에 힘이 들어간다. 하지만 소녀의 숨소리는 가냘프고 머잖아 그 생명이 끊어질 것은 의심할 도리가 없는 사실이었다.

심장 고동이 급해지고 이대로 있으면 안 된다고 뭔가가 외치

고 있었다. 왼쪽 눈이 쑤신다. 파내고 싶어질 만큼 쑤신다. 그만
둬. 쑤시지 마. 내가, 나 자신이 아니게 돼.

어떡하면 되나. 뭘 하면 되나. 자신이 뭘 할 수 있고, 뭘 해야만
하는가. 뭘 해서는 안 되는지 모르겠다. 떠오르지 않는다. 생각
할 수 없다.

"＿＿＿＿＿."

주위를 보았다. 바라는 것은 어디에도 없다.

미래를 기록해 '지난날'의 로즈월을 인도해 주었을 터인 이
정표는 불길에 삼켜져 그 형상을 잃었다. 아무도 로즈월에게 가
르쳐 주지 않는다.

지금 무엇을 선택하는 것이 최선인가. 기댈 곳이 없는 그에게
아무도 가르쳐 주지 않는다.

눈구름이 두꺼워지고 가루눈은 조금씩 숲을 덮는다. 깊이 내
리는 눈에 세상이 물들고 하얀 숨을 뱉는 로즈월은 품속에서 사
라지는 체온에 어쩔 줄 몰라 했다.

"『예지의 서』대로 눈은 내렸어. ……뒷일은, 어떡하면 되지?"

이 시점에서 로즈월은 이번 '회차'의 자신에게 부과한 역할
을 마쳤다.

본래 스바루와의 내기가 없었으면 더 이른 단계에서 내던졌을
터인 회차다. 처음부터 목적다운 목적일랑 없고—— 이미 내기
마저 머리 구석에나 있다.

로즈월에게 이미 과정에 관해선 불필요하다. 중요한 것은 『성
역』을 둘러싼 사건의 결론, 눈이 내리고 결계가 풀리는 것.

그것이 이루어지면. 그것이 이루어지면—— 아아, 어떻게 되는 거더라.

"람…… 아아, 맞아. 람."

이미 숨소리가 사라진 람, 로즈월은 반쯤 습관처럼 그 이마를 만졌다.

피로 젖은 이마, 한때 뿔이 있던 하얀 흉터에서는 무리한 오니화의 영향으로 출혈이 있다. 그 피를 닦고 로즈월은 무의식중에 흉터에 무색의 마나를 쏟아부었다.

람의 몸이 자기 안에 흐르는 오니의 피에 지지 않도록 줄곧 계속하던 의식이다.

뭔가 생각이 있어서 한 일이 아니다.

그저 람의 생명을 부지하기 위해서는 람 자신이 가진 오니의 생명력에 걸 수밖에 없음을, 로즈월은 무의식중에 이해하고 있었다. 구하려고 하는 데에도 의문은 없다.

람은 살아 있어야만 하는 것이다.

그녀가 로즈월의 종말이다. 자신의 최후는 그녀의 손에 의한 것이어야 한다. 목적을 이루기 위해서. 목적을 이룬, 그다음을 위해서. ——살아 줘.

"선생님…… 저는……."

마음은 혼미하기 짝이 없다. 그저 뇌리에 자신을 구원해 준 마녀의 모습만이 있었다.

"나는…… 저는! 어떡하면 되는 건가요, 선생님……! 선생님…… 가르쳐 주세요. 또 저를, 아무것도 모르는 저를…… 이 끌어 주세요, 선생님⋯⋯."

람의 생명을 부지하고자 하는 한편으로 람에게 배신당한 것에 대한 분노도 사라지지 않았다.

이정표를 잃은 것을 이해하면서 아직 지난날에 본 빛을 바라고 있다.

끊임없이 내리는 눈이 가차 없이 로즈월과 람의 몸을 하얀 화장으로 채색한다.

죄다 하얗게 뒤덮여서 사라진다.

──그 종말도 상관없다고 생각하는 마음만은 한 점도 싹트지 않은 채로.

6

숲에 우뚝 선 얼음 탑을 향해 에밀리아는 눈길을 열심히 쉬지 않고 달렸다.

날카롭고 하얀 숨을 뱉으며 질주하는 에밀리아의 속도는 험로라고는 여겨지지 않을 만큼 빠르다. 그도 그럴 터, 에밀리아는 험로를 달리지 않고 있다. 밟는 곳은 한 걸음마다 얼어붙어 에밀리아의 발꿈치를 받아 내며 힘차게 튕겨 주고 있다. 그래서 단숨에 거리를 벌고 있었다.

"얍! 탓! 영차!"

물론 얼음의 발판은 눈 위보다 훨씬 미끄러지기 쉽다. 하지만 얼어붙은 엘리오르 대삼림에서 자란 에밀리아에게 이 정도는 대수롭지 않다. 그건 그 또한 알고 있다.

이 발판을 만들어 주고 있는 정령도 알고 있기에 망설임 없이 발판을 만들 수 있는 것이다.

하얀 숲으로 쑥쑥 들어간다. 에밀리아는 그것을 불안하게 여기지 않는다. 믿고 싶은 것을 믿어도 된다고, 기대고 싶은 것에 기대도 된다고, 그렇게 생각할 수 있는 지금의 에밀리아는 무적이다.

스바루를, 오토를, 가필을, 프레데리카를, 류즈를, 시마를, 마을 사람들을, 『성역』의 주민들을. ──람을, 팩을, 자기 자신을 믿고 있다.

그렇기에 에밀리아는 실수 없이 숲 깊은 곳에 있는 하얀 시설에 당도할 수 있었다.

"마나가 소용돌이치고 있어……. 여기가, 이 눈을 내리는 원인이야?"

눈에 묻힌 폐허를 정면에 두고, 에밀리아는 하얀 숨결과 함께 조용히 중얼거렸다.

하얗게 물든 폐허, 그 옆에 에밀리아를 이곳으로 인도한 얼음 탑이 있다. 그것은 기다리는 사람의 방문을 지켜보더니, 즉각 부서져서 마나로 환원되어 그 목적을 다했다. 그리고 흩어진 마나는 반짝이면서 공중을 날며 쩍 입을 벌린 건물의 입구로 빨려 들어 갔다.

여전히 에밀리아를 안으로 인도하듯이. 팩의 말없는 요구를 느꼈다.

"──으, 엄──청 냄새 나. 동물 퇴치용……? 그리고 마나가 짙은 건 정령 퇴치용……. 그렇게나 아무도 들이고 싶지 않은 곳이란 뜻이야?"

자극적인 냄새는 코를 찌르고 농밀한 마나는 내성이 없는 이의 의식을 혼탁하게 한다. 철저하게 사람을 물리치는 것은 이곳이 이변의 중핵이라는 가장 큰 증거였다.

"──팩이 기다리고 있어. 가야 해."

망설임은 한순간, 에밀리아는 결심하고 폐허 안으로 발을 디뎠다.

천장의 균열로 눈이 들어와 실내의 공기도 싸늘하게 식어 있다. 가는 중의 통로에는 여럿 작은 방이 있었지만 에밀리아는 상관치 않고 안쪽으로. ──그곳에 소중한 정령의 기척이 있다.

그리고 건물 가장 안쪽, 흐릿하게 파란 빛이 새어 나오는 방을 발견해 희미하게 목을 꿀꺽였다.

──그곳에 터무니없이 큰 마수정과 그것을 둘러싼 많은 소녀들이 있었기 때문이다.

"……류즈, 씨?"

"에밀리아 님?! 왜, 이곳에…… 아니."

부르는 소리에 당황한 얼굴로 돌아보는 것은 류즈……일 터다. 단언할 수 없는 건 이 자리에 동석한 소녀── 그 전부가 류즈와 같은 얼굴이었기 때문이다.

주욱 스무 명, 같은 얼굴의 소녀가 줄지은 광경에 천하의 에밀리아도 동요를 숨기지 못했다. 류즈의 자매는 시마만이 아니라 이렇게나 많이 있었느냐고.

"이렇게 한꺼번에⋯⋯. 류즈 씨네 엄마가 엄―청 힘들었겠네⋯⋯."

"우리 복제체의 설명은 나중에! 아무튼 날 말려 주시게!"

"류즈 씨를, 말려⋯⋯?"

류즈의 애타는 목소리에 에밀리아의 이해가 한발 느려졌다.

다만 많이 있는 류즈의 자매는 그녀의 행동을 막고 앞으로 못 가게 하고 있었다. 그리고 거대한 마수정 앞에 서 있는 소녀, 시마의 모습을 에밀리아도 알아챘다.

그, 시마의 어딘가 덧없고 비장한 표정에 에밀리아의 등줄기를 떨림이 스쳤다.

떠오르는 것은 『시련』, 과거와 미래, 있을 수 없는 현재의 세계에서 수도 없이 목격했던, 자신의 존재 방식이 결정 지어진 사람들의 옆얼굴, 거기에 있던 것과 같은 각오―.

"시마 씨⋯⋯지? 대체 뭘 하려는 거예요? 여기는 뭐고?"

"에밀리아 님, 무사히 이곳에 오셨다 함은 『시련』을 마치신 거군요. 즉, 우리의 마지막 책무의 준비가 갖춰졌다는 뜻. ⋯⋯가 도령의 도박은, 옳았어."

"아―― 그 마수정 안에 있는 건, 류즈 씨?"

탄식하고 중얼거리는 시마의 등 뒤, 눈부시게 빛나는 마수정 안에 인영이 있다. 그것은 무릎을 껴안는 자세로 살며시 눈을 감은 어린 소녀――. 또 류즈와 똑 닮은 인물이다.

에밀리아를 제외하고 이곳에는 같은 얼굴의 소녀들밖에 없다. 그것을 비정상이라고, 으스스하다고 판단하는 게 당연한 상황. 그러나 에밀리아는 앞으로 나서고는 말했다.

　"그 마수정 안에 있는 애를 데리러 온 거예요? 다 함께 묘소로 데려가면 돼?"

　"──어이없군. 이 상황을 보고 그 말이 처음에 나오는가?"

　에밀리아의 말에 시마의 눈이 동그래지고 얼떨떨한 표정을 지었다. 어조가 살짝 이상하다.

　"응, 괜찮아요. 이래 봬도 힘이 세고, 얼음으로 썰매를 만들어 태우면 다 같이 끌고 갈 수 있을 거예요."

　보는 바와 같이 마수정은 상당히 거물이지만 설치할 수 있다면 운반도 가능할 터다. 이만큼 인원이 많으면 어린애뿐이라도 힘내서 나를 수 있으리라.

　그렇게 함으로써 시마가 내비친 비장한 각오를 현실로 만들지 않고 넘어간다면 얼마든지.

　그러나 에밀리아의 제안에 시마는 "아니요." 하고 고개를 가로저었다. 미소 지었다.

　"마음은 고맙습니다만 그럴 필요는 없어요. 내가 여기에 온 건 이 마수정에 잠자는 시조를 데리러 온 게 아니라…… 그 역할을 마치기 위한 것이기에."

　"역할을 마쳐……?"

　"이 마수정이야말로 『성역』을 둘러싼 결계의 핵. 묘소의 술식이 기점이고 이 핵을 매개로 결계가 형성돼. 요컨대 이 두 곳의 기능을 상실해야 비로소 『성역』은 그 역할을 마치고 해방된다고 할 수 있어. 술식은 에밀리아 님이 푸셨어. 그렇다면 남은 건."

묘소의, 관이 있는 방의 술식을 파괴하고 결계를 푼 줄 알았던 에밀리아는 그 말에 놀랐다. 그게 사실이라면 이 술식은 필요 불가결하지만──.

"저기, 응, 그거 지금 당장이어야 하는 거예요? 지금 밖은 엄── 청 눈이 내려서 다른 사람에게도 묘소에 모여 달랬으니까……."

"만일 시설이 망가지거나 관리자가 빠지기라도 하면 돌이킬 수 없어집니다. 우리 『성역』의 관리자, 복제체의 대표 인격은 그러기 위한 열쇠이기도 한 게야."

잃어버려선 안 될 열쇠라고, 시마는 자기 자신을 그렇게 지칭했다. 에밀리아는 그 말이 필시 사실이리라고 직감적으로 알 수 있었다.

사람에게는 역할이 있다. 에밀리아에게 『성역』에서, 루그니카 왕국에서 해야 할 일이 있듯이.

그것은 시마 또한 마찬가지로, 그녀는 그것을 달성하려고 하는 것이다.

"에밀리아 님, 이것을."

에밀리아의 표정 변화를 바라본 시마가 뭔가를 던졌다. 순간적으로 그것을 받아내고 손바닥에 떨어뜨린 에밀리아는 "아." 하고 소리를 냈다.

그것은 깨진 마수정의 조각이며, 아주 자그마한 파편에 어마어마한 힘을 간직하고 있다. 그 고순도 마수정에 에밀리아는 무엇보다 소중한 고동을 느끼고 있었다.

이곳으로 에밀리아를 인도해 입회해야 할 자리로 불러 준, 소중한 정령을.

"팩……이야?"

"대정령님은 먼저 이곳을 찾아와 술식의 봉쇄를 파괴하고 술법의 발동을 지연하던 모양일세. 그리고 부락 사람들을 구하기 위해서 진력하다 힘을 소진하셨어."

시마의 설명에 에밀리아는 마수정을 중심에 둔 복잡기괴한 술식의 잔영을 깨달았다. 묘소의 관을 중심에 둔 술식, 그것과 필적할 만큼 압도적인 밀도의 마력 구성이었다.

그것은 본래 이 방을 방문하는 이를 거절하고 불사를 정도의 마력 방벽이었다.

풀린 술식에서 그 구성을 읽어낼 수 있는 건 술자가 미숙해서가 아니다. 이것이 급조한 것이었기 때문. 오히려 급조해서 이것을 짜낼 수 있는 역량 쪽에 경탄이 움텄다.

그리고 그 마력 방벽을 풀고 길을 만든 존재가 바로 에밀리아의 손바닥 위 마수정의 파편에서 잠자고 있는 대정령인 것이리라.

"마력 방벽을 열고, 내리는 눈에서 모두를 지키고, 나한테 이곳 위치를 전하려고 무리하고…… 그 밖에 또 무슨 무리를 많이 한 거야?"

묻는 말에 대답은 없다. 팩은 에밀리아의 도착을 지켜보고 완전히 침묵한 것이다.

덮어 둔 에밀리아의 기억을 열고자 일방적으로 계약을 해제한 팩. 그 존재는 먼 저편으로 사라져 재회는 아득히 나중이 되리라고 각오했었다.

그러나 팩은 사라지려는 존재를 붙들고 마지막의 마지막까지 힘을 빌려주었다. 그 결과, 그는 힘을 상실해 잠에 빠진다. ──이 파편 속에서 길고 긴 잠에.

"……에밀리아 님이나 스 도령, 그 외에도 많은 힘을 빌렸습니다. 그 결과, 이렇게 기회가 주어졌다면 나는 우리의 역할을 다해야 할 게야."

마수정을 가슴에 꼬옥 껴안고 눈을 감았던 에밀리아는 고개를 들었다. 바라보니 시마는 마수정에 손바닥을 짚고 부드럽게 미소 짓고 있었다.

그것은 헤어질 적의 팩과, 죽을 때의 포르투나와 어딘가 겹치는 미소로 보여서.

방금도 느낀 비장한 각오. 그녀는 역할을 다하는 것의 의의를 이 자리에서 찾아낸 것이다.

"역할은…… 역할은 알겠어! 하나, 어째서 그걸 임자가 하는 게야?!"

순간, 침묵하는 에밀리아를 대신해 류즈가 언성을 높였다. 미소 짓는 시마에게 달려드는 류즈는 여전히 손발을 소녀들에게 얽매이면서 애타게 호소했다.

그녀의 파란 눈에는 눈물이 떠오르고 그 눈물에는 연민과 회오, 강한 자책이 함유되어 있다.

"10년간 우리는 임자를 괄시했어. 관리자의 역할에서 떼어내어 줄곧 외톨이로 지내게…… 그런데 이제 와서 그 역할을 짊어지려 하지 않아도……."

"……그렇겠지. 10년간 내가 외톨이였다면 원망이 있었을 게야."

눈을 내리깐 시마가 류즈의 호소에 긴 세월을 회상했다. 에밀리아는 알 수 없는, 둘 사이에만 통하는 사정. 고독한 10년, 그러나 그 회상에 시마는 웃었다.

10년 동안, 고독했다고 들은 세월 동안 그녀는 미소 짓기에 충분한 이유를 찾아낸 것이다.

"하나 나는 혼자가 아니었으이. 나를 아는, 귀여운 손자가 같이 있어 줬어. 그 애가 쑥쑥 성장하고 강해지는 것을 똑바로 지켜봤지. 그리고 지금 그 애는…… 가프는, 우리 손주는 밖에 나가고자 가슴을 펴고 있네."

"_____."

"나는 그 애의 등을 밀 것이야. 그다음을 부디 지켜봐 주게나. 알마, 빌마, 델마…… 내 반신을 나눈 자매들아."

눈웃음과 함께 시마는 류즈를 곧게 응시하며 말했다. 그 눈빛에 에밀리아가 떨고 있는 류즈의 가녀린 어깨를 살며시 눌렀다.

말리고 싶다. 하지만 말려서는 안 된다. 따라서 여기서 필요한 건 그저 끄덕이는 행동이다.

시마의 눈을 바라보며 에밀리아는 턱을 주억였다. 필요한 행동을, 역할을, 자세를.

"뒷일은, 맡겨 줘."

"──불과 반나절 만에 놀랄 만큼 성장하셨어. 이것만은 늙은이의 즐거움이구려."

눈꼬리를 내린, 어린 용모에 어울리지 않는 원숙한 웃음.

그 웃음을 남기고 시마는 마수정에── 그 안에 잠자는 자신과 똑 닮은 소녀에게로 뭔가를 자상하게 중얼거렸다. 순간, 옅고 눈부신 빛이 방 안을 채우기 시작했다.

하얀빛에 녹아들듯이 세상이 칠해진다. 옅고 따스한 빛이 초래하는 것은 길고 길던 『성역』의 진정한 끝. ──자상한 마녀의 요람, 그 종언이다.

"──────."

그리고 빛이 개인 순간, 그곳에는 놀랄 만큼 아무것도 존재하지 않았다.

시마도, 받침대에 있던 거대한 마수정도 완전히 형상을 잃었다. 방에 남아 있는 건 에밀리아와 류즈, 그리고 기댈 곳을 잃은 많은 소녀들뿐이었다.

무슨 일이 일어났는지 에밀리아는 분명히 알지 못한다. 자세한 사정은 물을 수 없었다. 다만 중요한 장면에 입회해 한 가지 종말을 지켜본 것이다.

그리고 에밀리아에게는 종말을 지켜보고 이 앞을 계속하는 이로서의 의무가 있다.

팩도, 시마도, 해야 할 일을 하고 이곳에 이르렀다면.

"가요, 류즈 씨. 우리는 해야 하는 일이 있어."

"에밀리아, 님……."

"떠맡은 마음이 있고, 성취하고 싶은 소원이 있어. 그러니까."

에밀리아는 고개 돌려 방 밖으로 통하는 입구를 쳐다보았다. 그 행동에 류즈와, 그녀의 자매들이 따르는 것을 곁눈질하며 힘차게 끄덕였다.

"우는 건 전부 뒤로 미루자. ──내가 좋아하는 사람들은 언제나 그렇게 말하며 웃었는걸."

7

『성역』의 눈, 그것이 류즈가 에밀리아에게 설명한 소녀들의 역할이었다.

"_____ ."

말없이 지시에 따라 주는 소녀들에게 드는 생각은 있다. 하지만 지금은 눌러 삼켰다.

시마가 역할에 생명을 바치고 류즈에게도 역할이 있듯이 소녀들에게도 그것이 있다. 단지 그것은 역할 외의 아무것도 해선 안 된다는 의미가 아니다.

역할 외의, 많은 훌륭한 것을 선사해 주자. 이 모든 것이 끝난 다음에, 반드시.

그러니까 지금, 이 순간만은 그 역할에 의지하게 해 주길 바란다. 이것저것 다 부족한 곳뿐인 에밀리아가 닿고자 하는 곳에 손을 닿게 하기 위해서──.

"람! 로즈월!!"

부러진 나무들 틈새, 파헤친 대지의 구덩이, 부자연스럽게 눈이 쌓인 공간. ──그곳에 다가붙은 남녀의 모습을 발견한 에밀리아는 두말없이 달려갔다.

말없는 소녀들을 이끈 에밀리아는 얼린 눈 위를 미끄러져 나무 그늘로 달려들었다. 쳐다보니 로즈월은 반신에 눈이 쌓이도록 미동도 하지 않으며 저편을 바라보고 있다.

에밀리아는 그 어깨를 거칠게, 세차게 흔들며 불렀다.

"잠깐, 로즈월! 내 말 들려? 로즈월 좀! 이런 곳에 있으면 안 돼! 바로 묘소로…… 얼어 있을 때가 아니라고!"

흔들어댄 까닭에 로즈월의 머리에 쌓인 눈이 떨어졌다. 그걸로 가려져 있던 그의 옆얼굴이 드러나자 에밀리아는 희미하게 숨을 죽였다.

의사가 느껴지지 않는 눈과 패기가 없는 표정, 그것이 너무나도 허약하게 보였기에.

"──으, 람?"

반응 없는 로즈월이 무서워서 에밀리아는 그 팔에 안겨서 잠자는 소녀를 불렀다. 하지만 바로 그 잠자는 얼굴의 이변을 깨달았다. 볼에 쌓인 눈에 녹을 조짐이 없는 것이다.

"람? 람!"

잠자는 얼굴을 필사적으로 부르며 에밀리아는 소녀를 일으키려고 시도했다.

그러나 반응은 없다. 대답은 물론 눈꺼풀이 떨리지도 않았다.

만진 볼도 입술도, 비정상일 만큼 차가워서. 마치──.

"그럴 리, 없어……!"

에밀리아는 나쁜 가능성을 떨쳐 내고 람의 옷 속에 팔을 넣었다. 얇은 가슴을 만져 차가운 감촉을 확인한 순간, 손바닥에 가냘픈 반응. 심장 소리가 느껴졌다.

"──살아 있어! 괜찮아! 아직 안 늦었어! 로즈월!"

희망을 찾아내어 에밀리아는 로즈월을 쳐다보았다. 하지만 로즈월은 람의 이마에 손을 짚은 채로 멍하니 저편에 눈길을 주고만 있다. 동시에 이해했다.

로즈월의 손바닥에서 람의 이마로 흘러드는 방대한 마나. 그것이 그녀의 쇠약해진 몸에 침투해 가냘픈 생명의 실을 가까스로 부지하고 있다고.

"람을, 구하고 있구나……."

그것을 인정하고 에밀리아는 생각에 잠겼다. 람의 상태는 안 좋다. 본래라면 그다지 움직여선 안 될지도 모른다. 하지만 방치해 둘 수 없는 이유가 있다.

류즈에게 들은 것이다. ──이 땅에 무시무시한 마수가 다가오고 있다고.

이 강설이야말로 그 전조이며, 이미 위기는 시시각각 『성역』으로 다가서고 있다.

적절하게 묘소에 전원을 모은 에밀리아의 판단은 옳았다. 거기서 방위선을 치고 주민들을, 지켜야만 하는 사람들을 지킨다. 할 수 있을까가 아니라 하는 것이다.

가령 로즈월의 힘을 빌릴 수 없더라도, 전력이 에밀리아 단 한 명이라도.

"로즈월, 아무튼 람을 데리고 같이 와. 이 애들도 도와줄 테니까 묘소에 피난하자. 내가 힘쓸 테니 로즈월도 람의 치료를 포기하지 말고……."

"──제, 됐어."

"──어?"

쉰 목소리를 고막이 포착하고, 에밀리아는 잘못 들었는지 의심하며 놀랐다.

그것은 그만큼 에밀리아에게 의외의 말이었다. 그만큼 믿을 수 없는 말이었다. 아연실색한 에밀리아에게 로즈월은 거듭 말했다.

"이제, 됐어……."

꺼져 버릴 듯한 말이었다.

실제로 그것은 차가운 바람에 휩쓸려 금세 사라지고 뿔뿔이 흩어졌다.

입 안에서만 중얼거리는 그 말은 로즈월 본인에게도 들렸는지 아닌지.

하지만 그 약하고 쉬어빠진 체념의 목소리는 확실하게 들렸다.

그렇기에 에밀리아는──.

"──자기 맘대로, 말하지 마!!"

로즈월의 멱살을 붙든 에밀리아는 분노로 목소리를 떨고 있었다.

그 기세에 로즈월이 죽는 소리를 질렀다. 에밀리아가 그 얼굴을 물어뜯을 듯이 노려보았다.

남보랏빛 눈에 분노를 깃들이고 부르짖는다.

"이제 됐다?! 이제 됐다니 무슨 소리야?! 이제 된 일은 아무것도 없어! 이제 된 일이라곤, 하나도 없다고! 맘대로 포기하고 끝났다 마음먹지 마! 나도, 람도, 로즈월도, 그 무엇도, 이제 된 거라곤 있을 리 없잖아!"

"——으, 크."

"난 『시련』을 끝냈어! 보는 걸 무서워하던 과거도! 있었을지도 모르는 행복한 현재도! 언젠가 올지도 모를 슬픈 미래도! 전부 다 봤어! 그런데도 이 길을 걷겠다고 결심하고…… 그래, 결심했어! 그걸, 겨우 걸을 수 있단 말이야!"

부르짖는다. 계속 부르짖는다.

여태까지 에밀리아 본인에게도 기억이 없을 만큼 견디기 어려운 분노가 솟구치고 있었다.

그렇다. 아아, 그렇다. 이 무슨 약한 목소리, 이 무슨 한심한 답. 이 무슨 물러 터진 근성이란 말인가. 포기하는 정도로 끝날 만한, 그런 삶을 산다고 할 수 있을쏘냐.

로즈월이 볼을 굳히고 에밀리아의 시선에서 달아나듯이 몸을 틀었다. 그것은 품속의 람을 염려한 것이 아니라 그저 보고 싶지 않은 것에서 도망치고 싶어 할 뿐이다.

그런 건 용서 못한다. 에밀리아는 턱을 잡고 자기 쪽을 보게 했다.

"누군가랑 이야기할 때는, 이야기하는 상대의 얼굴을 보고 이야기해!"

"으──."

"상대가 필사적으로 무슨 생각을 하는지, 눈을 보지 않으면 모르잖아. 어째서 자신이 그러고 싶은지, 눈을 보지 않으면 안전해지잖아. 똑바로 내 눈을 보고 내 목소리를 듣고, 그리고, 서서 따라와. ──포기하지 마."

로즈월의, 좌우 색이 다른 눈이 뭔가를 깨달은 것처럼 깜빡였다.

작게 입술이 떨렸다. 그러나 그것은 소리가 되지 못한다. 하지만, 확실한 의사다.

"──아."

"이제 됐단 말은 아무도 하게 두지 않아. 살아 있는 한, '이제 된' 것은 어디에도 없단 말이야. ──그러니까 난 이 이상 아무도 포기하진 않아!"

일어섰다. 순간, 에밀리아는 뒤돌아서 그 팔을 등 뒤의 숲에 후려쳤다.

극한의 눈바람이 회오리치며 달려들려던 마수를 모조리 얼음덩이로 만들었다. 그것은 하얗고 손바닥에 올라올 만큼 작지만, 붉은 눈을 빛내는 사나운 존재.

──마수『대토(大兎)』가 마침내 이 땅에 당도한 것이다.

"따라오고 있어. ……그래, 내가 마녀니까. 아니면 팩이 있어서?"

엘리오르 대삼림의 빙결의 마녀와, 그 대리 부모가 된 대정령의 그릇.──마수의 먹이로서는 안성맞춤인지 끽끽 귀에 거슬리는 잇소리가 무리 지어 밀어닥쳤다.

에밀리아는 가슴에 손을 짚고 새롭게 목에 건 마수정 조각에 기도를 바쳤다.

──구해 달라고 비는 것이 아니라 이것을 성취해 내겠다고 맹세하고자.

"로즈월과 람을 부탁해. 묘소로 돌아가면…… 내가 반드시 모두를 지킬게!"

에밀리아의 당당한 지시에 류즈의 자매인 소녀들이 질세라 응답했다.

우발적으로 손에 넣은 자격, 복제체를 거느릴 수 있는 임시 주인으로서의 역할.──하지만 에밀리아는 그 의탁받은 역할을 『성역』 400년의 역사에서 가장 웅장하게 연기해 보였다.

육박하는 마수의 기척을 마법으로 날려 버리고 길을 만든 에밀리아는 묘소로 내달렸다. 그 뒤를 따르는 소녀들은 마치 왕에게 충성을 맹세한 병졸인 것처럼도 보였다.

──에밀리아의 발걸음에, 눈빛에, 망설임은 이미 털끝만큼도 없기에.

제7장 『──나를 선택해』

1

──베아트리스가 『그 사람』을 기다리기 시작한 것은 류즈와의 이별 바로 뒤였다.

류즈 메이엘을 잃고 그녀의 존재와 맞바꾸어 『성역』이 확립되고 『우울』의 마인 헥토르의 습격을 극복한 직후.

"베아트리스. 네게 내 지식 창고의 관리를 맡긴다. 와야 할 때가 올 때까지 서고의 파수꾼으로서 지식을 지켜줬으면 해. ──아무도 그것을 빼앗지 못하도록."

"──네?"

어머니의 서재로 불려 그렇게 명령받은 베아트리스는 동요와 곤혹에 눈을 크게 떴다.

영락없이 어머니가── 마녀 에키드나가 도전하는 싸움에 목숨을 걸고 조력하라는 명령을 받을 줄로만 알았다. 그런데 상상도 못한 역할을 받아 눈이 휘둥그레질 수밖에 없다.

"다행히 음 마법에 극에 달한 네게는 『징검문』이 있지. 격리된 공간과 친숙한 장소를 연결…… 그렇지. 『금서고』라고나 부를까. 그곳에 내가 지닌 모든 지식을 책으로서 정리해 보관한다. 그것을 네가 끝까지 지켜 줬으면 해."

"자, 잠깐……."

"서고는 로즈월의 저택에 연결하도록 해. 그 애는…… 아마도 먼저 싸움의 영향 때문에 게이트가 망가져 다시는 그 재능을 휘두를 수 없어. 그래도 나나 네 힘이 되어 줄 테지. 둘이서 사이좋게 내 귀환을 기다리고……."

"잠깐만, 기다려 봐!"

당혹하는 베아트리스를 무시하고 술술 이야기를 진행하는 에키드나를 저지했다.

어머니의 말을 이해 못하겠다. ──아니, 해서는 안 된다고 본능이 외치고 있었다. 에키드나의 심모원려는 범인이 이해할 수 있는 영역을 가뿐히 뛰어넘는다. 따라서 그녀의 발언은 항상 절대적인 답 그 자체로, 가로막겠다는 생각은 여태까지 한 번도 한 적이 없었다.

그렇기 때문에 지금은 참견했다. 그 다음이 절대적인 답이라면, 말하게 두면 후회한다고.

"어머니……. 무슨 말을, 하는 건데. 그, 금서고가 어떻다니, 의미를 모르겠는 것이야! 베티는! 어머니와 함께!"

"안됐지만 네가 있어도 로즈월이 못 미치는 적에게는 아무것도 못해. 나와 네가 함께 사멸하면 모아 놓은 지식이 어떻게 되지? 내게는 이것들을 물려줄 의무가 있다."

물려줘야 할 의무를 맡기는 것이 금서고를 맡는 베아트리스.

그 순간, 베아트리스는 깨달았다. 자신이 가진 음 마법의 적성과 그것을 숙련한 의미를.

"설……마…… 베티의, 힘은…… 이때를, 위해서?"

"＿＿＿＿＿."

"어머니는, 처음부터 이렇게 될 줄……. 그렇다면 금서고란 장소만이 아니라 서,『성역』도…… 로즈월과, 류즈도……!"

베아트리스가 눈물과 함께 도리질 치자 에키드나의 검은 눈이 침울하게 가늘어졌다. 그리고 마녀는 일어나서 살짝 책상에 놓인 한 권의 책을 딸에게 내밀었다.

"이……건……."

"내게 주어진 권능,『예지의 서』를 불완전하나마 복제한 거야. 그 마서의 술식을 전부 해석해 내진 못했지만 주인의 미래에 간단한 이정표는 될 거야."

미래의 이정표가 되는 마서, 그 말에 베아트리스는 숨을 집어삼키고 책을 받아 들었다.

정말로 이것이 자신이 가야 할 길을 가르쳐 준다면 지금 여기서 베아트리스가 어머니의 말을 듣고 무엇을 해야 할지도 적어 준단 말인가.

"책은 두 권. 한 권을 네게, 다른 한 권을 로즈월에게 선사했다. 향후의 일은 로즈월이 조처해 줄 테지. 맘대로 해서 미안하다만 이해해 줬으면 한다."

어머니의 말에 베아트리스는 모든 것에 있어 자신이 너무 늦었다고 뒤늦게 깨달았다.

말 못하게 하면, 말로 표현 못하게 하면, 그런 생각으로는 부족했다.

베아트리스가 울고불고 매달리며 가지 말라고 탄원해도 어머니의 입장은 바꿀 수 없다.

──『탐욕의 마녀』에키드나는 어머니이기 전에 마녀이기를 선택하니까.

"서고의 파수꾼으로 있어야 할 기한을 이야기하지. 만약 내가 돌아오지 않아도 언젠가 서고는 누군가에게 개방해야만 해. 그렇게 됐을 때, 네가 그때를 알 수 있도록 내 지식을 잇기에 걸맞은 이가 너를 맞이하러 올 거야."

"베티를, 맞이하러……?"

"가령 이것을 『그 사람』으로 해둘까. 기한은 『그 사람』이 금서고에 도달해 네게 역할의 끝을 고할 때까지로 하지. ──내가 하는 마지막 부탁이야."

마지막 부탁. ──그 말에 베아트리스는 다시 에키드나의 검은 눈을 올려다보았다.

어머니의 평소와 다름없는 표정. 그 안에, 이 순간만 모르는 감정이 섞여 있어서.

"베티. ──하다못해, 건강하게."

2

에키드나와 헤어진 뒤에도 베아트리스는 계속 잃었다. 계속 헤어졌다.

어머니의 말대로 베아트리스는 로즈월의 생가에 몸을 의탁했다. 거기서 음 마법의 진수를 다한 『금서고』를 만들어 어머니의 지식 전부를 담고는 사서를 자청했다.

그리고 역할에 몰두함으로써 세상에서 남겨진 절망 전부에 귀를 막은 것이다.

"영혼을, 복제해…… 그릇에, 덮어쓰고……."

언제부터인지 그 금서고에 빈번하게 로즈월이 발을 옮기게 됐다. 단지 그의 목적은 서가의 지식 그 자체에 있으며 베아트리스와 말을 주고받은 적은 거의 없다.

깡마르고 다듬지 않은 수염이 난 청년은 대체 언제, 어른이 되고 만 것인가.

지팡이를 짚고 어렵게 걷는 모습──. 마인과의 전투에서 아물지 않는 상처를 입어 로즈월은 일상 생활을 보내는 것마저 어려운 몸이 됐다. 그럼에도 불구하고 그는 걸을 수 있게 된 이래 그 불편한 몸을 혹사해 생명을 갈아 내듯이 끊임없이 서가에 들렀다.

"여어─, 베아트리스. 오늘도 자─암깐 실례하겠어."

"……맘대로, 하지 그래."

본래라면 이 금서고에는 누구라도 발을 디디게 해선 안 된다.

에키드나의 부탁은 언젠가 올 『그 사람』에게 지식을 물려주는 데에 있었다. 그때까지 이곳은 『그 사람』 외의 눈에 띄게 해서는 안 된다. 『성역』이어야, 마땅하다.

그러나 그래도 로즈월만은 별개였다.

그만은, 베아트리스와 마찬가지로 에키드나에게 사명을 의탁받은 그만은 특별했다.

옛날, 확실하게 있던 나날을, 베아트리스에게 유일하게 행복했다고 돌이켜볼 수 있는 그 시간을, 함께 보냈을 그만은 베아트리스에게 유일한——.

"——."

금서고에 발길을 옮기고 에키드나의 지식의 바다에 잠기면서 로즈월은 그 평생을 걸고 뭔가를 찾아내고자 발버둥 치고 있었다. ——그 결말은, 베아트리스에겐 알 수 없다.

단지 그 나날을 아는 마지막 한 명, 로즈월 A. 메이더스는 십여 년 뒤—— 30대에 접어들던 시기에 목숨을 잃고 저택의 관리는 후대에게 인계됐다.

"처음 뵙겠습니다, 베아트리스 님. 선대로부터 말씀만은 들었습니이—다."

"……로즈월 녀석은, 죽은 것이야?"

"선대는 돌아가셨습니다. 하지만 안심하시길. 당대의 로즈월 B. 메이더스인 제가 당신의 소임과 어머님에 대한 은의를 물려받겠습니다."

그렇게 말하고 베아트리스에게 웃어준 제2대 로즈월.

——미소 짓는 그의, 노란색과 파란색, 좌우 색이 다른 눈에 표정을 잃은 자신이 비치고 있었다.

3

그 뒤, 이야기할 사항은 거의 있지도 않다.

다음 대로 계승됐음에도 여전히 로즈월을 자칭하는 메이더스 일족.

그들의 존재는 여읜 어머니인 에키드나에 대한 경의를 잊지 않기 위한 것. 그 사실을 알아도 베아트리스는 그들을 초대와 똑같이 대할 순 없었다.

당연하다. 베아트리스에게 특별 대우할 수 있는 로즈월은 어디까지나 한 명.

그 외는 모조품이다. 금서고를 유지하기 위해서 저택을 제공받고 있다. 따라서 다소의 편의야 봐줘도 그 이상은 하지 않는다. 이곳은 『그 사람』을 위한 장소.

기다리는 사람은, 맡은 사명은, 이정표는, 길고 긴 시간 동안 소녀에게 고독을 강요했다.

그래도 400년이다. ——그동안에 금서고에 당도한 패거리도 적지 않게 있어서.

"당신의 힘은 훌륭해. 부디 정령의 힘을 빌려주십시오."

——시끄러워. 어디로 가 버려.

"이런 곳에서 혼자라니 누구에게 명령받은 거라도 결코 용납해선 안 돼."

——네가 뭘 알아. 어머니가 맡겨 주신 소중한 역할을.

"지식은 퍼뜨려야 마땅하잖아. 이곳에 있는 수많은 지혜가 퍼지면 대체 얼마나 많은 사람들이 구원받을 것 같아? 당신도 그걸 알 텐데."

──많은 사람 따위 몰라. 관계없어. 베티가 구하고 싶던 건 단 한 줌뿐.

"함께 가죠. 당신은 이미 충분히 해냈어요. 구원받아도 돼요."

──베티를 구원할 수 있는 것도, 이제 단 한 명뿐.

그들은, 그녀들은, 금시고의 파수꾼을 맡는 베아트리스에게 갖가지 말을 던졌다. 그리고 마지막에는 하나같이 이 서고를 열라고 요구했다.

그 제안에, 명령에, 내민 손에, 마음이 흔들린 적은 몇 번씩 있었다.

문을 밀어젖히고 누군가가 찾아올 때마다 『그 사람』의 방문일까 기대가 치솟았다.

하지만 그런 소망은 아랑곳없이 그들은 아무도 『그 사람』의 역할을 모르고, 어머니가 맡긴 마서에도 그들을 『그 사람』이라고 가리키는 문장은 적히지 않았다.

그래서 베아트리스는 말을, 마음을, 내민 손을 뿌리치고 거절하며 어머니의 말만을 기댈 곳으로 삼아 하염없이 고독의 감옥에 갇혀 있었다.

이 우리의 열쇠는 안쪽에서 잠긴 것인지, 바깥쪽에서 잠긴 것인지.

──이제 베아트리스 본인도 모를 지경이었다.

4

오래도록, 공허한 시간이 지나고 바라지 않는 변화가 베아트리스 쪽에 찾아왔다.

바깥세상에 가급적 관련되려 하지 않던 베아트리스도 당대의 로즈월이 데려온 반마 계집애——팩의 계약자, 그녀를 둘러싼 사정은 다소 들었다.

로즈월의 저택에서 팩과 생각지 못한 재회를 이룩한 것은 베아트리스의 고독한 400년 중에서 몇 안 되게 마음이 들뜨는 사건이었다고 할 수 있으리라.

팩은 베아트리스와 내력이 같은 대정령이다. 그러나 그는 마녀 에키드나와 결별해『성역』이 태어나기 훨씬 이전에 헤어진 뒤로 소식이 끊겼다.

그런, 오빠라고 흠모하던 그와의 재회에 베아트리스는 환희하고——곧 기력을 잃었다.

계약자인 반마 계집애 옆에서 행복하게 지내는 팩의 모습에 마음이 금이 간 것이다.

——부럽다. 그렇다. 시샘 이상으로 선망했다. 역할을 다할 수 있는 데에 대한 동경이 있었다.

그렇기에 가능한 한 팩이 소중히 여기는 반마 계집애와는 관계되지 않도록 하자. 그러지 않으면 언젠가 분명히 베아트리스는 소녀에게 마음의 응어리를 쏟아내고 만다.

아무 잘못도 없는, 경애하는 오빠가 세상에서 제일 소중히 하는 애에게 분명히 돌이킬 수 없는 실수를 저지르고 만다.

마음을 자제하고 감정을 죽이며 말을 봉하는 것은 특기였다.

400년, 그것을 반복해 왔다. 이제 와서 침묵이나 고독을 두려워하는 마음일랑 없다.

특기일뿐더러 이골까지 난 포기에, 속속들이 아는 실망에 다 그런 법이라고 생각하면서.

그런 체념의 나날에—— 이물은 느닷없이, 스스럼없이 흙발로 쳐들어왔다.

처음에는 아무 관심도 품지 않은, 우매한 인간 중 한 명에 불과하다고 생각했다. 반마 계집애가 왕도에서 데리고 돌아온 지나가던 여행자, 그것도 바보 같은 여행자라고만.

그랬는데 무슨 팔자인지 저택에 남고 덤으로 그에게는 음 마법의 적성이 있으며, 베아트리스의 『징검문』과의 궁합도 유난히 좋아서, 그 결과 몇 번이고 거침없이 금서고에 들어왔다.

묘한 소년이었다.

소년의 목적이 반마 계집애에게 있음은 누구 눈에도 명백했다. 그것도 야심이나 음모 부류가 아니라 오로지 질릴 만큼 단순한 연심에 기인한 것이다.

그 연심의 계기 하나 때문에 우직하게 목숨을 거는 걸 못 본 척할 수 없었던가.

저주를 받은 소년을 구하고 변덕으로 조언도 건네주고.

그 뒤에는 완전히 저택에 정착해 더욱더 허물없어지는 그에게 후회도 했다.

다만 베아트리스의 유능함을 알고도 그것을 바라지 않는 자세에 뜻밖의 놀람이 있었다. 저주 때문에 의지하던 것도 『금서고』가 아니라 『베아트리스』를 의지해서 그런 것.

──지식에도, 베아트리스의 힘에도, 별반 흥미를 품지 않는 소년.

여태까지 금서고에 당도한 누구와도 다른 자세에 베아트리스는 덧없는 희망을 품을 뻔했으나── 이것을 스스로 부정하고 지워 버렸다.

애당초 소년에게는 베아트리스가 기다리는 사람에게 기대하는 많은 요소가 결여되어 있다.

우선 눈매가 나쁘다. 태도도 나쁘다. 교양도 부족하고 다리도 짧다. 전력으로 마음에 둔 상대가 있고, 베아트리스에게도 상냥하지 않다. 좋은 점이 눈에 안 띄지 않은가.

반마 계집애도, 메이드 자매의 동생도 그치의 뭐가 좋은지 진심으로 이해하기 어렵다.

좋은 점이라곤 아무것도 없으니까 아무에게도 호감 받지 말고 혼자 있으면 될 텐데.

그렇다면 금서고에 얼굴을 내밀 때에 조금은 자상하게 대해 줄 마음이 없지만도 없다.

그런 식으로 생각한 적도 있었는데──.

──결국 시간은 흐르고 세상은 움직인다. 베아트리스의 당혹도 일절 참작하지 않으며.

그 뒤, 저택 밖에서 무슨 일이 있었는지 베아트리스는 자세히 알지 못한다.

단지 반마 계집애가 왕도로 호출됐다가 저택에 돌아왔을 때에는 동행했을 터인 소년이 곁에 없었다. 다음에 돌아왔을 때, 소년은 기억에 남은 그리운 누군가의 유품을 들고 있었다.

그 책을 보고 또 한 번 세상에 버림받아 남겨졌다고 실감하면서 베아트리스는 소년들을 로즈월의 의도대로 『성역』으로 내보냈다.

일족의 비원의 성취와 『탐욕의 마녀』를 만나러 간다. ──그것이 『성역』에 가기 전에 금서고에 얼굴을 내민 로즈월이 베아트리스에 남기고 간 말이었다.

그 말에, 로즈월의 눈초리에, 베아트리스는 그가 결판을 낼 것이라고 깨달았다.

그와 동시에 베아트리스 또한 한 가지 결론에 도달한 것이다.

400년의 결실, 백지의 미래를 기록하고 있는 『예지의 서』, 오지 않은 약속의 사람.

──『그 사람』이 베아트리스에게로 찾아오는 일은 영원히 있을 수 없다고.

베아트리스는 저택에 '죽음' 의 기척이 침입한 것을 금세 깨닫고 있었다.

농밀하게 엉겨 붙는 '죽음'의 기척, 그것을 앞두고도 여전히 『예지의 서』는 베아트리스의 미래를 적지 않는다. 운명에 버림 받았음을 묘할 정도로 순순히 받아들일 수 있었다.

그것은 분명히 베아트리스에게 겨우 자신이 바라는 결판이 보였기 때문이다.

──『그 사람』은, 절대로 오지 않는다. 그렇다고 해도 기다리는 건 그만둘 수 없다.

그렇다면 베아트리스는 자신이 '기다린다'는 선택지를 타인에게 빼앗길 수밖에 없다.

그것이 생명을 빼앗기는 것과 같은 뜻이라면 누군가에게 그렇게 되더라도 개의치 않는다.

가능하다면 하다못해 400년의 결말을 지어 주는 것이, 아주 약간이나마 의탁하려 생각한 누군가이기를.

그러니까, 소년이── 나츠키 스바루가 이날 밤, 금서고로 달려와 줬을 때, 베아트리스의 마음에는 말로 표현하기 어려운 감동이 휘몰아치고 있었다.

여태까지 무엇 하나 베아트리스의 마음을 구원하려 하지 않던 운명이, 베아트리스에게 처음으로 뭔가를 보답해 준 순간으로 여겨졌기 때문이다.

그 손에 생명을 빼앗기고, 약속이 파기된다면, 그것도──.

"널 데리고 나갈 거다, 베아트리스. ──이번에야말로 넌 내 손으로 해님 아래에 끌려 나가서, 그 드레스를 진흙투성이로 만들고 새까매질 때까지 놀 거야."

"_____."

——그런데 어째서 이제 와서 그는 각오를 다진 베아트리스의 마음을 흐트러뜨린단 말인가.

종말을 맞이한다는 생각만을 했었다.

돌아온 소년의 모습에, 그의 손에 끝날 수 있다는 기대를 품고 있었다.

그런데도 소년은 베아트리스가 품은 희망과는 다른 미래를 그리려 했다.

그런 건 바라지 않는다. 그런 바람은, 400년 동안 진즉에 닳아 버렸으니까.

"네……가……『그 사람』이라면……."

그랬을 텐데, 분개하는 소년의 목소리를 듣는 중에 변화가 생기고 말았다.

눈이 녹는 계절에 꽃들이 움트듯이 잠자던 감정이 떨면서 얼굴을 내밀었다.

그 말을 입에 올리면, 말해 버린다면, 돌이킬 수 없어진다.

400년 동안 베아트리스를 옭아매던 어머니의 부탁에 대한 집착을 잃고, 이번엔 전혀 다른 새로운 거에 매달려서 그것을 놓지 못하게 되고 만다.

그렇다고 알면서도 베아트리스는 결정적인 물음을——.

"베티의, 『그 사람』이, 되어 줄 거야?"

"바보냐, 너. ——내가 너의『그 사람』이란 영문 모를 놈일 리 있겠냐."

하마터면 돌이킬 수 없는 상황이 될 뻔했다.

하지만 돌이킬 수 없는 짓은 돌이킬 수 없어지기 전에 철회됐다.

——자신이 몹시 싸구려에 경박한 광대로 전락한 기분이다.

"……이젠, 지친 것이야."

애당초 그 소년의 손에 죽겠다는 생각 자체가 잘못이었다.

그치는 누군가를 위해서 손을 더럽힐 만큼 당당한 마음의 소유주가 아니다.

베아트리스와 비슷하게 꿍얼꿍얼 시시한 고민에 머리를 썩이고 우유부단하게 결단을 망설이다가 매사를 앞두고 실컷 변명을 거듭하는 약한 마음의 소유주다.

그러니까 베아트리스를 끝낼 수 있는 '죽음'이란 또 다른 형태로 찾아올 터.

농밀한 '죽음'을 두르고 저택에 쳐들어온 침입자처럼.

혹은 어느덧 저택에 번지며 모든 것을 불사르는 업화처럼.

자신은 그저 그 방문을 기다릴 뿐이고——.

"겨우 돌아왔다! 야, 이 왕바보야! 아까는 잘도……."

"악——!"

"프로토?!"

다시 금서고에 들어온 소년을 베아트리스는 조건반사적으로 날려 버렸다.

감정이 끓어올라 공격은 사고보다 더 빨랐다. 소년은 충격파에 밀려 들어온 직후의 문에서 밖으로 튕겨나갔다. 소리와 함께 문은 닫혔다.

　"대, 대화는, 네가 끝냈어……. 그런데 어쩜 이리도 뻔뻔스러운 놈인 것이야!"

　그런 발언을 해놓고서 뻔뻔스럽게 얼굴을 내밀 수 있는 근성을 베아트리스는 이해할 수 없다.

　방금 본 짓을 잊도록 베아트리스는 연거푸 심호흡하고 다시 시간을 기다리──.

　"작작 해라! 애들 발작이냐! 금방 폭력에 호소하면 이야기가 진행……."

　"너나 작작 해!!"

　"뜨와우!"

　안면을 치고 지나가고 이어서 몸통을 밀어 올리는 마력파의 2단 공격.

　몸부림치는 소년을 그대로 밖에다 내던지고 또다시 문을 닫았다. 공간이 뒤틀린다.

　"웃기지, 말란 것이야……."

　지긋지긋하단 어조로 중얼거린 베아트리스는 접사다리 위에 고쳐 앉아 아무도 적히지 않은 『예지의 서』를 안고서 문을 노려보았다. ──또다시 저 문이 열리지 않을까 두려워하며.

　이기적인 논리와 베아트리스의 마음을 고려치 않는 감정을 억지로 떠넘기려 문이 열리는 게 아닐까 하고.

몇 번 나타나든 간에 계속 거절한다. 너는『그 사람』이 아니니까.

베아트리스를 데리고 나갈 권리를, 너 스스로 포기했으니까.

그러니까 베아트리스는 여기서 이루어지지 못할 약속과 함께 종말을 맞이하는 것이다.

──그러는 것이 지금의 베아트리스에게 유일한 구원으로 여겨졌다.

6

날려가서 서고에서 쫓겨나 벽에 격돌한 순간, 대비 자세를 취했다.

"윽, 오……. 견뎠……다아!"

페트라와 오토와 헤어져 베아트리스를 설득하러 과감하게 도전하기를 네 번째──. 단기간에 거듭 때려눕혀진 덕분에 보이지 않는 충격파에 대한 대비가 숙달되고 있다.

"아니 바보 같은 테크닉을 수련하고 있을 때가 아니지. …… 본격적으로 불이 위험해."

흘러나오는 땀을 소매로 닦고 자세를 낮춘 스바루는 불편한 시야에 혀를 찼다.

저택의 화재는 심각해져 본관의 곳곳에 검은 연기가 자욱하다. 계단 밑은 이미 화마에 휩싸여 바닥이 꺼지는 일이 생기면 숯덩이 꼴은 모면할 수 없다.

연소는 서관과 동관에도 미쳐 로즈월 저택 대화재를 막기란 불가능하다.

"화재 덕분에 『징검문』의 후보가 준 것은 고맙긴 한데……."

불행 중 다행은 『징검문』 후보가 줄어든 것과 화재 덕분에 마수 대다수가 도망쳐 실내를 뛰어다니는 스바루를 방해하는 적이 없다는 점. 그렇다고는 해도 저택의 소실이 진행되면 진행될수록 스바루가 타죽을 가능성은 비약적으로 뛰어오른다.

머잖아 저택이 불타 무너진다. 그 전에 베아트리스를 데리고 나와야만 한다.

"그리고 저택의 문이 전부 불타 버리면 걔 금서고는 어떻게 되는 거야……."

가령 모든 문과의 연결고리가 끊겼을 때, 그 금서고의 문은 어디로 연결되는가. 혹시 아무 데도 연결되지 않고 그 소녀는 영원히 고독한 세상을 헤매는 것인가.

아니면 금서고는 저택과 운명을 함께해 모조리 불꽃에 휩싸여 잿더미로 돌아가는 것이 아닌가.

"누가, 그런 식으로 널 끝내게 해 줄까 보냐……!"

숨을 크게 들이켜고 스바루는 지면을 핥는 자세로 달리기 시작했다. 튕겨 나온 문을 열어젖히고, 다음 문의 문고리를 잡고 잇따라 개방한다.

건축자재가 불타 터지는 소리와 함께 저택이, 그 나날이, 불타 버린다.

"──으, 익!"

정면, 아직 열리지 않은 문의 손잡이를 잡고 손바닥의 불타는 아픔에 목이 막혔다. 하지만 그래도 이 아픔은 이 단기간에 이골 나게 맛보았다.

아픔에 관자놀이를 날카롭게 꿰뚫리면서도 발로 차 부수듯이 문을 열고 안에 뛰어들었다.

"————."

헌책의 향기, 초열과 무관한 공기, 놀란 듯한 숨결. ——금서고다.

그 사실을 깨달은 스바루가 고개를 들었다. 접사다리에 앉은 소녀가 스바루를 곧게 노려보았다.

"너 또, 질리지도 않고……!"

"허억! 당연, 하잖냐! 몇 번이든 난 너를 납치하러 온다! 그게 싫으면 이번에야말로 따라 나와! 그러면 이 대화도 이게 끝이야!"

"당치 않은 소리는 이제 지겨워! 저택이 불타고 있는 건 알고 있는 것이야! 지금 당장 밖으로 도망치지 않으면 너도 불길에 휘말려 타죽을 뿐이라고!"

스바루의 다섯 번째 도전에 베아트리스가 구제불능의 어리석은 자와 인연을 끊듯이 내뱉었다. 파란 눈에 깃든 격정과 함께 입술을 떨고 소녀는 마서에 세게 손톱을 박았다.

"너…… 너하고, 베티가 대화할 기회는 끝난 것이야. 네가 스스로, 네 쪽에서 먼저 짓밟고…… 그걸, 어째서 모르는 건데!?"

"몰라. 네가 진심으로 날 거절하지 않는 한, 난 몇 번이든 여기 온다."

"──윽! 베티는 진심으로, 너를!"

분노한 나머지, 뜻밖인 나머지, 베아트리스는 말문이 막혀 눈을 부릅떴다.

그녀는 진심으로 모르는 것이다. 스바루의 말뜻을.

베아트리스 자신의 행동과, 마음, 그런데도 스바루가 이곳에 있을 수 있는 사실의 모순을.

"진심으로 내 얼굴도 보기 싫다면 금서고에 틀어박히라고, 베아트리스."

"무슨 소릴…… 실제로 베티는 금서고에서 한 발짝 안 나간 것이야! 그런데 네가 맘대로 밀어닥치고, 그런데……."

"아니지, 틀렸어. 네가 진심으로 여기서 혼자 틀어박힐 생각이 있다면 내가 이 단기간에 몇 번씩 여기 다다를 수 있을까 보냐. 네 거절은, 허울뿐이야."

"──아, 으."

베아트리스는 거절의 말을 잇지 못하고 입을 우물거리며 깊게 곤혹스러워했다.

『징검문』은 만능이 아니다. 그것은 말한 바와 같다. 하지만 한없이 만능에 가깝다.

베아트리스가 진심으로 거절하며 금서고를 바깥세상과 격리하려고 했더라면 스바루를 금서고에 들이지 않는 것쯤 쉽게 가능할 터다.

그러지 않은 건, 못하는 건, 베아트리스의 마음이 미혹 속에 있기 때문이 아닌가.

"————."

스바루의 지적에 베아트리스도 자기 마음을 의심하고 있다.

그게 아니어도 지금의 베아트리스는 400년간 지킨 약속의 지주를 잃고 흔들리고 있다.

이미 스바루의 말이 옳은지 자신의 소원이 옳은지 알 수 없어졌다.

——스바루 역시 사실은 모른다.

그저 단순히 저택의 문이 잇달아 불타서 선택지가 줄어든 덕분일지도 모른다.

중대 국면에서 스바루가 각성해 『징검문』을 모조리 간파했을 뿐인지도 모른다.

혹은 정말로 베아트리스의 본심이 스바루를 끝까지 거절하지 못해서, 그래서 『징검문』의 문호가 스바루에게 열려 주는 상태일지도 모른다.

답은 알 수 없다. ——마지막이라면 좋겠다고 스바루는 기대하며 소원하고 있다.

하지만 사실이 어쨌든 관계없다. 지금 여기서 베아트리스를 데리고 나갈 수 있을지도 모를 가능성에 나츠키 스바루가 닿고 있다는 것이야말로 모든 것이다.

"너는…… 넌! 베티의 『그 사람』이 아냐!"

혼미에 견디다 못한 것처럼 베아트리스가 치맛자락을 잡고 소리를 질렀다.

머릿속을 내달리는 사고를 내팽개치고 베아트리스는 울듯이 스바루에게 호소했다.

"네가 아니라고, 그렇게 말했다고! 네가, 그렇게 말했어! 말한 것이야. 네가 『그 사람』이라면…… 거짓말이라도 그렇다고 말해 줬더라면 분명히 베티는 그걸 믿어 버렸어. 거짓말이라고 알아도 믿을 수밖에 없었단 말이야."

"베아트리스……"

"하지만 넌 아니라고 말한 것이야. 아니라고, 바보냐고, 그렇게 말했어. 그래, 그린 것이야. 그 말이 맞아. 베티는 바보고, 왕바보고, 400년이나 전에 주고받은 구두 약속을 지금도 잊지 못해서…… 그래서! 무슨 말을 해 봤자 이젠 끝인 것이야!"

거절을 외친 베아트리스, 그 주위에 바람이 생겨나고 소녀를 감옥처럼 휘감았다.

마력의 분류가 소녀의 드레스를, 긴 머리카락을 바람에 싣고 비통한 분위기가 금서고에 팽팽히 차올랐다. 그 광경을 본 스바루는 숨을 집어삼키고 걸어 나갔다.

바람에 닿아 상처 받는 것을 두려워하는 약한 마음. 그것을 찍어 누르고 화상을 입은 손바닥을 세게 움켜쥐어 아픔으로 자기 자신을 고무하며 그저 앞을 보았다.

"나는."

"————."

"나는 네 『그 사람』이 아냐. 몇 번이든 말해 주마. 네가 기다리는 백마 탄 왕자님은 안 와. 여기서 얼마나 기다려도, 절대로."

거듭된 부정의 말에 베아트리스의 눈에 절망이 번졌다.

하지만 여기서 끝내서는 여태까지와 똑같다. 이 뒷말을, 전할 수 있게 해 준다면.

"하지만."

"＿＿＿＿＿."

"나는 너랑 함께 있어 주고 싶어, 베아트리스."

"＿＿＿우."

"다정한 네가 슬퍼하지 않도록 옆에 있어 주고 싶어."

"아…… 으, 욱……."

베아트리스의 표정이 일그러졌다.

부풀어 오른 마력이 공격할 곳을 잃고 베아트리스 본인을 상처 입히듯이 바람이 미친 듯이 불었다.

분노와, 비탄과, 그 외의 뭔가로 얼굴을 일그러뜨린 베아트리스는 애타게 매달리듯이 무릎 위의 마서를 펼쳤다. 바람에 나부끼는 페이지는 백지. 백지만이 이어진다.

──아무것도 가리키지 않는 예언서가 베아트리스에게 선택의 순간을 다그쳤다.

"──뭐……지?"

베아트리스가 책을 덮었다. 그와 동시에 스바루의 시야가 부자연스럽게 일그러졌다. 시야가 흔들리고 몸을 가누지 못해 무릎을 꿇었다. 피의 부족이나 체력 고갈이 원인이 아니다.

실제로 금서고가 거세게 흔들리고 있었다. 바닥이 뒤틀리고 책장이 균형을 무너뜨리며 잇달아 쓰러졌다. 꽂힌 책들이 난잡하게 튀어 나오고 방은 책의 바다에 가득 메워졌다.

이곳은 베아트리스가 만들어 낸 금서고. ——이 서고의 상황이 베아트리스의 정신 상태에 좌우된다면, 이를 유지할 수 없을 정도로, 그녀는.

"베아트리스——!"

일그러지는 세상 속에서 스바루는 필사적으로 일어나 베아트리스에게 손을 뻗었다. 일그러짐은 그녀의 주변에만 영향을 주지 않아 소녀의 몸은 지금도 접사다리 위에 있다.

뛰어들면 닿는다. 그렇게 빌고 스바루는 베아트리스를 향해 힘차게 걸음을 내디뎠다.

——그 순간 종이를 찢듯이 공간이 뜯겨 나가고, 스바루의 몸은 그 찢어진 틈에 말려들었다.

"——아차!"

피할 수 없다. 속수무책으로 스바루는 단숨에 공간 도약에 빨려 들어갔다.

『징검문』과 달리 문을 개입하지 않는 공간 도약—— 이전, 같은 짓을 당한 적이 있다.

에밀리아를 죽게 했을 때와, 베아트리스를 죽게 했을 때에.

"_____."

마지막 순간, 공간의 찢어진 틈 저편으로 보인 베아트리스의 입술이 움직이는 것이 보였다.

——안녕이라고, 소녀의 입술은, 눈은, 우는 얼굴은, 그렇게 전하고 있었다.

내던져진 순간 연기를 들이마시고 기침했다. 열풍에 살갗이 타 버릴 것만 같다.

그런데도 여기서 곧장 타죽을 가능성은 없다. 왜냐하면──.

"──저택의 현관이냐! 제길, 정중하기도 하시지."

검게 더러워진 고개를 들어 스바루는 자신이 불타는 저택의 입구에 있음을 깨달았다.

바라보니 이미 불길은 저택 전체를 휘감아 발화지점인 본관뿐만 아니라 좌우의 서관과 동관도 대화재의 양상을 드러내고 있다.

저택 내에 원형을 유지하는 장소를 찾는 쪽이 어려워서, 실제로 현재 스바루를 배출한 현관의 문도 아래 절반은 불에 휩싸여 있다. 이 상태에서 『징검문』이 성립한 것 자체가 기적이다.

여기서부터 금서고로는 날아갈 수 없다. ──아니, 금서고로 통하는 문이 남아 있을지 없을지.

불타는 저택 안이 아니라 밖으로 날린 것. 그것이 베아트리스의 답이 아닌가.

"뭐가, 안녕이야. ──마지막에 그런 얼굴 보이고서 뭐가!"

발생한 염려를 떨쳐낸 스바루는 씩씩거리며 불타는 문을 걷어차고 현관에 뛰어들었다. 순간, 바깥과 비교가 안 되는 열파의 마중을 받아 호흡기가 익는 고통에 눈물이 배었다.

문외한이 화재 현장에 물도 뒤집어쓰지 않고 뭣도 모르고 돌진해서 독선적인 인명구조── 이차 피해로 타죽는 게 확실시되는 만용이지만 죽을 작정은 없다.

"죽게 할 작정도, 없지!"

스바루는 금서고로 이어질 가능성을 찾아 타오르는 로즈월 저택을 달리기 시작했다.

얼굴을, 목을, 손발이 익어 피부가 태워지는 고통을 느낀다. 호흡이 괴롭지만 달리지 못할 수준은 아니다. 가슴속에서 뭔가가 스바루를 떠밀고 있다.

이때, 만약 스바루를 객관적으로 보는 이가 있으면 그 끔찍함에 무심코 몸서리쳤을지도 모른다.

불길 속에서 소녀를 데리고 나오기를 맹세하며 달리는 스바루. 그는 어마어마한 양의 검은 독기에 휩싸여 마치 그림자의 옷에 지켜지듯 안긴 모습이었으니까.

그런 줄도 모르고 스바루는 유달리 큰 불꽃의 벽을 뚫고 나가 계단에 당도했다.

발화 지점인 식당은 1층이다. 현관을 포함해 문은 전부 불타버렸을 가능성이 높다. 타고 남았을 가능성이 있다면 위층── 그것도 최상층이다.

이 불길이다. 당연히 아래층으로 돌아올 수 있을 가능성은 없다. 그런데도 스바루는 주저 없이 계단에 발을 딛고 최상층으로 뛰어 올라가려 했다.

──그 순간이었다.

"_____."

뭔가 젖은 것을 질질 끄는 소리가 나는 것을 알아챈 스바루는 뒤돌아보았다.

소리의 발생지점은 붉은 불꽃이 날뛰는 본관 복도———. 이성은, 그럴 리 없다고 전하고 있다.

마수는 통솔을 잃은 것처럼 도망치고 살아 있는 존재의 생존을 허용치 않는 절대적 죽음의 초열 세계. 그런 곳에 누가 있을 수 있나. ———저건, 대체, 뭐냐.

불꽃에서 그림자가 나타났다. 그림자는 검은 옷을 입고 검은 칼날을 든, 검은 머리의 여자였다.

"엘자……냐……?"

"———."

그림자는 대답하지 않는다. 하지만 그 형상은 틀림없이 스바루가 아는 검은 옷의 살육자였다.

스바루는 반복된 루프에서 그녀와 마주쳐 수도 없이 목숨을 잃었다. 그리고 이 회차에서 스바루는 그녀와의 상대를 동료에게 맡기고 다시는 만나지 못하겠거니 여겼었다.

———그런데도 목숨이 달린 불꽃의 세계에서 스바루와 엘자는 또다시 만났다.

"———."

불타는 로즈월 저택에서 대치한 스바루는 초조감을 잊고 입술을 핥았다.

이곳에 당도할 때까지 많은 사람들에게 힘을 빌렸다.

오토에게, 람에게, 류즈에게, 시마에게, 파트라슈에게.

에밀리아에게, 아람 마을 사람들에게, 가필에게, 페트라에게, 프레데리카에게.

그러니까 지금 스바루는 이곳에 서 있다. ──나츠키 스바루는 동료를 의심치 않는다.

"가필은 네게 지지 않아. 넌, 그 녀석에게 이기지 못했을 테지."

"────."

"──너, 이미 엘자가 아니군?"

묻는 스바루를 엘자── 아니, 엘자였던 것이 텅 빈 검은 눈으로 쳐다보았다. 거기에 의사의 빛은 없었고 끝 모를 어둠만이, 공허한 공동이 스바루를 들여다보았다.

망해, 망령, 망집의 화신. 그것은 여전히 바닥나지 않은 살의에 떠밀려 찌부러진 하반신을 끌면서 스바루를 향해 불길 속의 저택을 기어 왔다.

죽지 않는 생명력 수준의 이야기가 아니다. 저건 이미 저주다.

스바루의 『사망귀환』과 비슷하게 생명에 멍에가 걸린 저주에 불과했다.

"너도 상당히 가엾지만 상관해 줄 여유가 없어. 난 베아트리스를──."

맞으러 간다, 망자로 변모한 엘자에게 그리 이르고 화장당한 그녀를 내버려 두려 했다. 기는 속도는 느려서 충분히 뿌리칠 수 있다고 짚고. 하지만──.

"──윽!"

순간, 목덜미를 스친 죽음의 기척에 스바루는 순간적으로 위로 뛰었다. 불타는 층계참에 뛰어 올라 뒤돌아보았다. 등 뒤, 계단을 망자의 칼날이 찢어발기고 있었다.

망자가 거리를 좁히고 칼날을 휘둘러 스바루의 생명을 빼앗으러 온 것이다. 닿지 않은 건 봐줬기 때문이 아니다. 망자의 하반신이 찌부러져 도약에 힘이 실리지 않았기 때문.

"웃기지, 마──!"

스바루는 계단에 손을 올리는 망자를 급히 걷어차고 위로 뛰어 올라갔다.

화재의 연기는 위로 간다. 따라서 검은 연기는 위층으로 갈수록 짙어져 세력을 늘리고 있었다. 불길도 강해져 2층에서 문을 찾는 건 현실적이지 못했다.

──무엇보다 망자의 추적은 한 번으로는 끝나지 않고 여전히 집요하게 스바루에게 따라붙었다.

"제길! 위로 갈 수밖에 없어!"

인간을 버린 망자의 추격에 스바루는 상황에 떠밀려 최상층으로 내몰렸다. 화마에 휩싸인 3층으로 굴러 들어가 보니, 페트라 일행을 배웅한 집무실이 있는 복도가 나왔다.

그들은 무사히 도망쳤을까. 가필은, 프레데리카는.

마수가 통솔을 잃은 모습으로 봐서 메일리도 타파당했을 테고, 엘자는──.

"────오오오!!"

"으하아?!"

불꽃 저편에서 들리는 포효와 발톱에 스바루는 경악을 숨기지 못하고 소리를 질렀다.

사자의 얼굴을 가진 마수다. 갈기를 잃고 몸 절반이 불타 문드러진 그 모습은 틀림없이 스바루 일행이 식당에서 태워 죽였을 길티라우였다.

가까스로 숨이 붙어 있던 마수가 주인의 명령을 위해서 막아섰단 말인가.

그렇다면 스바루는 숫제 불로 날아드는 여름의 벌레——. 대화재 속에서 만나다니 정말이지 지나치게 얄궂기 짝이 없다.

"크아악————!"

포효하고, 빈사의 마수가 그 굳센 팔을 스바루에게 후려쳤다. 강풍을 두르고 벽을 깎아 내며 짓쳐드는 일격은 날카롭다. 만신창이여도 스바루의 생명 정도라면 잡초보다 쉽게 거둘 수 있으리라.

"너희는 패턴이 똑같거든——!"

그 일격을, 스바루는 뛰어 앞구르기로 마수 옆을 지나 회피.

——마수의 습성이 사냥감의 급소를 노리는 것은 학습이 끝난 차다. 몇 번이나 마수에게 괴롭힘 당했던지.

스바루에게 완벽하게 한 방 먹은 마수는 분노의 추가타를 가하려다가——.

"크으으————."

그때 스바루를 쫓아온 망자의 참격이 마수에게 이를 드러냈다.

마수와 망자 사이에 싸움이 일어날 이유는 일절 없었다. 그저 앞서 가는 스바루를 쫓으려는 망자에게는 마수의 덩치가 통행에 방해됐을 뿐.

겨우 그것 때문에 뒷발이 날아가서야 마수도 못 배긴다. 흉포한 짐승은 거무칙칙한 피를 뿌리면서 절규하고 구렁이 같은 꼬리를 망자에게 후려갈겼다.

망자는 인체의 한계를 초월한 거동으로 그 꼬리 공격을 피하고 반격해 꼬리를 밑동부터 베어 냈다. 육체가 기억한 살육 기법이 아낌없이 표현되어 마수는 썰리기만 할 뿐이었다.

전화위복인지 뭔지, 스바루는 이 기회를 놓치지 않고 최상층의 닫힌 문을 잇달아 발로 때려 부수었다.

자료실, 귀빈실, 양쪽 다 꽝. 망자와 마수의 싸움은 이어지고 있지만 들리는 건 마수의 비명뿐이고 형세는 완전히 기울어졌다.

"부탁한다, 베아트리스……!"

집무실에 당도한 스바루는 기도하는 심정으로 문을 열어젖혔다.

그러나 무상하게도 스바루의 눈앞에 펼쳐진 건 어지러워진 집무실의 모습뿐이었다.

"여기도 틀렸냐……! 그럼 남은 문은……."

아래층은 불타올라 전멸했다. 다른 건물도 붕괴가 원인인지 발화 지점인 본관보다 전소가 빠르다. 로즈월 저택 안에서 무사한 문은 이미 존재하지 않는 게 아닌가.

"아니, 아직 아냐! 아직 남은 데가 있어! 문이 있었어!"

스바루는 포기를 억누르고 뻥 입을 벌린 피난로로 이어지는 나선 계단에 눈독을 들였다. 계단을 내려가 지하통로에 도달하면——그 앞에 분명히 문이 있었을 것이다.

이전에 마녀교도의 습격에 처한 저택에 돌아왔을 때, 스바루는 피난로 안쪽으로 가다가 거기서 문 너머로 냉기를 받고 조각조각 부서져 죽었다. ——그, 문이 있다.

그 순간, 스바루의 뇌리에 망설임이 스쳤다. 그것은 공포가 아닌 의혹이다.

사고를 일원화해서 행동이 유도되고 있지는 않은가. 저택에 남은 모든 문을 허탕 치게 하고 피난로로 스바루를 이끈다. ——그것은 베아트리스의 의사가 아닌가.

스바루를 살려서 밖으로 피신시키기 위한 베아트리스의 획책이 아닌가.

"——큭, 생각할 시간도 안 주는 거냐!"

등 뒤, 결정적인 일격을 받은 짐승의 단말마가 저택을 흔들었다. 의도치 않게 시간 벌기에 공헌해 주던 마수가 이번에야말로 냉혹한 망자에게 생명을 빼앗긴 것이리라.

——다른 선택지는 없다. 스바루는 비밀 통로로 몸을 던졌다.

저택의 지하로 통하는 나선 계단에서도 연기는 맹위를 떨치고 있었다. 시야 제로, 한 호흡이 죽음에 이어지는 악몽의 세계. 스바루는 각오를 다지며 숨을 멈추고 단숨에 뛰어 내려갔다.

전에는 극한 속을, 이번은 작열 속을, 스바루는 지하 통로의 어두운 안쪽으로, 안쪽으로 나아간다.

이윽고 연기로 자욱한 암흑 뒤에 목표인 문을 찾아내어 발길이 멈추었다.

"여기……가……."

마지막 가능성. ──그 사실을 의식하고 스바루는 숨을 집어 삼켰다.

이 비밀 통로에서 스바루는 이다음으로 가본 적이 없다. 이 피난로가 최종적으로 숲 너머에 있는 산막으로 이어지는 건 안다. 하지만 실제로 건너가 본 적은 없다. 스바루에겐 이다음에 다른 문이 있는지는 미지수다.

따라서 이 문이, 스바루에게 마지막 후보. ──베아트리스에게 통하는 마지막 기회.

가령 이곳으로 인도한 게 베아트리스의 의사라면 불리한 내기가 된다.

그것을 두려워하면서 스바루는 문고리에 손을 뻗고──.

"크윽! 이 문은 또……!"

손바닥에 타는 감촉. 또 손가락이 떨어지지 않을까 손을 뺀 스바루는 문을 노려보았다. 마치 결과를 두려워하는 스바루를 비웃는 것 같은 문의 대응에── 별안간, 깨달았다.

"문고리가, 뜨거워……?"

──열기가 가득하다고는 해도 지하의 피난로에는 불꽃의 기척이 없다.

자욱한 연기도 열도, 나선 계단을 형성하는 석재 틈으로 흘러 든 것이다. 탄 흔적이 없는 통로, 그 안쪽에 있는 문이 왜 이토록 열기를 띠는가.

"……베아트리스. 만약 들린다면, 들어줘."

문에서 손을 뗀 스바루는 희미하게 고개를 위로 들고 그렇게 말을 꺼냈다.

이곳에는 없는 소녀에게 자기 목소리가 닿으리라 믿으면서.

"네가 날 여기까지 유도한 거야? 솔직히 피난로 외의 선택지를 없애고 고스란히 날 꾀어낸 거라면 네 지모에는 완패했다."

저택의 화재와 도중의 엘자 및 마수는 빼더라도 작전을 짜고 실행에 옮긴 건 과연 대단하다. 이 문이 허탕을 치고 산막으로 갈 수밖에 없어지면 목적은 성취된다.

"근데 그렇게 이야기가 잘 돌아가진 않나 보다. ……이 문이 허탕이어도 난 네 바람대로 도망쳐 줄 수 없어. 고집을 부리거나 도망치기 싫다고 주장하는 거하곤 다르거든? 확실히 그런 기분이 9할이란 생각도 들지만…… 사실은 절실한 사정이 있어."

스바루는 듣는지도 모르는 상대를 간절하게 설득했다.

정면을 막는 문을 가볍게 발끝으로 차고 한숨을 쉬었다.

"이 문을 열면 아마 난 죽어. 너나 다른 사람들은 모를 수도 있겠지만 이 앞은 지금 그런 상황에 빠져 있어. ……과학의 진수를 아는, 나만은 알아."

식당에서의 불발 사건은 치워 두고, 스바루 안에 잠자는 현대 지식이 경종을 울리고 있다.

지금 스바루의 눈앞에 있는 문은 화재 현장에서 다발하는, 건드려서는 안 될 문의 상태다.

정문은 뜨겁게 달아오른 문. 후문은 엘자의 망자. ──목숨을 건 도박판이다.

"베아트리스. 난 지금부터 문을 연다. ──내 말을 어떻게 판단할지, 난 네게 전부 맡기기로 했다."

이 목소리가 베아트리스가 닿고 있는지 아닌지.

그리고 닿더라도 베아트리스가 스바루의 말을 믿어 줄지 아닐지.

그녀의 선택에 목숨을 맡기는 판단을 내리는 스바루의 마음은 어딘가 온화했다.

왜냐면, 그렇지 않은가.

"──베아트리스. 널, 믿을게."

말과 함께 스바루는 손바닥이 타는 아픔을 느끼면서 문을 열어젖혔다.

그리고──.

8

──나선 계단을 내려가는 게 아니라 굴러떨어지는 형태로 망자는 지하에 도달했다.

폐를 침범하는 검은 연기, 살을 태우는 열파, 생명을 위협하는 붉은 불길, 망자는 어느 것도 상관치 않으며 돌진한다.

오른팔에 칼날을, 왼팔에 죽인 마수의 심장을 잡고, 이 세상 것이라고는 여겨지지 않는 악귀나찰로 전락한 망자는 끝없는 '사명감' 대로 사냥감을 몰아세웠다.

활동이 불가능할 만큼 육체가 부서지고, 생명을 깎아 가며 기는 망자에게는 이미 인간의 의사가 남지 않았다.

그런데도 여전히 움직이는 건 망자의 존재 이유가 이 앞에 기다리고 있기 때문이다.

이윽고 망자는 무언인 채로, 무참한 채로, 통로의 가장 안쪽에 당도했다.

"――――."

검고 탁한 독기의 기척에 망자는 망설임 없이 칼날을 번뜩였다.

단단히 닫힌 문을 베어 쓰러뜨리고 그 저편에 있는 사냥감의 생명을 거두고자.

둔탁한 소리와 함께 문이 재단됐다. 잔해를 걷어차고 그 끝에 있을 어둠을 들여다보며――.

"――――."

희미한 바람이 불고 망자는 전방의 어둠에 자신이 빨려 들어가는 감각을 맛보았다.

눈앞의 어둠 속에서 하얀 연기가 넘치고 별안간 통로의 검은 연기와 뒤섞이며 확 열을 띠었다.

그 직후, 불완전 연소를 일으키던 통로에 산소가 흘러들어 불기운과 결부된 그것이 작열로 변모해 분출――. 얄궂게도 분진 폭발에 실패한 불꽃은 『백드래프트』라고 불리는 폭발 현상을 일으켰다. 이성을 잃은 망자가 그것을 알아차릴 턱이 없다.

"――――."

뿜어져 나온 불의 마수가 망자를 집어삼키고 그 육체를 업화가 순식간에 불살랐다.

소생력도 회복력도 잃고 문드러질 뿐이던 육체는 모든 것을 재로 바꾸는 화염에 휩싸이고 탄화를 넘어서서 단숨에 불타올라── 사라졌다.

불의 기세는 망자를 집어삼키는 것만으로 그치지 않고 그대로 지하통로를 내달려 나선 계단을 작열의 바다로 바꾼 뒤 집무실을 날려 버리고 폭발과 함께 타올랐다.

오늘 밤, 불태워진 모든 것은 불길이 집어삼키고 로즈월 저택의 『문』은 괴멸했다.

──이번에야말로 불타오르는 로즈월 저택은 정말로 종언의 때를 맞이하려는 중이었다.

9

초대받아 들어온 금서고의 변모에 스바루는 저도 모르게 숨을 집어삼켰다.

바닥이나 벽에는 균열이 가고 스바루를 쫓아낸 공간의 균열은 건재. 쓰러진 책장과 흩어진 책은 그대로고, 기가 막히게도 방 한구석에는 화마가 오르고 있었다.

로즈월 저택을 불사른 업화의 영향이 마침내 금서고에도 나오기 시작한 것이다.

"────."

그러나 실내에 대한 감개는 스바루를 바라보는 한 쌍의 시선에 곧바로 사라졌다.

지금은 단지 가장 중요한 것에, 한 소녀에게 집중하자.

──필시 이번이 마지막 기회일 테니까.

"……넌, 바보인 것이야."

"입 열자마자 하는 소리가 그거냐."

"틀린 말 아니잖아. 베티가 어떻게든 몸을 피하게 해 주자고 힘껏 손써 줬는데, 그걸 싹 헛수고로 만들고……. 이제 저택 어디에도 문은 없는 것이야. 속수무책이라고."

실제로 그 말이 맞다. 『징검문』과 연결되는 문은 이미 저택 어디에도 없다.

금서고에 닿은 화마는 서서히 기세를 올리며 베아트리스가 400년 동안 지켜온 마녀의 지식에 옮겨 붙어 약속째 재로 바꾸려 하고 있었다.

소중한 사명이 불탄다. 불타기 쉬운 것뿐이니까 분명히 곧 다 타 버린다.

"가만있으면 나도 너도 끝장인가."

"……그래, 끝장인 것이야. 베티는 이제 많은 건 바라지 않아. 『그 사람』에게 넘겨야 했을 모든 건 타서 없어졌어. 어머니와의 약속은 이제 완전히 어기고 만 것이야."

"그러냐. 그렇다면 마지막에 내 이야기나 들어줘."

사명을 완수하지 못하고 스바루의 유도에도 실패한 베아트리스의 공허한 눈이 스바루를 쳐다보았다.

긍정이든 부정이든 말은 없었다. 다만 그래도 귀를 기울여 주긴 할 모양이다. 이런 상태로도 결국 끝까지 타인을 함부로 못 하는 심성인 것이다.

숨을, 들이켰다. 아까 이별할 적에 미처 못 전한 말을.

──그리고 지금 전하고 싶은 말을, 마저 전하자.

"베아트리스. ──날, 구해 줘."

"……뭐, 어?"

스바루는 당당히 가슴을 펴고 그렇게 단언했다.

검댕으로 새까만 얼굴로 말을 맺은 스바루를 보는 베아트리스의 눈에 경악만이 내달렸다.

아마 무슨 말을 들을지 무수한 상상을 했었으리라.

피할 수 없는 종말을 맞이하면서 베아트리스는 아마 스바루가 자신에게 보낼 말들을 여럿 시뮬레이션하고 하나씩 배제했을 게 틀림없다.

──구하고 싶다. 혼자 두지 않겠다. 네가 필요해.

그런 남자다운 말들을, 『그 사람』에게 기대하던 멋있는 마중의 말을 기대하며.

하지만 거짓 없는 마음을 전하려 한다면, 그런 말은 스바루에게 무리였다.

"널 고독에서 데리고 나가 주겠다거나, 그런 멋있는 말을 해 주자고 여러모로 생각해 봤는데 말이야. ……어느 것이나 일시적인 기세에 취한 말이라고밖에 생각이 안 들더라고. 본심을 두고 따져 봤어. 난 널 어떻게 생각하고, 뭐라고 말해 주고 싶을까 하고."

말도 못하는 베아트리스에게 스바루는 날것 그대로 본심을 내밀었다.

　그 말을 어떻게 받아들일지마저도 베아트리스에게 맡기는 비겁한 자신을 제쳐 두고.

　"구해 주고 자시고, 사실 너한테 내 힘 따위는 필요가 없어. 넌 강하지, 영리하지, 귀엽지……. 하겠다 마음먹으면 뭐든 할 수 있고, 뭐든지 될 수 있을 테니까."

　"＿＿＿＿."

　"너한테는 혼자 살기에 충분한 힘이 있었어. 당연하지. 그렇지 않으면 400년이나 어떻게 먹고살아. 그러니까 구하겠다니 힘이 되어 주겠다느니, 그런 말로는 닿지 않은 거지."

　"＿＿＿＿."

　"하지만 강하고 영리하고 귀여운 너라도 혼자서 사는 건 무서웠지. 괴로웠지. 쓸쓸했겠지. 그러니까『그 사람』이란 존재에 매달리는 너를 아무도 탓할 수 없어."

　"머, 멋대로…… 베티의 마음을 거절한 네가…… 베티의, 뭘……!"

　입술을 깨문 베아트리스는 증오에 가까운 감정을 드리우고 스바루를 노려보았다.

　그러나 떨리는 그 눈빛은 완전히 증오가 되지 못했다. 금세 사라져 버릴 것만 같은 격정을 떠안고 필사적으로 감정을 유지하려는 베아트리스에게 스바루는 고개를 가로저었다.

　"난 알고 있어. 네가 착하다는 걸. 악몽에 시달리는 녀석이 있으면 그 손을 잡고 안심시켜 주는 것을. 손도 못 쓸 난관에 직면한 녀석이 있으면 손을 뻗어서 길을 열어 주는 것을. 아무리 싫어해서 못 견딜 녀석이라도 가까운 관계의 녀석이 사라지면 슬퍼해 주는 것을."

"다 아는 척, 나불대고……."

"힘이 없는 나는 네게 도움을 줄 수 없어. 그래도 널 혼자로 두기 싫은 내가 할 수 있는 짓이라면 이젠 매달려서 애원하는 것밖에 없지."

눈을 부릅뜬 베아트리스 앞에서 스바루는 오른손을 앞으로 내밀었다.

화상으로 문드러져 보기에도 끔찍한 스바루의 오른손. 그런데도 거듭된 대미지로 눈도 못 줄 왼손보다는 나았다.

닦고 정리하고, 소녀의 예쁜 손을 잡기에 어울릴 정도로는, 모양을 내서.

"베아트리스. 날 구해 줘."

"_____."

"네가 없으면 외로워서 살아갈 수 없는 날, 구해 줘."

그건 어찌나 볼썽사납고 한심한 협박이었을까.

네가 없으면 살아갈 수 없으니 이 손을 잡아 달라고 겁박한 것이다.

자신이 상대를 위해서 뭘 할 수 있을지 모르겠으니까 상대가 자신을 위해서 뭔가 할 수 있다고 가르치고, 그걸 이유로 살라고 강요한다.

그것은 너무나도 이기적이며 부조리하고, 나츠키 스바루가 할 수 있는 온 힘을 다한 협박이었다.

"치사……해……. 치사, 하다고."

그 앞뒤 안 가리는 협박에 베아트리스는 진정 견디기 어려운 격정으로 입술을 떨었다.

"그런 식으로, 말하면…… 그렇게, 그런 투로 이제 와서…… 베티를. 그도 그럴 게, 넌『그 사람』이 아니라고…… 베티를 거절했는데, 그런데……."

입을 우물대고, 말을 망설이고, 격정에 주저하고, 오락가락하는 마음으로 베아트리스는 고뇌했다.

베아트리스는 내민 손에서 눈을 떼지 못한 채로 품속의 책을 세게, 더 세게 안았다.

그 눈꼬리에서 눈물이 흘렀다.

"400년, 줄곧 혼자였어……! 고독한 시간을 보내 와서, 지금 여기서 네 손을 잡아 봤자 어차피 넌 금방 죽어 버려! 인간의 수명 따위 베티에게는 눈 깜빡이는 순간처럼 한순간이라…… 이제 와서! 그런 것에 매달려서……!"

"네가 보낸 400년은, 나는 상상도 못하겠다. 아는 척 나불대지도 못해. 400년은커녕 난 아직 그 20분의 1도 살지 못했으니까. 네가, 내가 죽은 다음의 시간을 겁내는 기분도 아마 다는 못 알아줄 거야."

"그렇다면! 그렇다면…… 네 말은, 아무 해결도……!"

"하지만 난 너랑 내일, 손을 잡고 있어 줄 수 있어."

"――――."

"내일도, 모레도, 그다음 날도. 400년 뒤는 무리여도 그 나날을 나는 너랑 같이 지내 줄 수 있어. 영원히 함께할 순 없어도 내일을, 지금을, 널 소중히 여겨 줄 수 있어."

"――――."

"그러니까 베아트리스. ――날, 선택해."

스바루는 이미 선택했다.

그리고 선택지는 베아트리스에게 제시했다. 남은 건 베아트리스의 선택에 달렸다.

어머니의 말을 충실히 지켜 이곳에서 불길에 휩싸여 400년에 종지부를 찍을지.

어머니와의 약속을 어겨 『그 사람』에 대한 소원을 팽개치고 나츠키 스바루의 손을 잡을지.

"너……는……『그 사람』이……."

"아냐. 나를 그런, 네가 머리에 그리던 다른 남자랑 같이 보지 마. 나는 나다. 나츠키 스바루다. 400년의, 얼굴도 모르는 놈팡이에 대한 짝사랑일랑 다 잊어버려."

"――――."

"언젠가 올지도 모르는 이별의 시간을 겁내기보다 반드시 올 내일이란 나날을 나랑 함께 살자. 나는 약하고, 그런데 바라는 게 크니까…… 나랑 함께 있으면 돌봐 주기 좋아하는 넌 아마 바빠서 지루하다느니 외롭다느니 생각할 겨를이라곤 없어질걸."

"……우, 윽."

"나를 선택해, 베아트리스."

몇 번이든, 전해질 때까지 말을 거듭하자.

흔들리는 소녀의 심정을, 마음을 이해할 수 있으니까.

그녀가 헤맬 때마다 느끼고 마는 죄책감을, 약속을 파기하는 데에 대한 후회의 마음을, 나츠키 스바루라는 인간의 이기적인 마음이 대신 떠맡아 줄 수 있게끔.

——이 소녀가 혼자서 울 일이 이제 다시는 없게끔.

"없어질, 거면서……."

"영원이란 없어. 네가 겁내는 미래는 언젠가 반드시 온다. 영원을 사는 너를 두고 가 버릴 때는 꼭 오고 말아. 하지만 이별의 두려움만 생각해서 함께 있는 즐거움을 버려 버리는 짓을 하기에는 나나 너나 인생에서 맛보지 못한 부분이 너무 많아."

"두고 갈, 거면서……."

"같이 있자. 같이 살아 보자. 같이 해 나가자. 이별의 공포를 날려 버릴 만큼, 즐거웠었다며 가슴 펴며 웃을 수 있을 만큼, 추억을 쌓아 가자. 네가 여기서 지낸, 외로운 400년을 되찾고도 남을 정도로."

"그런 짓…… 해 봤자! 언젠가, 혼자가!"

앞으로 나선다. 거리가 줄어든다.

떨리는 소녀의 눈에 자신의 모습이 비쳐 보인다.

볼썽사납고 볼품없어서 400년 기다리게 한 백마 탄 왕자님과는 거리가 멀다.

단순한, 여느 때와 같은 나츠키 스바루가 그곳에 있다.

"영원을 사는 너에겐 나랑 함께 지내는 시간이 찰나의 일순간일지도 몰라. 그럼 네 영혼에 새겨 줄게. 내 일순간을."

"＿＿＿＿＿＿."

"＿＿나츠키 스바루란 남자가, 영원이란 시간 속에서도 흑백으로 바래지 않을 만큼 강력한 남자였단 걸!"

유리에 금이 가는 소리와 함께 금서고라는 세계가 붕괴한다.

어느새 스바루와 베아트리스 주위는 공간의 균열과 날뛰는 불꽃에 휩싸여 있었다.

하지만 열기도 공포도, 지금은 아무것도 느껴지지 않는다.

스바루 안에는 지금 베아트리스밖에 없다.

그리고 베아트리스 안에도 지금은 스바루의 존재밖에 없다.

떨리는 베아트리스의 팔이 어머니로부터 건네받은 책을 움켜쥐고 있다.

그 손끝을 풀어 내는 것이 400년의 고독을 달래는 행동이라 믿으며 손을 뻗었다.

외쳤다.

"나를 선택해! 베아트리스!!"

"＿＿아."

"＿＿누가 밖으로 데리고 나가 주길 바라니까! 넌 언제나! 문 앞에 앉아 있던 것 아니냐!!"

결정적인 소리와 함께 세계가 진정한 종말을 맞이했다.

금서고라는 소녀의 고독한 감옥이 벗겨져 나가는 세계와 불길 속에 휩싸여 사라진다.

그, 직전이었다.

──소리를 내며 한 권의 책이 금서고 바닥에 떨어졌다.

10

오토 일행은 불길에 휩싸인 로즈월 저택이 무너지는 모습을 말없이 바라보고 있었다.

"──────."

오토와 페트라, 그리고 오토가 업어온 렘 세 사람은 무사히 저택의 피난로를 지나 마수 포위망 바깥쪽으로 피난을 완료했다.

로즈월 저택의 뒷산, 피난로로 통하는 산막에는 꼼꼼하게 결계가 쳐져 있어 야생 마수는 물론 습격에 가담한 마수조차도 주위에 다가오지 못한다.

그리고 이곳에서 불타는 저택을 지켜보는 것은 오토 일행만이 아니었다.

산막에는 『성역』으로 가지 않았던 아람 마을의 주민── 저택의 습격에 말려들 것을 우려해 스바루가 먼저 이 결계로 피난시킨 많은 이들의 모습이 있는 것이다.

저 마수의 대군을 감안하면 그 불안이 지나친 생각이 아니었던 건 명백하다. 그건 오토만이 아니라 주민들도 실감하고 있으리라.

그러나 무사히 이곳에 당도한 것을 기뻐하며 들뜬 목소리를 낼 여유는 아무에게도 없었다.

지금은 그저 전원이 기도하는 심정으로 저택을 응시하며 눈에 보이는 변화가 생기기를 기다리는 중이다. 안에 남아 저항하고 있는 스바루 일행의 무사를 믿으며.

"_____."

오토 또한 화상의 치료도 뒤로 미루고 저택을 응시했다. 바로 옆에는 페트라가 앳된 모습에서는 상상할 수 없는 힘으로 오토의 팔을 잡고 있었다.

걱정되고 걱정되어서, 걱정되어 못 견디겠는 것이리라. 어린 소녀가 스바루에게 옅은 호의를 품고 있는 건 한눈에 알 수 있다. 소녀의 슬픔을 생각하자니 무사를 빌지 않을 수 없다.

그런 페트라를 안심시키도록 그녀의 밝은 갈색머리를 살짝 쓰다듬었다. 순간, 놀라서 바라보는 페트라에게 웃어 준 오토는 다시 저택으로 눈길을 돌렸다가—— 깨달았다.

"……저건."

불타는 저택, 본관의 최상층이다. 오토 일행이 이용한 피난로가 있는 집무실, 그 주변에서 어마어마한 기세로 불꽃이 분출됐다. 창문이 깨지고 넘실대는 불꽃은 즉각 저택의 최상층을 가득 메우더니 끝내 한계를 맞이한 로즈월 저택은 불꽃에 굴해 무너졌다.

"아……."

그 광경에 페트라의 목이 가냘프게 울렁거렸다.

다음으로 그녀의 눈에 퍼지는 건 절망인가. 오토는 어른으로서 그 슬픔을 닦아주려고……

"오토 씨! 저거!"

"아따아?!"

침착한 표정을 지었던 오토의 볼을 페트라의 조그만 손바닥이 후려쳤다.

눈앞에 불똥이 튀는 충격에 놀란 오토의 눈이 휘둥그레졌다. 하지만 곧장 페트라가 환희 어린 표정으로 저택을 손가락으로 가리키는 모습을 보고 허겁지겁 고개를 돌렸다가 이해했다.

아람 마을 사람들도 페트라와 비슷하게 환성을 터트렸다.

"하, 하하……."

──화염 속에서 붕괴한 로즈월 저택에서 한 줄기 하얀빛이 하늘을 향해 뻗어 나간다.

빛은 마치 별똥별처럼 하늘 높은 곳에서 각도를 바꾸더니 아득한 동쪽 방향으로 빛나는 궤적을 그리며 날아갔다. 목적지가, 그쪽에 있다고 말하듯이.

그 방향에 무엇이 있는지 오토는 알고 있었다.

그렇기에 페트라가 "방금! 방금 그거!" 하고 기뻐하는 모습에 미소를 머금으며 말했다.

"뒷일은 맡겼다고요. ──나 진짜로 지쳤거든요."

11

같은 시간, 오토가 안도로 어깨를 떨어뜨린 것과 같은 빛을, 허리에 넝마나 둘렀을 뿐인 반라의 가필도 쳐다보고 이를 딱 부딪치고 있었다.

"핫! 해냈나 보구만, 대장! 그래야지! 『호신은 구두약속을 죽어도 지켰다』라지!"

불타는 저택에서 탈출해 마수 포위망을 힘으로 돌파한 가필이 스스럼없이 웃었다.

온통 검댕에 화상으로, 이만저만 만신창이가 아니지만 활짝 핀 웃음으로.

"와하하하하……. 아얏?!"

"그런 상처투성이로 까불대는 게 아니어요! 흉터 질 거여요!"

그렇게 웃어 대는 가필의 뒤통수를 가녀린 주먹이 한 대 갈겼다. 머리를 감싸 쥔 가필이 돌아보자 그곳에는 성난 표정의 프레데리카가 서 있었다.

"누, 누님은 안 기쁘냐고. 대장 일당이 무사한데."

"물론 기쁘죠. ……스바루 님에게 맡기길 잘했어요. 베아트리스 님이 구원받았다면 저도 앓던 속이 풀려요."

프레데리카가 안도의 숨을 내쉬고 자신의 가슴을 살짝 쓸어내렸다. 누나의 그 모습에 가필은 슬쩍 웃고 "근데 말이야." 하고 운을 뗴었다.

"천 조각 하나만 걸친 민망한 꼴로 말해 봤자 폼이 안 살지."

"──으, 그럼 어떡해요! 옷을 벗고 수화할 여유는 없었단 말이어요!"

나신에 커튼을 한 장 둘렀을 뿐인 프레데리카가 얼굴이 새빨개져서 분개했다.

　가필은 그 누나의 분노를 받아 내면서 힐끔 바로 근처 나무 그늘에 재워둔 소녀――메일리를 바라보며 눈을 가늘게 떴다.

　그 격전 중, 엘자는 붕괴에 말려들 뻔하던 메일리를 구하러 가서 가필에게 승리의 찬스를 주었다. 그 일이 아니었다면 승패는 반대였을 것이다.

　결국 메일리는 수화한 프레데리카가 데리고 나왔고, 방해가 없어진 전장에서 가필과 엘자는 결판을 내서―― 자신이 승리했다. 그래야 맞다.

　그런데 상대가 이기고 도망갔다는 기분이 가시지 않는 건 그냥 자신이 미숙할 뿐인가.

　아니면 첫 살인의 여운이 승리에 잠기려는 심경을 용납지 않을 뿐인가.

　어느 쪽이든 간에――.

　"승리의 여운도 살인의 뒷말도 지금은 싹 뒤로 미루지. 이제 이 어르신 손으론 애써 봤자 닿지도 않아. ……부탁하자, 대장."

　주먹을 주먹을 내지른 가필은 동쪽 하늘로 가는 빛의 꼬리를 노려보며 이를 드러냈다.

　프레데리카도 같은 방향을 바라보며 기도하듯이 가슴 앞에서 깍지를 꼈다.

　"전부 정리되면 같이 아구창 갈겨야 할 자식이 있으니까!"

——붙잡고 말았다.

알고 있었는데, 잡고 말았다.

이 손을 잡고 말면, 그 온기에 기대고 말면, 더 이상 혼자뿐인 고독한 밤으로는 돌아갈 수 없어지는 건 훨씬 전부터 알았는데.

언젠가 사라질 온기에 기대어 살아가는 건 미쳐 버리도록 어리석은 짓이라고 자신을 훈계했을 터였는데.

그 목소리로 부르면.

그 눈으로, 바라보면.

그 손이, 필요하다고 하면.

거부 같은 건 할 수 없다고 알고 있었을 텐데.

——스바루.

"아아, 그래."

——스바루, 스바루.

"맞아. 내 이름이지."

──스바루, 스바루, 스바루.

──스바루!!

"겨우, 불러 줬구나."

<h1 style="text-align:center">13</h1>

──눈보라가 매섭게 휘몰아치고 있었다.

시야를 물들일 정도로 눈보라가 몰아치고 내뱉는 숨결은 바깥 공기에 닿자마자 얼어붙는 극한의 지옥.

그 맹위에 시달리면서 은발을 나부끼는 소녀는 남보랏빛 눈에 강한 의사를 드리우고 있었다.

"절대로, 절대……. 누구도, 어떤 것도 잃게 하진 않아!"

옅은 광채를 두른 두 손을 든 은발 소녀는 방대한 마나를 행사해 해방했다.

눈보라 속에서 증대된 동결 마법이 빛을 띠었다. 파르스름한 광채는 무수한 빛의 검으로 변해 세계를 오가며 설원을 가득 메운 하얀 마수를 모조리 찢어발겼다.

──끽끽 하고 짧은 이빨을 맞부딪치는 불협화음이 연쇄했다.

그것은 이 세상에서 가장 구제하기 어렵고, 가장 공존하기 어려운, 예로부터 전하는 재앙이자 대재해.

『식욕』이라고 불리는 욕망의 권화, 그 구현인 존재를 앞에 둔 소녀는 한 발짝도 물러서지 않고 서 있었다.

그러나 소녀의 호흡은 거칠고 아직껏 완전히 다루지 못하는 방대한 마나의 일부가 제어를 잃어 그 반신을 하얀 결정이 덮기 시작하고 있었다.

이대로 가면 소녀는 머잖아 자신의 마력 때문에 얼음상으로 모습을 바꾼다.

——그렇다 하더라도 물러서지 않는다. 물러설 수는 없다.

"어머니와 쥬스. 오늘 이 날의, 모두. ……그리고 그 사람이 써 준 말을 잊지 않고 있을 수 있는 한, 난 포기하진 않아."

그러니까 설령 이 몸이 얼음에 휩싸이더라도 후회만은 결코 하지 않는다.

눈보라 속에서 마수의 포위는 서서히 좁혀 들며 소녀와 소녀를 의지하는 사람들을 몰아세우고 있다.

여차하면 자기 생명을 걸어서라도. ——그런, 소녀의 각오에.

"——너무 무리하지 않아도 돼, 에밀리아땅."

가벼운 소리가 나서 소녀는 누군가가 높은 곳에서 자기 옆에 착지한 걸 알 수 있었다.

옆을 보았다. 너무 매서운 눈보라가 만드는 하얀 막이 방해해 그 누군가의 얼굴이 보이지 않는다.

하지만 소녀는 그게 누구인지 똑똑히 알 수 있었다.

목소리도, 태도도, 그리고 무엇보다—— 가장 있어 주길 바랄 때에 와 주지 않을 리 없다.

"뒷일은 맡기고 물러나 있어도 돼. ——첫 출진 보정이 있어서 말이야.”

“미안. 무슨 말 하는지 좀 모르겠어.”

쓴웃음 짓는 기척이 앞으로 나섰다. 그 인영은 바로 옆에 자그마한 다른 인영을 데리고 있었다.

그리고 들리는 목소리는 둘.

그것은 줄곧 줄곧, 이 순간을 학수고대한 것처럼 들뜬 목소리로――.

“이제, 어떻게 되든 몰라.”

“그래, 어떻게든 해 주자고. ――나랑, 네가!!”

――정령 베아트리스와 계약자 나츠키 스바루의, 앞으로 몇 번이고 거듭거듭 손을 잡으면서 싸우게 될 두 명의, 첫 출진의 포문이 열렸다.

제8장 『눈밭에 찍힌 얼굴 자국』

1

하얗게 물든 『성역』에 시야를 가득 메우는 것은 식욕의 권화인 마수의 대군.

하지만 등으로 느껴지는 사랑하는 소녀의 신뢰와, 잡은 손바닥의 온기는 확실하게 진짜배기다.

──그렇다면 나츠키 스바루가 이곳에 서는 데에 아무 미혹도 주저도 없다.

"용케 분발해 줬어, 에밀리아땅……!"

우렁차게 몰아치는 눈에 볼을 얻어맞으면서 스바루는 에밀리아의 분전을 칭찬했다.

『성역』에 눈이 오고 『대토』에게 습격당하는 건 기정사실이다. 하지만 이전 루프 때는 이 상황이 된 시점에서 『성역』 괴멸이 반쯤 확정 상태였다. 이번에 그렇게 되지 않은 이유는 마수 상대로 한 발짝도 물러서지 않은 에밀리아의 분전이 있었기 때문이다.

"──묘소에 모두가 피난했다는 말은, 『시련』을 클리어한 거로군."

마수 무리와 맞서며 에밀리아가 등에 감싸던 곳은 에키드나의 묘소다. 묘소 입구로 보이는 곳에는 손을 맞잡고 전황을 지켜보는 『성역』의 주민과 아람 마을의 사람들──. 이해관계를 초월한 결속이 있었음을 선두에 선 류즈가 끄덕여 가르쳐 주었다.

　그리고 아마도 이 상황의 가장 큰 공로자는 에밀리아도 류즈도 아니라.

　"──람."

　부르는 말에 대답은 없다. 그녀는 눈꺼풀을 감고 축 처져 몸의 힘을 빼고 있다.

　『성역』에 남아 자신의 숙원을 달성하겠다고 맹세한 람. 그녀는 지금 묘소의 계단에 앉아서 망연자실한 표정인 로즈월의 팔에 안겨 잠자고 있었다.

　람과 로즈월, 둘 사이에 무슨 일이 있었는가. 지금의 스바루는 알 도리가 없다.

　"──스바루, 지금은 이쪽에 집중하는 것이야."

　생각에 잠기는 스바루의 손을 자그마한 손이 당겼다. 그 익숙한 목소리와 어색한 호칭에 스바루는 무심코 "네히엡." 하고 대꾸했다.

　"……왜, 이상하게 대꾸하는 거야."

　"아니, 네가 이름 부르는 게 신선해서 그 기쁨을 곱씹은 참."

　"그 정도 가지고…… 감개에 빠지는 건 뒤로 미루는 것이야. ……스, 스바루."

　"베아코, 너, 귀엽네."

스바루의 솔직한 감상에 베아트리스는 얼굴을 붉히며 잡은 팔을 붕붕 휘둘렀다. 그런 소녀의 태도에 얼굴을 편 스바루는 쪼그라드는 간담을 회복해 숨을 내뱉었다.

"그래서, 베아트리스. 상대는 대토인데 마음의 준비는?"

"──계약 직후, 상대는 3대 마수의 일익, 준비 부족에 환경은 최악. 계약자는 문외한이고 베티는 실전에 나온 게 400년 만."

"그리고?"

"딱 좋은 핸디캡이란 거야."

베아트리스의 기세등등한 웃음과 끽끽대는 잇소리가 한꺼번에 밀어닥쳤다. 스바루는 그것을 영격하려고 앞으로 나서면서 등 뒤의 에밀리아에게 엄지를 세웠다.

"대군은 나랑 베아트리스가 날려 버리겠어. 에밀리아땅은 흘린 걸 부탁해!"

"──알았어, 맡겨 줘! 그러니까, 맡길게."

"그래, 맡았어."

적재적소, 역할분담, 일하는 남편에 집 지키는 마누라다.

등 뒤에서 깊이 숨을 내쉰 에밀리아 주위로 마나가 끓어오르고 얼음의 방위선이 만들어졌다. 스바루는 그 빙결 영역 앞에 서서 시야를 가득 메운 마수와 당당히 대치했다.

깜찍한 외견에 반해 사납고 추악한 존재 의의가 주어진 대토. 두 번, 그 이빨에 물려 생명을 잃었다. 게걸스레 먹히며 자기 자신이 사라져 가는 공포는 잊기 어렵다. 하지만──.

"──무서운 것이야?"

숨을 죽인 스바루에게 베아트리스가 새침한 얼굴로 물어보았다. 그 눈이, 옆얼굴이, 말보다 유창하게 가르쳐 주었다. ── 지금, 스바루가 누구와 함께 있는지를.

"아닌데. 안 무서워."

"그래."

"뒤에 에밀리아, 옆에 너. ──여하튼 최강인 기분이지."

"그렇지."

베아트리스가 미소 지었다. 그 사랑스러운 웃음에 맞춰 스바루도 흉악하게 웃었다.

대토 무리가 괴성을 지르며 대담무쌍한 둘에게로 일제히 덤벼들었다. 그 공격── 아니, 포식 행위에 베아트리스는 스바루와 잡은 왼손의 반대, 오른손을 들었다.

"우선은 연습부터 해 볼까. ──엘 미냐."

영창과 동시에 공간이 휘몰아치고 스바루와 베아트리스의 주위에 보라색 결정이 전개됐다.

고드름과 비슷한 형상과 빛의 결정── 보라 화살은 이전 루프에서도 엘자를 꿰었던 베아트리스의 특기 마법이다. 그것이 전과는 비교가 되지 않는 숫자로 허공에 장전됐다.

조준은 한순간, 몰려들려던 모든 대토의 머리를 겨냥하며 보라 화살이 일제히 발사됐다.

일격에 머리가 꿰뚫려 마수가 족족 즉사, 죽은 육체는 보라 화살과 같은 결정으로 변모해 눈보라에 견디다 못하고 깨져나갔다. 하얀 세상에 보라색 조각이 빛나는 광경이 탄생했다.

개전 첫 발로 대토의 선봉은 괴멸 상태. 물론 무한하게 불어나는 마수에게 치명타를 주었다고는 말하기 어렵지만, 그 화려한 전과와 활약에 스바루는 갈채를 보냈다.

"끄, 끝내준다아아――!"

"그, 그래? 대단한 거 아냐. 베티한테 걸리면 식은 죽 먹기인 것이야."

"아니, 너, 이거…… 이 마법이 이렇게나 위력이 셌었어?! 무슨 속성이야?!"

"물론, 당연히 음 속성이지. 그리고 이런 수준이 아닌 것이야."

스바루의 흥분에 베아트리스는 자랑스럽게 가슴을 폈다.

자신이 통달한 마법, 어머니에게 배워서 단련을 거듭한 그 술법을 뽐내듯이.

"보여 주겠어. 음 속성의 극치―― 세계 최고봉에 이른 음 마법의 힘을."

"나는 뭐 하고 있으면 돼?"

"베티랑 손을 잡고, 혼자 두지 않으면 되는 것이야."

베아트리스가 기특한 말과 함께 스바루의 손을 세게 잡았다. 그 손바닥을 스바루가 마주 잡자 베아트리스는 내뱉은 큰소리에 보답하듯이 정면을 노려보았다.

동포의 주검 조각을 집적이며 대토 무리가 다시 진군을 개시했다. 그 앞에서.

"스바루, 정령술사 공부야. ――본래 정령술사는 자기 내면의 마나가 아니라 대기 중의 마나에 직접 간섭해서 마법을 쓰는 것이야."

"오호라, 그렇다면 내 망가진 게이트로도…… 좋아, 샤마크는 맡겨!"

"스바루의 변변찮은 샤마크에 기대는 안 해. ──자, 생각하는 것이야. 못나서 장식물이나 마찬가지인 스바루에게, 베티를 칭찬하는 것 말고 할 수 있는 일은?"

뜸을 들이는 베아트리스의 출제에 스바루는 잠시 생각에 잠겼다. 하지만 그동안에도 대토의 잇소리는 다가오고 있어 임사 아닌 즉사 체험을 떠올린 스바루는 부르짖었다.

"모르겠다! 답은!"

"그럼 가르쳐 주는 것이야. 베티의 손바닥을 통해서 상상해. 마나를 짜고 화살이 되는 힘을 빚어 내고 구현화한 힘으로 적을 부순다. ──그런, 지고의 일격을."

"상상했다!"

"그럼, 나머지는 외울 뿐인 것이야!"

베아트리스의 목소리에 감은 눈을 뜨고 스바루는 왼손을 내질렀다. 마찬가지로 베아트리스도 오른손을 정면, 대토 무리에게 겨누었다. ──힘이, 솟구쳤다.

"──엘 미냐!!"

둘의 영창이 겹치고 하늘에 현현하는 보라색의 힘이 대지에, 마수에게로 쏟아졌다.

작렬하는 파괴의 위력에 『성역』을 무대로 보라색 조각이 반짝였다. ──격전이 시작됐다.

2

스바루에게 마법의 행사는 늘 자기 영혼을 깎는 일이나 마찬 가지인 행위였다.

마법의 재능이 없다는 사실은 당초부터 로즈월과 팩에게 보증 받았던 대로. 결국 배운 샤마크를 혹사한 끝에 종국에는 게이트 도 붕괴, 마법사의 길은 영원히 끊겼다.

그렇기에 자신에게 두 번 다시 마법을 쓸 수 있을 기회라곤 돌 아오지 않을 거라고 여겼는데——.

"미냐! 미냐! 이거, 혀 꼬이겠다! 미냐아!"

스바루는 샘솟는 마나의 분출에 몸을 맡기고 무관하다고 여기 던 대마법을 연발했다.

발생한 보라 화살은 잇달아 마수 집단에 구멍을 뚫고 사나운 대토를 산산이 보라색 조각으로 바꾸었다. 베아트리스는 그 모 습을 본체만체하며 스바루의 팔을 당기더니 가볍게 발만 굴러 하늘로 날아올랐다.

신기하게도 스바루는 중력을 무시한 부유감에 놀라지 않았 다. 하늘을 걸어 빙글빙글 춤추듯이 이빨을 피하는 베아트리 스, 그것은 숫제 요정의 무용이다.

"건너겠어."

"엉."

구령, 다음 순간에 공간이 일그러져 둘의 몸이 허공에 사라졌 다. 『징검문』과는 다른 단거리 워프다. 그 전이에 대토들은 농락당해 배후에 출현한 둘을 깨닫지 못했다.

"왼쪽을 부탁하는 것이야."

"그럼, 오른쪽은 맡겼다."

이미지로 마법에 형상을 주어 베아트리스를 통해 세계에 간섭한다.

원님 덕에 나팔 부는 감각에 가깝지만 그렇기 때문에 장난기는 한 점도 일으키지 않았다. 스바루의 상상력에 따라 하늘은 크고 작게 갖가지 보라 화살을 장전, 마수를 꿰뚫는 무장이 되어 섬멸했다.

상상 속의 총에 총알을 재워 마나로 빚은 탄환의 방아쇠를 당기는 기분이다.

하지만 이 상상은 현실에 간섭해 짓쳐드는 마수를 깡그리 오리 사냥 중이다.

무리 반대편에선 비슷하게 베아트리스가 만들어 내는 파괴가 대토를 엄습했다.

공간에 균열이 생기고 수백 마리의 대토가 마치 그림 같은 평면에 갇혔다. 그 그림은 찢어지듯 조각조각 나서 안에 있던 마수들째 티끌로 돌아갔다.

그 다채로운 마법의 기량에 스바루는 오로지 혀만 내둘렀다.

하나밖에 모르는 스바루와 달리 베아트리스는 다종다양한 음마법을 쓰고 있었다. 마치 자신이 가지고 있는 패를 몽땅 스바루에게 밝히는 것처럼.

"그렇다고는 해도 무작정 내갈겨 봤자 결판이 안 나. 베아코,

작전은?"

"당연히 있어. 슬슬 제1단계가 완료인 것이야."

줄어든 수만큼 늘어나는 대토, 그 특성에 속수무책을 느낀 스바루의 말에 베아트리스가 퍽이나 의지할 보람이 있는 대답을 주었다.

설명을 바라는 시선에 소녀는 "흐흥." 하고 뽐내듯 콧소리를 냈다.

"필요한 건 무리를 여기에 모으는 것이었어. 아마, 숲에……『성역』에 모여 있던 대토는 전부 이 묘소 앞에 모였을 터인 것이야."

"뭐, 아마 그렇겠지. 그런데 무한히 불어나는 놈들이잖아. 점호할 수도 없는 노릇이라고."

"──무한은 무한이라도 상한이 없는 건 아니야."

그 한마디에 눈썹을 모으다가 전격적으로 이해한 스바루는 마수 무리를 휙 돌아보았다. 여전히 시야를 한없이 메운 흰색 털 뭉치── 하지만 진짜로 무한히 불어난다면.

"이론적으로는 지구상은커녕 우주도 가득 메우지 않으면 앞뒤가 안 맞아……!"

"분명히 증식에 한계는 없어도 최대수에 한계가 있는 것이야. 그러니 놈들은 고정된 숫자보다 늘어나지 못해. 그렇다면……."

"상한 꽉 채워서 한꺼번에 해치우면 없앨 수 있지!"

공략법이 보였다고 스바루는 눈을 빛냈다.

"하지만 문제는 제2단계── 그 섬멸법인 것이야."

베아트리스의 염려, 그것은 수만에 이르는 대토를 어떻게 동시에 해치우느냐다.

『성역』을 통째로 불사를 만큼, 그야말로 미사일로 쓸어버리는 듯한 화력이 있다면 가능하겠지만, 만약 한 마리라도 남으면 놈은 즉시 부활한다. 그 위험부담은 짐작할 길이 없다.

화력으로 날리기는 어렵다. 그리되면 그 외의 방법은——.

"뭔가 떠오른 표정을 하고 있어."

"변함없이 너만 믿는 작전이 돼도 상관없다면 말이야."

대화 도중에도 마법을 행사해 베아트리스는 마수의 주의를 둘에게 끌어들였다. 그 고운 귀에 입술을 대고 스바루는 작전을 귀띔했다. 잠시 생각하다가 베아트리스가 끄덕였다.

"베티도 비슷한 생각은 한 것이야. 하지만 베티랑 스바루로는 공격 횟수가……."

"야야, 그거 착각이라고, 베아코. 넌 아무것도 모르네."

"——?"

"딱히 이 상황, 너 혼자서나 나랑 둘이서만 해결 안 해도 상관없잖아?"

스바루의 답변을 듣고 베아트리스가 "아." 하고 눈이 동그래졌다. 그리고 그녀는 하얀 한숨을 쉬고는 슬며시 토라진 표정으로 스바루를 쳐다보았다.

"정말로…… 스바루는 남을 의지하는 데 천하제일이지 뭐야."

"앞으로도 널 질리게 하지 않는, 신선도 끝내주는 계약자이기를 약속하마."

"약속 어기기 상습범이 그래도 설득력이 없는 것이야."

미소와 함께 하는 말이 정곡인 만큼 스바루 체면이 말이 아니다. 그런 스바루의 가슴을 베아트리스가 손바닥으로 밀고 신뢰 어린 눈초리로 깊이 끄덕였다.

"아무리 베티라도 준비하는 데 시간이 필요해. 그동안 미끼는 맡긴 것이야."

"안심해라. 강적에 대한 미끼로서 루그니카 왕국에서 날 이길 녀석은 없어."

눈을 감고 베아트리스가 명상에 들어갔다. 스바루의 작전을 실행하기 위한 준비 단계다. 스바루는 그 자그마한 몸을 안아 올리고 힘차게 눈을 박찼다.

설원을 달리는 두 명을 노린 마수가 잇소리를 내며 달려들었다. 느리다. 이 이틀 동안에 지나친 아수라장을 감안하면 마지막의 대토는 어찌나 미적지근하단 말인가.

"거슬려, 거슬려! 비켜, 비켜, 비켜! 지금 너희하고 상관할 겨를은 없어!"

이빨을 피하고 머리를 걷어차고 보라색 조각을 밟고 내달린다.

보라 화살을 영창해 억지로 길을 튼 스바루는 베아트리스를 안은 채로 단숨에 구멍투성이 광장을 지나가 묘소 앞의 에밀리아 쪽으로.

"응, 어라, 스바루?!"

스바루의 그 쾌주에 에밀리아가 화들짝 놀랐다. 그녀 바로 옆으로 미끄러져 들어온 스바루는 명상하는 베아트리스를 눈 위에 내리고 그 머리를 쓰다듬으며 말했다.

"미안해, 에밀리아땅! 베아코랑 둘이서만 정리하는 건 벅차더라!"

"따, 딱히 상관없어. 하지만 어떡하려고? 역시, 내가……."

"아니, 쓰러뜨릴 방법은 떠올랐으니까 에밀리아땅이 자폭 각오로 필살기 쓸 필요는 없음! 아니 그보다 하지 마 제발. 이렇게까지 노력한 의미가 없어진다고."

에밀리아가 놀라지만 그녀의 히든카드가 자폭성 기술인 건 성격상 훤히 보인다. 그런 짓 하게는 못 두고, 앞으로도 절대 용납하지 않으며, 영원히 시킬 생각이 없다.

자기가 다쳐도 모두가 살아난다면 괜찮다니, 제발 참아 줬으면 한다.

"모두 무사하고 모두 살아난다. 그게 당연히 제일 좋잖아."

"스바루……."

"에밀리아땅, 지금부터 좀 험한 부탁을 할게. 네가 못하면 좀 더 머리 짜내겠지만, 가능할 것 같으면 힘 좀 내 줘. ──다 같이, 이기자."

"_____."

에밀리아가 가슴에 손을 짚고, 스바루의 말에 무언가를 느낀 것처럼 눈을 깜빡였다.

그 결심이 나올 때까지 스바루는 마수 무리를 보라 화살로 견제해 시간을 벌려고 했다. 그러나 돌아본 눈앞에서 대토 무리를 부수는 것은 보라 화살이 아니라 고드름이다.

결의 어린 눈빛인 에밀리아가 마수에게 마법을 때려 넣은 오른손을 움켜쥐었다.

"알았어. 해 보자, 스바루. 뭐든지 말해 줘!"

그, 결의와 각오가 깃든 에밀리아의 대답에 스바루 또한 주먹을 쥐었다.

"그렇게 나오셔야지. ──한탕 해 보자고!"

3

그 어마어마한 마력의 고조는 스바루도 느낄 만큼 강력했다.

묘소 앞에 선 에밀리아, 그리고 스바루 품속에 안긴 베아트리스. 둘은 스바루의 작전을 믿고 각각의 차례를 대비해 마나의 제어에 전력을 기울였다.

그리고 둘의 차례까지 시간 벌기와 반상 정비, 그것이 스바루의 역할이다.

"와라, 와! 여느 때처럼 내가 상대다! 팔로 미!"

웃으며 손짓한 스바루는 머리에 그린 흉악하고 무자비한 일격을 무리에게 때려 넣었다.

보라색의 빛이 난무하고 작렬하는 포격에 날아가는 마수들이 일제히 굼실거렸다. 무리는 거대한 군체를 이루고는, 견제 사격을 반복하는 스바루를 쫓아 『성역』을 이리저리 뛰어다니기 시작했다.

작전 제1단계. 적어도 이로써 놈들이 묘소를 우선할 염려는 사라졌다.

"마나의 냄새와 내 냄새, 너희가 무시할 수 있을 리 없지!"

마나에 끌리는 대토의 특성과 스바루에게 달려드는 마수의 특성. 명상하는 베아트리스를 안은 나츠키 스바루는 대토에게 그야말로 군침 흐르는 진수성찬이다.

끽끽 하는 잇소리가 들린다. 등 뒤로 육박하는 그것이 스바루에게는 죽음의 발소리로 들렸다.

"──큭, 발이 늦다, 3대 마수! 고래처럼 내게 소멸당하고 싶냐, 굼벵이들아!"

어금니로 공포를 씹어 삼키고 스바루는 던질 필요가 없는 욕설로 마음의 균형을 유지했다. 넉살을 이용해 평정을 가장하지 않으면 떨리는 자신의 심경조차 숨길 수 없다.

배후에서 지켜보는 그녀에게, 품속에 있는 소녀에게, 그 꼴불견은 보여줄 수 없다.

"스바루──!"

그렇게 자기 자신을 고무하는 스바루의 귀에, 눈보라에 섞여 은방울 음색이 닿았다. 쳐다보니 하얗게 샌 시야 저편에 주먹을 하늘로 내지른 에밀리아가 있었다. ──준비 완료의 신호다.

그 신호에 스바루는 눈을 박차는 발에 더욱 힘을 주었다. 에밀리아의 준비가 갖추어졌지만 스바루 쪽이 아직── 조금 더, 조금만 더, 좀만 더, 가라, 가라, 가!

숨을 내뱉을 틈조차 아까워하며 스바루는 설원에 자신의 발자국과 『표식』을 새겼다. 그리고 대토를 끌어들이는 결사적인 도

피행에 마침내 끝이 보였다.

설원에 박은 보라 화살의 표식, 그것이 겨우 이어지고—— 부르짖었다.

"지금이다, 에밀리아! 라인을 따라가——!!"

눈을 쓸며 발을 멈추고 스바루는 마지막 일이라는 듯이 마법을 행사, 보라 화살에 "빛이 있으라." 하고 명령했다. ——직후, 광장에 쏘아 박은 무수한 보라 화살이 빛나는 사각 우리가 됐다.

그 사각 우리 속에 굼실대는 하얀 마수의 대군 수만이 쏙 들어가 있어서——.

"역시, 스바루야! 엄—청 잘해!"

훌륭한 채비에 에밀리아가 평소에는 절대로 안 하는 환희의 목소리를 질렀다. 그리고 이 또한 희한하게 호전적으로 눈을 빛내며 낭창한 손가락을 우리 안의 마수에게 겨누었다.

——스바루가 시간을 버는 도중, 연마한 마력이 여기서 발사된다.

"『코퀴토스』!"

방대한 마나가 용트림하며 스바루가 가르친 낯선 영창이 발동, 세계가 변질됐다.

발사된 마나가 기점이 되는 보라 화살에 도달, 그것을 기점으로 좌우로 갈라져 광장을 사각으로 둘러싼 보라색 결정으로 잇달아 힘을 전염시킨다. 라인이, 이어진다.

그 결과로 굉음과 함께 대지가, 설원이 하늘로 떠올랐다.

"끝내준다……."

그것은, 목격한 스바루가 얼이 나가 말을 잃을 만큼 압도적인 광경이었다.

광장에 깔린 보라 화살의 포위망, 그것을 마력으로 꼼꼼히 따라 그린 에밀리아는 대토를 눈의 우리에 가두는 모양새로 공중에 띄웠다. 당연히 평범한 마수라면 그 이변을 깨닫고 곧장 우리에서 도망쳤을 것이다. ──하지만 대토에게만은 그런 판단력이 없다.

놈들은 식욕의 화신, 끝없는 폭식의 허기와 마녀 다프네의 공복감이 낳은 자식──.

"그러니까 너희는『지금 한걸음의 길티라우』란 거라고!"

"──이걸로, 더는 놔주지 않을 거야!"

중지를 세운 스바루의 큰 소리에 에밀리아의 끝장을 보는 한 방이 겹쳤다.

공중에 부유한 눈의 대지, 마수가 대량으로 꿈틀대는 부유 설원에, 에밀리아가 동등한 마력으로 짜낸 얼음 덮개── 그것을 바로 위에서 찍어내려 우리를 완성했다.

이로써 만약 대토에게 통상의 판단력이 있어도 도망칠 수 없는 얼음의 감옥이 완성됐다.

이 감옥 아래, 눈이 벗겨진 광장을 둘러보았다. 흘린 것, 없음. 굼실대는 그림자, 없음.

모든 대토를 한곳, 20미터 사방의 범위에 가두었다. 이로써 조건 클리어.

"자, 본 시합 부탁하자, 대정령 베아트리스――!"

스바루는 품속의 소녀를 흔들어 채비에 잇따른 채비의 완수를 전했다.

그 선고에 조용히 명상 중이던 소녀의 눈이 살짝 뜨였다.

그리고 소녀는 눈앞의 광경을 보고 작게 웃었다.

놀람이고 뭐고 없이, 그저 신뢰했던 결과에 보답하고자――.

"――알 샤마크."

영창한 직후, 음 속성의 극치에 세계가 검게 물들었다.

4

――한순간, 그것은 부유감에 휘둘려 몸째로 대지에 내려찍히고 있었다.

충격과 온몸을 압박하던 속박감에서의 해방. 그것은 우선 먼저 몸을 흔들어 체모에 들러붙은 눈을 떨어뜨렸다. 코를 실룩이며 고개를 이리저리 돌린다.

눈으로, 코로, 귀로, 수염으로, 사냥감을 찾아 물어뜯는다. 그것이 그것의 유일한 바람이었다. 붉은 눈으로 주변을 둘러보고 향긋한 내음과 수염을 떨게 하는 사냥감의 마나를 찾아 헤맸다.

느껴지지 않는다. 바로 좀 전까지 그것은 진수성찬에 둘러싸였을 터였다. 부드러운 고기와 달콤한 피, 평소의 허기를 한때라도 흐트려 주는 만복감의 전조, 그런 사냥감이.

눈, 비치지 않는다. 코, 느껴지지 않는다. 귀, 들리지 않는다.

수염, 떨리지 않는다.

실망, 낙담. 이와 비슷한 악감정은 즉각 엄습한 공복감이 덮어썼다. 그것은 심심한 입과 주린 배를 얼버무리기 위해 일단 가까이 있던 하얀 덩어리를 물어뜯었다.

물어뜯어 고기를 찢어 내고 피를 빨며 내장을 씹는다. 마음껏 유린하고 먹어치우다가 주위에서도 비슷한 식사가 펼쳐지고 있음을 깨달았다.

사냥감이 줄어들고 만다.

그것은 생존 본능에 따라 식사에 푹 빠진 하얀 덩어리를 물었다. 통째로 삼켰다.

반복하고 반복해서, 끝이 없는 식욕에 충동질되며 그것은 옆의 사냥감을, 옆의 옆의 사냥감을, 옆의 옆의 옆의 사냥감을, 옆의 옆의 옆의 옆의——.

이윽고 그것은 어느덧 주위 모든 것을 다 먹어치우고 홀로 남았다.

피 웅덩이를 빨며 흩어진 고기조각을 핥고 선혈을 흡수한 흙도 풀도 남김없이 씹어 삼켰다. 그렇게 잔반도 없어지니 이번에야말로 정녕 혼자다.

그것의 내면을, 그 체적을 웃돌 정도의 고기를 담아도 사라지지 않는 허기가 끝없이 엄습한다.

울음소리를 내고, 끽끽 잇소리를 울리며 돌아 버릴 것만 같은 식욕에 괴로워한다. ——아니, 이미 그것은 미쳤다. 끝없는 공복, 채워지지 않는 허기, 영원히 용납되지 않는 『폭식』의 광기.

　──어머니도, 이런 것을 떠안고 있었을까.

　딱 한순간, 식욕에 지배된 그것의 뇌리를 이성이 스친다. 그러나 금세 덧칠됐다.

　몸이 떨렸다. 광기 끝에, 그것은 무의식중에 자기 자신과는 별개의 존재를 만들어 내어 증식했다. 느닷없이 불어난 하얀 덩어리는 걷는 법을 까먹은 것처럼 등에서 지면으로 굴렀다.

　그것은, 그것에 주저 없이 달려들었다. 비명조차 시르게 두지 않고 혈육을 만끽했다. 그 뒤, 다시 굶주림에 괴로워한다. 그리고 허기를 못 버티고 또다시 자기 자신과 다른 자신을 세계에 낳는다.

　먹고, 미치고, 낳고, 먹고. 반복하고 반복하며, 그것은 그것을 하염없이 반복했다.

　혼자다. 그 밖에 아무도 없는 세계다. 숲도, 흙도, 공기도 있다. 사냥감만이 없다.

　혼자다. 그것은, 그것을 하염없이 먹는다.

　혼자다. 이윽고 그것 또한 자신과는 다른 식욕에 삼켜져 사라진다.

　혼자다. 또 새로운 혼자가, 혼자가 아니게 되는 것을 반복하며, 폭식은 이어진다.

　──채워지지 않는 굶주림이, 채워지는 일은 없다.

5

발생한 어둠은 빙설의 우리를 집어삼키고 대토를 무리째 압축, 최후에는 소리도 없이 소멸했다.

그것은 알 샤마크——공간에 작용하는 샤마크 계열 최대의 마법이 가진 효과다. 마법에 휩싸인 대토 무리는 노골적으로 말하자면 『다른 차원』으로 날아간 것이다.

재생도 증식도, 일절 의미가 없다. 그것은 말 그대로 다른 세상 이야기니까.

"금서고처럼 격리된 공간에 저놈들을 날릴 수 있다고 가정한 제안이었는데……."

"불만인 것이야?"

압도적인 소행에 목소리를 떠는 스바루 옆에서 베아트리스가 입술을 삐죽였다. 허리에 손을 짚고서 떡 버티고 선 소녀는 스바루의 태도에 심히 불만스러운 내색이다.

"진짜로, 대단해……."

그런 스바루를 대신해 에밀리아가 솔직하게 칭찬의 말을 입에 담았다.

마법에 정통한 만큼 스바루보다 에밀리아의 놀라움이 더 클 것이다. 임전 태세를 풀어서 에밀리아의 반신에 미친 동결도 잦아들고 있다. 만사형통이다.

스바루는 고개를 이리저리 돌려 대토가 가득 메우던 광장에 아무것도 없음을 재확인.

등 뒤를 돌아보고 묘소의 안전도 재확인. 싸움의 끝을 지켜보고 입구에서 줄줄이 모습을 보이는 『성역』과 아람 마을의 사람들. 엄지를 세운 그들에게 손을 들었다. 쳐다보니 그들 속에는 류즈의 복제체도 끼어 있어 『성역』에서 무슨 일이 일어났는지 피차사정 공유하느라 고심할 것 같다는 쓴웃음이 비어져 나왔다.

그리고 묘소 계단에 앉은 로즈월과, 그의 팔에 안긴 람. ──── 그 람의 손이 로즈월의 볼을 만지고, 저 광대의 표정이 일그러지며 눈물이 흐르는 게 멀찍이 보였다.

"────."

그 광경에 스바루는 급속히 가슴의 멍에가 없어지는 것을 느꼈다.

아직 모든 게 정리된 건 아니다. 하지만 베아트리스에게도 전한 바와 같다. 몽땅 다 스바루가 혼자서 해결할 필요는 없다. 스바루가, 에밀리아가, 베아트리스가, 각자의 분투가 대토를 쓰러뜨린 것처럼. 『성역』과 저택, 각각의 분투가 있었던 것처럼.

스바루는 미소 짓는 람과 울고 있는 로즈월의 모습에서 왠지 모르게 그것을 깨우친 것이다.

"스바루, 자."

길게 숨을 내뱉은 스바루의 볼을 에밀리아가 별안간 손가락으로 찔렀다.

미소를 보내준 에밀리아는 살짝 스바루의 등 뒤를 손으로 가리켰다. 그쪽에선 아직 베아트리스가 팔짱을 낀 뾰로통한 얼굴로 기다리고 있어서.

"뭔가 한마디, 이 공로자에게 있어도 좋다고 봐."

볼을 부풀리는 앳된 몸짓에 스바루는 짧게 숨을 죽였다. 그리고──.

"와, 꺅!"

겨드랑이 아래에 손을 집어넣고 그 가벼운 몸을 단숨에 안아 올렸다.

깜찍한 비명이 터지는 것도 무시하고 스바루는 소녀를 안은 채 그 자리에서 돌았다.

"잘해 줬어! 역시 대단해, 사랑한다, 베아코!"

"잠깐, 기다……! 아니, 이, 이거 놓는 것이야! 베티는 이런……!"

"좋──아, 좋──아! 귀여워 귀여워! 베아코 멋져! 베아코 최고! 베아코 만세!"

대찬미하면서 스바루는 베아트리스를 크게 들고 빙글빙글 돌았다.

들린 베아트리스는 얼굴이 새빨개지고, 에밀리아는 떠드는 둘을 자상한 눈으로 바라보고 있다. 등 뒤에선 마을 사람들이 손뼉을 치며 왁자지껄하는 게 들렸다.

그런 식으로 힘차게 기쁨을 온몸으로 표현하며 돌고 돌던 정령과 계약자는.

"아──!"

마지막에는 발이 미끄러져 둘이 사이좋게 눈에 얼굴을 박았다.

막간 『각자의 양보』

1

"──좋아, 완성했다!"

스바루는 주워 온 나뭇가지 두 자루를 눈앞의 눈덩이에 찔러 넣고 이마의 땀을 닦았다.

초짜가 짧은 시간에 만든 물건이지만 제법 근사하게 빠졌다고 자기가 한 일임에도 홀딱 반한다. 완성한 작품을 보고 지켜보는 관중에게서도 "오오." 하고 감탄한 목소리가 들릴 지경이다.

"역시 나한테는 이 방면의 재능이 있는 느낌이 든단 말이지. 먹고살 길이 막막하면 에밀리아땅이랑 같이 눈 내리고 적설 아티스트로서 인간 국보 해 먹자."

"아유, 바보 같은 소리 하지 말고. ⋯⋯그런데 진짜로 엄──청 잘하네."

돌계단에 앉아 스바루의 작업을 지켜보던 에밀리아가 하얀 숨을 내쉬었다.

그 남보라색 눈에 비친 것은 스바루가 완성한 눈사람──이 아닌, 눈 팩의 무리였다. 광장에 남은 눈을 긁어모아 만들어 낸 눈 조각상은 스무 개체. 희로애락에 관혼상제 등 다양한 팩을 준비한 정열의 출처는 솔직히 스바루 본인도 수수께끼였다.

스바루 부재중 팩의 분투는 들었으니 그 감사 같은 것일까.

"노리고 하진 않았겠지만, 바루스는 역시 바보라고 봐."

반대로 스바루의 행위를 신랄하게 평가한 것은 에밀리아의 무릎에 머리를 실은 람이었다.

타 버린 메이드복을 벗고 하얀 옷을 입은 람의 인상은 평소와는 다르다. 어딘가 썬 것이 떨어진 듯한 분위기이기 때문일까. 물론 그 독설은 여전히 매서웠지만.

"둘 다 소동의 공로자라고 할 나에게 위로가 부족하지 않아?"

"응, 그렇지. 나, 스바루에게 엄—청 감사하고 있어. 하지만 스바루가 없는 동안에 노력한 건 나니까, 오히려 날 위로해 줬으면 해."

"에밀리아땅, 왠지 갑자기 말에 스스럼이 없어졌더라……."

『시련』을 극복한 영향인지 에밀리아의 태도와 표정에는 일종의 자신감이 싹텄다. 그것은 내벌적이며 자신을 과소평가하는 에밀리아에겐 좋은 경향이다.

『성역』의 문제 전부를 스바루가 자력으로 어떻게 할 수는 없었다. 그 부족한 부분을 메꿔 줘서 지금 이렇게 있을 수 있는 기적에 감사하고 싶다.

"그래도 최소한 가장 빡센 부분 정도는 내가 맡겠다고 마음먹었는데 말이지."

"그런 방자한 짓은 용납 못해요. 뭐든지 스바루가 해 주다니,

우리가 뭐 때문에 있는지 알 수 없어지잖아. 스바루야말로 좀 지나치게 뛰어다닌다고."

"아니 그래도 머리도 완력도 모자란 나는 뛰어다니는 것 정도밖에 방법이 없어서."

"하지만 앞으로는 안 그럴 거잖아?"

과소평가는 피차일반이라고, 무릎 위의 람의 머리를 쓰다듬던 에밀리아가 소리 없이 웃으며 말했다. 그 말의 의도를 금세 알아챈 스바루는 코밑을 손가락으로 문지르면서 "어." 하고 응수했다.

여러모로 간과한 것도 있었고, 주위에 도움받기만 할 따름이었지만 건져내야만 하는 것은 대체로 다 건져냈다. 그리고 혼자서 고민할 일도 필시 더 이상 없다.

"————."

고개를 든 스바루는 광장의 눈 조각상에서 묘소 쪽으로 눈길을 돌렸다.

지금, 『시련』의 시스템이 사라진 묘소 안에는 두 인물이 발을 들였다.

안에서 무슨 이야기를 하는지 마음이 걸리긴 했지만.

"뭐, 한 식구끼리 둘 정도의 분위기야 나도 파악하지."

대화할 기회는 얼마든지 있었으면서 대화할 기회를 가지려 하지 않던 두 명이다.

쌓이고 쌓인 이야기야 분명 산더미처럼 있을 테니까.

──투명한 관에 자고 있는 마녀는 당시와 변함없이 아름다
웠다.

"어머니……."

묘소 가장 깊은 곳, 작은 방에 놓인 관에 마녀 에키드나의 주검
은 조용히 누워 있다.

그 주검 앞에서 베아트리스는 붕 뜬 듯 안절부절못하는 불안
에 쫓겼다. 그것은 전투의 고양감도, 금서고를 잃은 상실감이
나 해방감도 아니라── 죄책감이다.

길고 아름다운 하얀 머리, 이지적이면서 포용력도 넘치는 단
정한 생김새. 드물기는 하지만 부드럽게 미소를 보내 주던 기억
도 선명하게 되살아난다.

400년 동안에 잊을락 말락 하던 어머니의 모습이 지금 여기서
선명하게 살아나 베아트리스의 가슴을 헤집었다.

"베티는 어머니와의 약속을 지키지 못한 것이야. ……죄송해
요."

깨진 관의 틀을 손가락으로 어루만지고, 베아트리스는 400년
만의 재회를 사과부터 시작했다.

헤어질 때 어머니가 준 마녀의 지식과 『예지의 서』. 베아트리
스는 그 양쪽 다 잃고 계약을 달성하지 못한 몸으로 염치없이 이
곳으로 돌아왔다.

"베티는, 『그 사람』과도 만나지 못하고…… 책도 태우고 말

았어. 죄송하단 말을 해야 할 일이 분명히 넘쳐 나는 것이야."

못난 딸이었다고 베아트리스는 스스로를 평가했다.

400년이나 되는 시간을 들여 어머니가 준 마지막 소원도 이루지 못한 어리석은 딸이었다. 그러니 본래라면 낯도 들지 못할 어머니와의 재회에 진심으로 후회해야 할진대.

"……그런 데 비해서 표정이 시원한데 그―으래."

관을 사이에 두고 선 남자―― 로즈월이 베아트리스의 본심을 쉽사리 알아맞혔다.

변함없이 밉살스러운 지적을 하는 남자다. 하지만 그런 그의 태도에 베아트리스는 위화감을 금치 못했다. 그것은 화장을 지우고 민낯을 드러낸 것과 무관계하지 않으리라.

"시원하단 의미라면 너보단 못하지, 로즈월. 베티 앞에서 화장하지 않고 서다니, 너답지도 않아. ……정말로, 너답지 않은 것이야."

베아트리스의 말에 로즈월은 침묵. 그저 쓸쓸하게 미소 지을 뿐이다.

더더욱 그답지 않다. 그런 반응에 눈을 내리깔고 베아트리스는 "그래서." 하고 말을 이었다.

"너야말로 어머니께 드리고 싶은 말이 있었을 테지. 어머니와의 해후는 네게…… 네 일족에게 비원이었을 터인 것이야."

에키드나의 유일한 제자였던 초대 로즈월―― 그를 조상으로 시작된 메이더스 가문의 400년은 베아트리스에게 가장 친근한 역사의 변화다.

마인 헥토르와의 싸움에서 생명 대신에 마법의 소양을 전부 잃은 로즈월. 그는 에키드나를 여읜 뒤 무언가를 갈구하며 금서고에 죽치고 비원을 다음 대에 의탁한 후 세상을 떴다.

　그 이후, 로즈월을 물려받은 차기 당주들은 하나같이 초대에 육박하는 자질과 발견을 반복해 메이더스 가문을 확대했다.

　그리고 그 집대성이 바로 눈앞에 있는 로즈월 L. 메이더스였다.

　그의 재능은 에키드나가 직접 발굴한 초대마저도 웃돌아 베아트리스마저 은밀히 전율할 지경. 그것은 과거에도 유례를 찾을 수 없는, 바야흐로 세계 최강의 마법사다.

　"그만한 재능이 있어도 넌 메이더스의 주박에서 달아나지 못했어. 돌아가신 어머니와의 재회를 꿈꾸는 400년의 망령……네게는 조금 동정해."

　대대로 이어지는 숙업, 그에 따를 수밖에 없던 로즈월의 입장에 베아트리스는 그렇게 뇌까렸다. 400년, 한 계약에 계속 얽매이던 자신과 그의 일족은 많이 닮았다.

　얄궂게도 그 400년 전의 지난날, 최초의 로즈월과 지내던 나날이 되살아났다.

　"――한 가지만, 물어봐도 될까?"

　그런 베아트리스의 말에 로즈월은 손가락 하나 세우고 물었다. 낮고 진지한 음성에 고개를 들고, 베아트리스는 침묵으로써 긍정했다.

　"스바루는 네『그 사람』이 될 수 있었나?"

　그 물음에 베아트리스는 가볍게 숨을 죽였다. 그것은 놀라

움……이 아니다. ──아니, 놀라움이긴 했다. 단지 로즈월의
말에 충격을 받은 것이 아니다.

『그 사람』의 어감에, 아무런 둔통도 느끼지 않은 자신의 마음
에 놀란 것이다.

"……왜, 웃지?"

"아아, 미안한 것이야. 딱히 너한테 웃은 게 아니야. 지금 건
자신이 우스워졌을 뿐인 것이야. 정말로, 어처구니없어서."

그렇게나 마음을 옭아매던 명제를, 포기하자마자 이토록 쉽
게 잊을 수 있단 말인가.

아마 그렇지는 않다. 잊은 게 아니었다. 『그 사람』과, 갈라선
것이다.

"그 남자는…… 스바루는 베티의 『그 사람』에 전혀 안 어울
려."

"전혀라니. ……퍽, 엄격한 평가군."

"그런 것이야. 베티는 엄격해. 그러니까 400년, 모조리 기회
를 헛되이 한 것이야. ……베티의 생떼에 『그 사람』을 휘둘러
왔던 거지."

지금은 베아트리스를 금서고에서 데리고 나오려던 사람들의
마음을, 조금 알겠다.

그네들 역시 이기적인 야심만으로 베아트리스에게 손을 뻗던
것은 아니다. 개중에는 베아트리스를 배려한 말도 있었고, 자
신은 그것을 그저 뿌리쳤다.

"그런 네가 어떻게 밖에 나올 수 있었지? 어째서 스바루를

『그 사람』으로?"

"말했을 텐데. 스바루는『그 사람』에 안 어울려. 하지만 그거면 돼. 베티는 스바루를 선택했어.『그 사람』이 아닌 스바루를 선택한 것이야."

베아트리스의 대답에 로즈월이 숨을 죽이고 눈을 부릅떴다.

에키드나를 신봉하며 헌신해 온 로즈월에게는 받아들이기 어려운 답일지도 모른다. 아주 얼마 전까지 같은 처지였던 베아트리스에게는 그 심정이 쓰라리도록 이해됐다.

그래서 최선을 다해 말할 필요가 있으리라 생각했다.

"스바루는『그 사람』이 되어 달라는 부탁을 코웃음 쳤어. 그런 얼굴도 모르는 놈보다 자기 쪽이 널 행복하게 해 줄 수 있다고 나불댄 것이야."

"그건…… 오만한 답인걸."

"하지만 막무가내라 싫지 않더라."

예의 바른 말만 늘어놓으며 베아트리스더러 해야 할 일을 타이르거나, 에키드나의 지식을 어떻게 활용해야 할지 설득하는 것보다 서슬이 퍼랬다.

"그런데 그거면 되겠어? 너는 아무리 발버둥 쳐도 스바루의 첫 번째가 될 수 없어. 그건 그의 모습을 보면 알 수 있고…… 나는, 알고도 있지."

"착각하나 봐, 로즈월."

"착각?"

"베티는 딱히 스바루의 첫 번째가 됐으니까 금서고에서 나온 게 아니야. 스바루를 베티의 첫 번째로 하고 싶으니까 금서고에서 나온 것이지."

──나를 선택하라는 말을 듣고 말았다.

네가 없으면 외로워서 살아갈 수 없다는 말을 듣고 말았다.

편리한 말이라고도 여겨진다. 그렇지만 베아트리스의 마음은 흔들리고, 울리고 말았다.

그리고 그의 손을 잡고 금서고에서 나온 순간, 울고 싶어지는 해방감을 알고 말았다.

어머니에게나 로즈월에게나 뻔뻔스러운, 지독한 배신인 건 안다.

하지만 마음은 이미 굳어졌다. 손은 이미 잡고 만 것이다.

"_____."

베아트리스는 입을 다물고 로즈월의 말을 기다렸다. 설령 배신을 비난받더라도 감수하고 받아 내야 한다. 그런 각오에──.

"──몇 살이 되든 너는 변함이 없구나, 베아트리스. 그 시절 그대로야."

"──?"

위화감이 있는 말투에 베아트리스는 희미하게 눈썹을 찌푸렸다. 내용도 그렇지만 베아트리스가 가장 미심쩍어한 부분은 음색이었다. 유달리 상냥하고, 부드러우며, 그리워하는 듯한 음색.

"정말로, 나랑 너는 말을 주고받는 게 모자랐어. 선생님의 곁에 있었을 적부터 변함이 없어."

"선생님……이라니……."

온화한 로즈월의 말에 들어서는 안 될 단어가 들려서 떨림이 퍼졌다.

동시에 뇌리를 스친 가능성은, 베아트리스의 시간을 근저부터 뒤집는 것이었다.

설마, 그치만, 그렇다고 치면──.

"──로즈월……이야?"

"나는 언제나, 로즈월이었는데?"

"아냐! 그게 아니라…… 알고, 알고 있을 텐데!"

"농담이야. 그 말이 맞아. 나는── 난, 로즈월이다, 베아트리스."

광대풍의 어조가 바뀐 순간, 베아트리스의 눈에 로즈월의 모습이 겹쳐 보였다.

남색 장발을 기른 미장부에, 같은 외견상 특징을 지닌 젊은 청년의 모습이 겹쳤다. 그것은 한때 에키드나를 흠모하며 마녀에게 가르침을 청하고 베아트리스와도 함께 있던 청년으로.

"설마, 영혼의 전사…… 어머니의, 불로불사 이론의 탐구? 하지만 그건 실패로……."

"빈 그릇에는 영혼이 정착하지 않는다. 그 문제 때문에 한 번은 돈좌했지만…… 난 그 문제를 억지로 해결했지. 그릇과 영혼의 친화성 문제라면, 그릇이 영혼에 가까워지면 해결할 수 있어."

베아트리스는 그 말이 의미하는 것을 깨닫고 전율을 숨기지 못했다.

에키드나의 불로불사 연구의 실패는, 류즈 메이엘을 『성역』의

핵으로 삼은 흐름으로 생겨난 부산물인 복제체를 유효하게 이용하자던 지식욕의 실수다. 결국 빈 그릇에 다른 사람의 영혼은 정착할 수 없어 연구는 실패──. 그것을, 로즈월은 성취했다.

초대 로즈월로부터 면면히, 메이더스의 자손으로 육체를 갈아타며 당대에 이른 것이다.

"나를 인간도 아니라고, 그렇게 욕하겠어? 베아트리스."

로즈월이 베아트리스에게 물었다. 그 시절과 달리 로즈월의 눈은 좌우의 색이 다르며 정색의 그는 절반밖에 남지 않았다.

그 젖은 파란 눈에, 베아트리스는 그가 규탄받기를 기다리는 것처럼 느껴졌다.

로즈월 또한 심판받고 싶은 것일까. 에키드나와의 계약을 파기하고, 그것을 어머니의 주검에 보고한 자신처럼. ──자신의 바보 같은 행동을 꾸지람받고 싶은 것일까.

400년이나 이어지는, 그의 외골수에 민폐로운 짝사랑의 집념을, 누구보다 어머니를 아는 베아트리스에게.

"로즈월. 잠깐, 거기에 웅크리는 것이야."

"──여기에?"

관 옆, 바닥을 손가락으로 가리킨 베아트리스에게 로즈월은 한쪽 눈을 감고 말했다. 그 파란 눈에 베아트리스가 끄덕이자 로즈월은 미심쩍어하며 거기에 무릎 꿇었다. 베아트리스는 그 모습을 바라보면서 오른발의 신발을 벗었다. 그것을 단단히 자기 오른손에 끼우고는.

"이를 악물어."

"악물라니…… 욱?!"

딱 좋은 높이에 온 뺨따귀에 신발을 장비한 손을 갈겼다.

기분 좋게 경쾌한 소리가 울리고 얼굴을 얻어맞은 로즈월의 눈이 휘둥그레졌다. 베아트리스는 그 모습을 본체만체하며 오른손에 있던 신발을 다시 신었다.

맞은 뺨이 붉어진 로즈월이 제정신을 차리고 새치름한 표정의 베아트리스에게 물었다.

"지, 지금 건 네 딴의, 경멸의 표시 같은 것일까?"

"딱히. 네가 한 짓을 꾸중 듣고 싶어 한다는 사정 따위 알 바 아닌 것이야. ……네가 한 짓은 칭찬할 게 아니야. 하지만 탓할 자격은 그야말로 네 몸이 된 자손들에게만 있는 것이지. 베티는 우와아 하고 생각할 뿐이야."

"우와아라. ……그렇다면 방금 때린 건 뭐지?"

맞을 이유가 부족하다고 말하고 싶은 내색의 로즈월에게 베아트리스는 혀를 내밀었다.

확실히 영혼의 전사에 베아트리스의 불만은 없다. 하지만——.

"당연히 금서고를 태운 일에 앙갚음한 것이야!"

"——저택은."

"베티는 너그러우니까 이걸로 봐주겠어. ……스바루도 널 용서하는 것 같고, 용서해 주는 것이야."

베아트리스는 로즈월의 말을 막고 빠른 말로 전했다. 그 이상은 언급하게 두지 않는다. 그런 의사표시에 로즈월은 침묵했다.

로즈월의 술책을 열거하자면 두 손 손가락으로도 한참 모자란다. 그가 죄다 말하게 두면 베아트리스는 그것을 용서하지 못하게 되리라. ──그러니까, 말하게 두지 않는다.

그리고 말이다. 베아트리스의 안목이 옳다면 그는 『예지의 서』를 잃었다.

"_____."

로즈월의 모략, 그 근거였을 터인 마서는 그의 수중에서 사라졌다. 베아트리스가 그랬던 것처럼 로즈월에게도 마서는 희망의 상징이었을 터.

그것에 매달리고, 그것에 의지하며, 400년을 건너온 것은 변함없다.

그 여로 끝에 베아트리스와 로즈월은 여기서, 『성역』에서 재회했다.

그렇다면 베아트리스가 그에게 건넬 말은 하나면 족하다.

"로즈월."

"……뭐지?"

"어서 와."

그 한마디에, 로즈월이 숨을 죽였다.

지난날, 이곳은 베아트리스와 로즈월, 에키드나와 류즈에게 있어──.

그렇기에 로즈월은 베아트리스의 말에 희미하게 입술을 떨며.

"아아, 그렇지. 다녀왔어, 베아트리스. ──어서 와."

3

"좀처럼 나오질 않네. 쌓인 이야기도 있겠지만 너무 쌓인 거 아냐?"

변화가 일어나지 않는 상황에 애가 달아서 광장에 서른 개째 눈사람 팩을 만든 스바루가 묘소를 돌아보았다. 그 뒤로 약 한 시간이 더 지났지만 안의 두 명이 나오질 않았다.

"걱정되는 건 알겠지만 스바루, 이건 좀 지나친 것 같아."

안절부절못하는 스바루 옆에서 에밀리아가 질린 기색으로 눈사람 팩을 쓰다듬었다.

참고로 조금 전까지 부럽게도 에밀리아의 무릎을 빌리던 람은 지금은 꽤 회복한 눈치로, 돌계단에 느긋이 앉아서 묘소의 둘이 돌아오기를 애타게 기다리는 모습이다.

대오각성한 베아트리스가 있으면 자포자기한 로즈월쯤 문제도 되지 않으리라.

"그렇다고는 해도 왠지 모르게 괜찮지 않을까 맘대로 생각할 뿐이지만."

"후후, 베아트리스를 완전히 신뢰해서는……. 하지만 둘은 줄곧 사이좋았더랬지. 둘이 계약 관계가 돼서 엄―청 수긍이 가더라."

"지금이랑 당시로 치면, 사이좋단 발언에 약간 항의하고 싶은데…… 그거, 팩?"

매사를 솔직하게 보는 에밀리아의 말에 뺨을 긁으면서, 스바루는 그녀의 가슴께에서 빛나는 휘석을 손가락으로 가리켰다.

　그것은 가필 전의 히든카드가 되고, 『성역』에선 람의 정열을 떠밀고, 그리고 여기서 지금 편안히 에밀리아 곁에서 잠이 든 대정령의 그릇이다.

　계약은 풀리고 무리를 거듭한 까닭에 깊은 잠에 빠진 팩, 그 봉인의 침상.

　"고마웠다고 전하고 싶지만 그 상태로는 무리지?"

　"응, 맞아. 너무 무리한 모양이라 전혀……. 이 돌도 팩을 깨울 그릇으로는 모자라고. 또 전처럼 이야기하거나 익살 부리긴 힘들 것 같아."

　"하지만 언젠가 반드시 불러낼 거지?"

　스바루가 한쪽 눈을 감고 말할 필요도 없는 사항을 확인했다. 그 말에 에밀리아는 한 번만 눈을 감았다가 "응." 하고 끄덕였다. 그 결의 어린 표정이 몹시 존귀하고 아름다워서.

　"……에밀리아땅, 변했네. 뭐랄까, 전부터 귀엽긴 했는데, 강해졌어."

　"그렇다면 그건 스바루랑 모두 덕분이야. 나, 받기만 했으니까 빨리 모두에게 여러 가지 갚을 수 있게 되어야지."

　"그거라면 나도 받기만 한 느낌이 든단 말이지."

　스바루도 에밀리아도 함께 무력함을 통감해 온 사이다. 그렇다고 서로 상처나 핥아 주고 싶은 건 아니다. 그것이 믿음직하고, 자랑스럽기도 하다.

　"그런데, 스바루…… 저기, 있지."

문득 감상에 잠긴 스바루에게 에밀리아가 말을 붙였다. 그 목소리에 "아아." 하고 제정신을 차리고 에밀리아를 바라본 스바루는 흠칫했다.

　"에, 에밀리아땅?! 왠지 엄청나게 얼굴 빨간데, 괜찮아?!"

　"괘, 괜찮우이. 완전 멀쩡해요. 그보다, 저기, 중요한 이야기가 있어요."

　"네, 네에, 뭔가 정중하시네요……."

　왠지 존댓말인 에밀리아에 말려 스바루도 왠지 존댓말로 대답하고 말았다.

　그런 대응에도 아무 말 없이 귀까지 빨개진 에밀리아는 물끄러미 스바루를 바라보다가 하던 말을 이었다.

　"저기, 있지……. 스바루가 그, 나를…… 조, 좋아한다고 말해 줬잖아?"

　"어, 아, 네. 말했어요. 좋아해요. 되게 좋아요."

　"──으. 그건, 저기, 엄─청, 엄─청 기쁜데."

　얼굴이 붉어진 에밀리아의 말꼬리에 스바루는 싫은 흐름──구체적으로 말하면 '친구부터 시작하자.' 라는 말을 들을 예감을 느꼈다.

　"잠깐! 잠깐 있어 보자! 그 왜, 나 꽤 장기적인 안목으로 승부하고 있거든!"

　"그……건…… 저기, 알고 있어. 하지만 역시, 똑바로 해야…… 전의 용차 때도, 이번 묘소에서도 나, 스바루에게 전혀 대답 못해서, 그래서……."

거센 초조감에 쫓기면서 스바루는 에밀리아의 뒷말에 귀를 기울였다. 현재, 나쁘지는 않지만 좋아진다고도 단정할 수 없는 논조다. 현상 유지가 제일 가까울까.

거듭된 고백을 끈질기다고 여기지 않는다면 스바루는 몇 번이든 일어설 수 있으리라.

그런 약간의 어긋난 감정은 다음 순간 아무래도 상관없어졌다.

"단지! 내 배 속의 아이 이야기는 꼭 해야 할 것 같아!"

"왓 더?"

"남자애인지 여자애인지 모르겠지만 똑바로 귀여워해 줘야 하고! 하지만 나 이런 건 전혀 몰라서…… 그러니까 아빠랑 상담해야겠다고."

"에밀리아땅, 잠깐, 잠깐, 진짜, 무지하게 잠깐만……."

빨간 얼굴의 에밀리아가 퍼붓는 말을 스바루의 사고가 따라잡지 못했다.

냉정, 냉정해지는 거다. ——에밀리아의 배 속에 아이. 그리고 모친은 에밀리아, 부친은 스바루. 의미를 모르겠다. 스바루, 틀림없이 어른의 계단을 오른 적은 없다.

"에밀리아땅, 아이면, 갓난아기 말하는 거지?"

"그, 그래. 왕선 도중에 이런 거, 큰일이겠지만…… 그래도 태어날 아기는 잘못 없고. 똑바로 행복해지게 해 주고 싶어! 이 애가, 처음에 사랑받아야 할 상대에게 똑바로 사랑받은 애로 해 주고 싶어. 그걸 가르쳐 주고 싶어."

에밀리아의 결심은 고귀해, 아름답다고도 할 수 있다.

하지만 이야기가 어긋나고 있다. 설마 이세계는 생식의 메커니즘이 다르단 말인가.

"에밀리아땅, 아기는 새가 날라 주거나 양배추 밭에서 수확하진 않거든?"

"하지만 남자랑 여자가 뽀뽀하면 아기가 생기잖아?"

──말문을, 잃다.

에밀리아가 너무나 성적 지식이 없는 데에도, 그렇게 착각하는 귀염성에도 말을 잃었다.

"스바루? 왜 그래? 스바루."

어머니의 자각이 깨어난 듯한 에밀리아가 침묵하는 스바루를 걱정스럽게 들여다보았다. 무척 존귀하다. 그렇지만 이 착각은 스바루의 순정에 치명상이 될 수 있다.

아예 이대로 존재하지 않는 갓난아기의 아빠를 자청하잔 생각도 없진 않지만.

"스바루, 혹시 뽀뽀한 거 후회해……?"

"전혀 안 하고, 몇 번이든 하고 싶거든?!"

"그, 그렇구나……."

더욱더 오해가 깊어져서 부끄러움 타는 얼굴에 스바루는 척수반사로 대꾸한 말을 후회했다.

현재 에밀리아의 인식상으로는 스바루가 몇 번이든 애 만들고 싶다고 말한 거나 다름없다. 그리고 싶은 기분은 확실히 없지는 않지만, 그건 더 단계를 거친 다음에 할 이야기일 것이다.

그러니까 지금, 그 첫 단계로서, 에밀리아에게 올바른 지식을 전수해야만 한다.

"워, 원망할 거다, 팩⋯⋯!"

여기서는 아니라 마수정 깊은 곳에서 잠자고 있는 고양이 정령에게 스바루는 원망을 읊조렸다.

──뇌리에 새끼 고양이가 머리에 손을 얹고 "에헷, 낼름." 하고 혀를 내미는 모습이 보인 느낌이었다.

4

임팩트 순간에 광대뼈가 삐걱대고 장신이 가볍게 공중을 날다가 벽에 처박혔다. 충격은 그걸로 그치지 않고, 얻어맞은 몸은 약한 나무 벽을 뚫고 눈 덮인 실외로 날아가 버렸다.

"_____."

공중제비 돌며 나뒹군 끝에 설원에 대(大) 자로 누운 몸은 꿈쩍도 하지 않는다. 행여 죽은 게 아닌가, 그런 생각이 드는 정적이 공간에 내려앉았다.

뚫려 버린 벽과 날아간 장신, 날려 버린 장본인에게 차례차례 눈길이 향했다. 그런 가운데, 날려 버린 장본인은 만족스럽게 숨을 내뱉고는 말했다.

"아아⋯⋯ 드디어 갈겼다. 안 그래, 엉."

날카로운 개 이빨을 딱 부딪치고 멋진 웃음과 함께 말한 금발

소년, 가필.

　스바루는 그에게 얻어맞은 로즈월에게로 람이 달려가는 모습을 보면서 머리를 긁고.

　"어, 엉. 그러게."

　간신히 그렇게 대답했다.

5

　"에—, 그러면 다시금 한바탕 죗값도 치렀으니, 이번 사건에 관해 서로 조정이나 향후 이야기 등을 이것저것 하고 싶습니다."

　스바루는 마음을 다잡고 사회 진행을 선도하며 성당에 있는 이들을 휙 둘러보았다.

　성당에 모인 것은 이번 소동에 관련된 주요 인물이었다. 그렇다고는 해도 그것만으로도 상당한 대인원이라 살림이 커졌다고 스바루는 감개에 젖었다.

　——에밀리아의 상상임신 소동에서 하룻밤 지나 저택 일행도 합류한 다음의 회합이다.

　다행히 불 난 저택 일행도 전원 무사해서 가필에 프레데리카, 오토와 페트라, 그리고 렘도 빠짐없이 파트라슈가 끄는 용차로 『성역』에 귀환해 주었다.

　그리고 거기에 성역 일행인 스바루와 에밀리아, 베아트리스를 더해 『성역』의 대표인 류즈가 동석하면 참가자는 열한 명씩이나 된다.

"이 한 걸음은 왕선에서 본다면 작은 한 걸음일지도 몰라. 하지만 에밀리아 진영에게는 한없이 큰 한 걸음이다……!"

"왜, 왠지 엄—청 장대하구나. ……하지만 정말로 그래. 노력해야겠다."

스바루의 흰소리를 진지하게 받는 에밀리아는 이 신뢰에 보답하자고 애쓰고 있다. 배 속의 아기 때도 그렇고 항상 적극적이고 진지, 그것이 그녀의 미덕 중 하나였다.

조금 지나치게 성실해서 갓난아기에 대한 오해를 푸는 데에 매우 고생했지만.

"어차차차, 내가 샛길로 빠지기 전에 통제해 둬야지. 그럼 본론이다. 일단 무슨 일이 일어났느냐는 부분은 전원이 공유했지? 그래서, 뒷일은 주범에 대한 배심원의 판결이다만……."

솔직히 화제로 올리기 어려운 문제지만 피해 지나갈 수 있는 것도 아니다.

뺨을 긁은 스바루의 의사 진행에 전원의 시선이 성당 뒤——긴 의자에 드러누워서 람의 무릎에 머리를 올린 로즈월에게 쏠렸다.

"……이런? 혹시 다들 무저항인 나를 더—얼 괴롭혔나?"

"그렇게 말하지 마라. 죗값 치른 거잖아. 뭐, 죗값 수준이 아닌 것도 있었지만."

말로 지지 않는 로즈월의 모습에 직전까지 치르던 죗값의 한 장면이 떠올랐다.

요컨대 주모자인 로즈월에게 피해자가 죗값으로 한 방씩 먹이는 의식이다. 가필의 주먹으로 시작되어 수화한 프레데리카의 주먹이나 파트라슈의 돌격 등, 다양했다.

　개인적으로 마음에 드는 것은 젖은 수건으로 안면에다 풀 스 윙한 페트라의 일격. 축축한 소리가 기분 좋게 울려서 겉보기 이상의 상쾌감과 위력이 있었다.

　"그걸로 땡 친다는 건 아니지만 대화 자리에 앉을 절차는 끝났 어. 그렇다고는 해도 네 입장에 항의하고 싶은 바가 없는 건 아 닌데……."

　거기서 말을 끊고 스바루는 로즈월이 아니라 그에게 무릎베개 를 해 주는 람을 쳐다보았다. 그 시선을 받은 람은 "왜?" 하고 연홍빛 눈을 가늘게 떴다.

　"멀쩡한 상태는 아니라고는 해도 로즈월에게 매질하는 걸 람 이 용케 잠자코 보고 있었다 해서리. 그만큼 로즈월이 당하면 틀림없이 꼭지 돌아갈 줄 알았는데."

　"어리석은 질문이야. ……람도 로즈월 님이 하나도 잘못하지 않는 분이라고는 생각지 않아. 맞아도 싼 짓을 하면 그 대가를 치 르는 건 어쩔 수 없지. 하지만 그다음에 자상하게, 극진하게 대해 드리는 건 람의 자유인걸. 그런 것도 모르니? 어리석어라."

　이야기 첫머리와 끄트머리에서 두 번, 어리석은 자 취급당한 스바루는 떨떠름한 표정. 그런 스바루를 대신해 베아트리스가 완고한 람에게 한숨지었다.

　"참 내, 유별난 계집인 것이야. 배에 그런 화상까지 입고서…… 베티가 없었으면 틀림없이 흉터도 고스란히 남았을 거야."

"베아트리스 님께는 치료해 주신 것에 대해 깊이 감사드립니다. 하오나 부지한 생명과 건재한 몸으로 무엇을 사랑할지까지는 참견받고 싶지 않습니다."

"……그렇게까지 친절하게 대해 줄 작정은 없는 것이야. 단지, 어렵게 산다는 거지."

변함없이 람의 사랑은 꿋꿋하고 당당하다. 계획을 말리기 위한 분전으로 빈사의 중상을 입은 것쯤 그 마음에는 별반 장애가 되지 않은 모양이다.

그러면서도 사랑에 맹목적인 건 아니니까 베아트리스도 한숨 지을 수밖에 없다.

하지만 당연히 그래서는 수긍을 못하는 사람도 이 자리에 있다.

"──람은 안 굽히겠지만 말이야. 근데 대장, 대장은 진심이야?"

그렇게 말하고 이를 딱 부딪친 것은 류즈와 프레데리카 사이에 선 가필이다. 그는 책임을 지운 직후의 웃음과는 대조적으로 날카롭게 로즈월을 노려보았다.

그 안광은 명백하게 적을 응시하는 것이었다.

"진심으로, 이 자식을 동료로 들인 채로 둘 거냐고. 이해 못하겠는데."

"가필……."

"덜 괴롭혔냐고? 엉, 덜 했지, 덜 했어! 이 자식이 도대체 뭘 저질렀어? 대장네가 없었으면 마을은 토끼 모이터가 되고, 저택에 있던 녀석은 창자녀에게 장난 삼아 죽었을걸! 그걸 꾸민 자식이라고. 언제 뒤통수 치고 목 따갈지 알 바냐!"

포효하는 가필이 내디딘 발에 대성당이 희미하게 흔들렸다.

하지만 그 말에 곧장 반론할 수 있는 이는 없다. 당연하다. 가필의 의견은 정론이며 로즈월은 그만한 짓을 저질렀다.

자신의 목적을 위해서 많은 목숨을 위험에 처하게 했다. 실제로 스바루는 자기 눈으로 이 자리에 있는 누군가를 포함한 많은 이들의 죽음을 수도 없이 지켜보았다.

──이 상황은 기적 위에 성립됐다.

스바루에게도 가필과 같은 분노는 있다. 양립할 수 없다는 마음도.

"하지만 그래도 우리에겐 로즈월의 힘이 필요해."

"대장……!"

"에밀리아가 왕선이란 곳에서 싸워나가는 데에는 로즈월의 협력을 빠트릴 수 없어. 이 녀석이란 지원자를 잃으면 에밀리아는 왕선에서 속수무책으로 탈락해. 책임지게 하는 거야 당연하지만…… 자, 그럼 안녕이랄 수는 없는 노릇이라고."

"가족을! 죽이려고 한 새끼를 용서하란 거야?!"

감정적인, 그러나 그런 만큼 통렬한 가필의 말이 스바루에게 꽂혔다.

말이나 논리로 누르려고 해 봤자 가필은 수긍하지 않으리라. 프레데리카를, 류즈를, 가필은 그야말로 잃을 뻔했던 것이다.

가족을 지키기 위해서 10년 이상이나 고군분투해온 그에게 그건 용서하기 어려운 배신이다.

"저는…… 주인어른을, 용서하겠어요."

"누님?!"

그러나 그런 가필의 주장에 반론한 사람은 다름 아닌 프레데리카였다. 누나의 말에 깜짝 놀란 가필은 세게 이를 딱 부딪쳤다.

"뭔 소리 하는 거야! 이 자식은 저택째 누님들을……."

"그렇다고 해도 전 살아 있어요. 가프가 구해 준 덕에."

"그딴 건 결과론이지! 이 자식은, 할머니를, 누나를! 그런데!"

"……10년 이상, 전 주인어른을 보필해 왔어요."

언성을 높이는 가필에게 프레데리카는 비췻빛 눈으로 웃음을 지었다. 자애가 느껴지는 눈초리는 크게 성장한 동생의 분노에 감동한 것 같기까지 했다.

"저는 제 목적을 위해 주인어른의 힘을 빌렸답니다. 그리고 많은 배움을 얻어서 여기에 있는 거여요. 바꿔 말하면 전 목적을 위해서 주인어른의 후의를 이용했지요. 대차 관계라는 의미로는 똑같지 않나요?"

"은의와 생명이 같은 이야기가 될까 봐! 누님도 람도, 그렇게 이용당해서……."

"아—, 뜨거워진 차에 죄송한데요. 끼어들어도 될까요?"

프레데리카를 물고 늘어지는 가필, 그걸 제지한 것은 오토였다. 그 참견에 가필이 "아앙?" 하고 언짢게 으르렁댔다. 하지만 오토는 그 으름장을 받아 흘리고 말했다.

"일단 감정론은 뒷전에 돌리고 현실적인 이야기를 하죠. 요컨대 변경백은 어느 정도 이쪽에 양보할 뜻이 있느냐는 이야기를."

"……또, 느닷없는데. 좀 이야기를 못 따라가겠다만."

오토가 담담히, 사무적인 투로 이야기를 진행하려 들지만 스바루는 그 의도를 읽어 내지 못하고 눈썹을 모았다. 그러자 오토는 "간단한 이야기예요." 하고 운을 떼며 말했다.

"분명히 말해서 가필의 분노는 정당한 거죠. 저도 웬만큼 화가 났고, 평범하게 생각해서 한 방 맞은 정도로 땡 칠 만한 부채가 아닙니다."

"그런 것치고는 너도 허릿심을 주고 좋은 펀치를 갈겼던 것 같은데……."

"부채의 이자로 회수했을 뿐이에요. 좌우간 이거, 거저 용서받지 못할 건 누가 봐도 명백하잖아요? 그런 건 변경백도 아실 테죠. 즉……."

"──어느 정도를 내가 조건으로 수용할 생각이냐는 이야기가 된다는 거군."

오토의 설명 끝을 몸을 일으킨 로즈월이 받았다. 그는 한쪽 눈을 감고 노란 쪽 눈으로 오토를 쳐다보고 말했다.

"이쪽에서 제시하기 전에 그러면 다소 자리가 불편해지는군 그으—래."

"그럼 그 앙갚음도 이자로서 받아두도록 하죠."

변경백 상대로 여간내기 아닌 배짱으로, 오토는 태연한 기색이다. 로즈월도 쓴웃음 지었다.

"천연덕스레 말하는군. 자, 이야기를 되돌리면 가필의 염려는 내가 언제 어디서 다시 적이 될지 모르겠단 점이겠는데⋯⋯ 그건 쓸데없는 걱정이야."

"⋯⋯어떻게 단언할 수 있지. 니 구두 약속에 한 톨이라도 신용이 있을 것 같아?"

"안타깝지만 없겠지. 그러니 눈에 보이는 형태로 그걸 증명하지."

가필의 경계에 로즈월은 느릿느릿 고개를 젓고 일어섰다. 그리고 웃옷 앞섶을 풀더니 상반신에 감은 붕대, 피가 배인 그것을 거칠게 떼어냈다.

──그, 드러난 로즈월의 몸을 보고 전원이 일제히 숨을 집어삼켰다.

로즈월의 몸에 묘소의 『시련』에 거부당했을 적의 상처가 있는 것은 주지의 사실. 하지만 지금 눈길을 끄는 것은 그 상처가 아니라 몸에 새겨진 파르스름하게 빛나는 무늬다.

한눈에 마법적인 술식의 흔적이라고 알 수 있는 무늬에 스바루는 베아트리스를 쳐다보았다.

"──이건, 서약의 주각(呪刻)인 것이야."

"서약의, 주각? 그게 뭐야, 들어본 적 없는데."

그러나 참으로 흉흉한 그 어감이 이 무늬에는 유달리 걸맞다는 느낌이 왔다.

그런 스바루의 인상을 긍정하듯이 베아트리스가 고개를 끄덕이고는 말했다.

"약정에는 각각 계약과 서약, 그리고 맹약이 있어. 계약은, 예를 들어 정령과의 양자 사이의 것. 맹약은 혈족을 타고 가는 것. 그리고 서약은 개인을 옭아매는 것."

"개인을, 옭아맨다."

"맹세를 지키는 것과 맞바꾸어 서약자는 걸맞은 대가를 얻는 것이야. 이 주각을 몸에 새기고 그 효과가 있다는 건……."

"——나는, 싸움에 패했다. 그러니 서약에 따라 너희에게 위해를 가할 수는 없어."

베아트리스의 말을 받아 로즈월이 자신에게 부과된 맹세를 고백했다.

"이 맹세를 등지면 내 영혼은 더럽혀지고 육체는 업화에 휩싸여 소실한다. 그리고 다시는 오드 라그나로 돌아가지도 못하며 허무로 떨어지지. 그런 맹세다."

"어, 어째서 그런 살벌한 맹세를……."

"왜냐니, 말을 왜 그렇게 하나. 네가 내게 그런 승부를 걸지 않았던가?"

쓴웃음, 혹은 그 미만의 실소인가. 로즈월의 입술을 누그러뜨린 한마디에 스바루는 딱 한순간 생각에 잠겼다가 곧장 답을 얻었다. ——마지막, 내기에 도전했을 때의 이야기다.

스바루는 로즈월에게, 이 회차가 마지막이라고 전하고 그 결과 여하의 내기를 도전했다.

그리고 로즈월이 승리했을 때에는 스바루가 그의 뜻대로 하겠다고 전하고——.

"내가 이겼으면 넌 여기서 열심히 하란 조건을 냈지."

"그 조건을 성립시키기 위한 주각이, 이거란 거다."

"……즉, 만약 내가 실수했더라면?"

"이 주각은 네게 새겨져서 맹세를 거스르면 불태워 재로 만들었겠지."

"무셔어어어――!"

모르는 새에 전혀 기억이 없는 서약서에 사인해 버린 기분이다. 실제로 바로 그 꼴이었지만, 그것을 실행에 옮기는 구석이 빈틈없다고 해야 할까.

그리고 가능성이야 어쨌든 지금 주각을 몸에 새긴 것은 로즈월 본인이다.

"이게 있는 한 로즈월은 우리를 배신할 수 없어. 가필, 어때?"

"――――."

"아까도 말했지만 로즈월의 힘은 왕선을 위해 필요 불가결해. 반대로 협력하기 싫다고 해도 묶어다가 협력받아야만 할 수준으로."

"……대장. 그래선 평행선이란 거야."

"평행선이지. 그럼 타협점을 찾아야 해. 로즈월은 배신할 수 없어. 그다음에 너는 로즈월에게 뭘 시키고 싶지? 미안하지만 쳐 죽이는 것만은 말릴 거다."

막아서며 짧은 생각은 용납 못한다고 태도로 표시한다. 물론 가필이 마음만 먹으면 스바루쯤이야 쉽게 밀어낼 테니 장애물도 못 된다.

다만 그럴 수 있을 만큼 감정적이 되지 못하는 것도 가필의 성미다.

"가프……."

그런 가필의 소매를 류즈가 불안해하는 표정으로 당겼다. 그 감촉에 가필이 돌아보자 류즈는 느릿느릿 고개를 가로저었다.

"시마는 본인이 선택한 게야. 로즈 도령이 어쨌든 간에 결계를 푸는 데에는 우리 중, 누군가가 열쇠가 될 필요가 있었어."

"_____."

"역할에서 떼어놓았다고, 그렇게 생각했을 그 애가 마지막에 관리자로서의 역할을 다한 건 구원이기도 했다. ……우리는 그리 생각하고 있단다."

결계를 풀기 위해서 그 몸을 열쇠로서 바친, 류즈 시마.

『성역』과 저택의 해방에 임해서 유일한 희생이라고 부를 수 있는 시마의 헌신. 그것을 나중에야 안 스바루는 가필의 심정을 떠올리며 가슴이 아팠다.

되찾을 수 있다면 되찾고 싶다, 그것이 모든 것을 건져 내고 싶다고 갈망하는 스바루의 소원이다.

하지만 시마의 희생은 『성역』의 해방에 없어서는 안 될 열쇠. 그곳에서도 그 악질 마녀의 작위를 느낀 스바루는 더없이 화가 치밀었다.

당연히 가필도 그 사실에 대한 분노를 어딘가에 쏟아 내지 않으면 속이 풀리지 않으리라.

"시마는 10년 동안 고독하지 않았다고. 그건 가 도령이……."

"……알았다고. 그렇게 울 것 같은 낯짝 하지 마, 할머니."

하지만 조모의 말을 가로막은 가필은 난폭하나 정다운 음성으로 대답했다. 그는 놀랍도록 평정을 지키며 깊은 숨을 내뱉고는 로즈월에게 삿대질했다.

"맹세해, 로즈월. 맹세했었다, 같은 이야기는 몰라. 지금 여기서, 다시 맹세를 해."

"―――."

"니가 저지른 짓을, 다시는 반복 안 하겠다고. ――그렇게, 맹세해."

가필의 양보, 그렇게 불러야 할 말에 로즈월은 짧게 숨을 집어삼켰다. 그리고 훤히 드러난 살갗에 새겨진 주각을 손가락으로 덧쓰고 끄덕였다.

"이제, 결단코 이 자리에 있는 누군가를 희생하고서 일을 성취하려고는 절대로 하지 않아. ――경애하는 내 스승님의 넋에 걸고 맹세하지."

그것이 로즈월에게 얼마나 무거운 의미를 가지는지. 그것을 충분히 이해할 수 있는 건 스바루와 람, 그리고 류즈와 베아트리스 정도일까.

그러나 완벽히 이해하지 못하더라도 그 각오가 어느 정도인지는 전해졌다.

"――어기면 퉁구이 꼴은 안 시킨다. 이 어르신의 이빨로 머리를 깨부숴 내 주마."

오싹, 부풀어 오르는 압박감은 살의가 아니라 투기다. 곧게 로즈월을 겨누었을 그것은 여파만으로도 이 자리에 있는 전원의 피부를 뜨겁게 지졌다.

그렇게 맹세시킨 가필은 한숨지었다. 그리고 그는 손을 뻗고 말했다.

"……이 어르신 쪽은, 지금은 이거면 돼. 아가씨도 그걸로 이해해줘."

로즈월을 마냥 노려보는 페트라의 머리에 손을 얹었다. 그 감촉에 페트라는 잡고 있던 프레데리카의 손을 세게 쥐더니 "그치만." 하고 숨결을 흘렸다.

"부모님한테 말해도 친구한테 말해도, 아무도 못 행복해져."

현재 아람 마을과 『성역』의 주민에게는 이번 소동의 주모자를 밝히지 않았다. 그것이 로즈월이라고 구태여 밝힐 필요는 없다고 생각 중이다.

페트라가 이 자리에 동석한 것은 마을 대표로서가 아니라 로즈월 저택의 사용인으로서, 페트라 개인을 인정해야 마땅하다고 프레데리카가 추대했기 때문이다. 페트라라면 머잖아 단편적인 정보만으로도 진실에 이르리라고, 그 총명함을 믿기 때문이기도 하다.

"아무리, 스바루, 님이 그래도, 난 안 돼. 주인어른은…… 영주님은, 우리 마을 사람들한테 지독한 짓 하려고 한 거잖아? 다들, 영주님 믿고 있는데. 나도 착한 사람인 줄 알았는데."

"……귀가 따가운, 말인걸."

어린 소녀의 규탄에는 천하의 로즈월도 눈썹을 찌푸렸다.

진영의 의도나 세세한 사정이 빠진 페트라의 감정은 가장 적절한 피해자의 의식이다. 어린이기 때문이 아니다. 그것이 여태까지 로즈월이 영주로서 길러온 신뢰, 그것을 배신한 것에 대한 직설적인 호소였기 때문이다.

"그치만…… 그치만, 내가 고집불통인 말이나 해서 다들 곤란하게 하고 싶지 않아. 그러니까, 나는 절대로 용서 못해. 용서 못할, 뿐이에요."

"――――."

울먹이는 눈으로 단언한 페트라에게 로즈월은 눈을 감았다.

그리고 페트라는 굵은 눈물을 뚝뚝 흘리고는 프레데리카에게 꼭 안겨 들었다. 프레데리카는 그것을 자상하게 받아 내며 "장해요." 하고 말을 붙였다.

"누님이랑 할머니, 그리고 그 아가씨 얼굴을 봐서 넘어가 주지. 잊지 말라고."

페트라의 울먹이는 소리를 들으며 가필이 서약의 준수를 다짐했다.

"물론이다마다. ――맹세를 지키는 건 특기거든. 옛날부―우터 말이지."

로즈월이 그렇게 대답하고 각자 분노의 청산을 일단락했다.

"그래, 페트라는 장해. 넌 쌍놈이고. 그래서, 타 버린 저택이랑 폐 끼친 아람 마을에 『성역』, 그 외 기타 등등의 문제는 따로 치고…… 그리고, 누구 뭔가 있어?"

페트라가 울음을 그치기를 기다리고 나서 스바루는 재차 이

자리의 의견을 정리했다.

어떻게 보면 진영의 전원이 로즈월을 백안시하는 걸로 결속된 상태. 이로써 대화의 제1단계가 끝난다면 그다음 문제로 이행하고 싶은 바인데——.

"네, 있어요."

거기서 딱 한 사람, 전원의 침묵을 깨고 손을 든 인물이 있다.

이 집단의 기수이며 로즈월의 처우에 의견을 밝히지 않았던 에밀리아다.

"오케이, 에밀리아땅. 이 기회에 뭐든 말해."

"그럼 호의에 기대어 말하겠는데……."

스바루의 지명을 받은 에밀리아가 로즈월을 지그시 바라보았다. 그 시선에 로즈월은 무슨 심경인지 차분한 표정으로 에밀리아의 말을 기다렸다.

"다들 엄—청 이상해. 로즈월은, 아직 제일 중요한 말을 안 했잖아. 그걸 안 하고 이 대화를 끝내면 안 되지."

"제일 중요한 말……?"

"나쁜 짓을 했으면, 죄송하단 말을 해야지."

에밀리아의 그 발언에 전원이 다 같이 눈을 동그랗게 뜨고 얼떨떨해했다.

"아까부터 다들 반성한 증거로 이거 해라 저거 해라, 로즈월도 선생님한테 맹세하겠다느니 그러던데, 그보다 먼저 해야 할 말이 있잖아? 로즈월, 한 번이라도 모두에게 그 말 했었어? 나, 못 들었는데."

볼을 붉히며 에밀리아가 로즈월에게 아주 정직하게 말했다.

그 내용이 너무나 유치하게 들려서 전원이 말을 잃고 있었다. 하지만 그 말을 입에 올린 에밀리아는 틀림없이 농담기 없이 진정으로 화내며 지적하고 있다.

모두가 잊고 말았던, 당연한 걸 당연하게 시키기 위해서.

"——사과해라, 로즈월."

"허."

"앞으로도 함께해 나가자면 인간으로서 그게 당연한 일이다."

스바루는 어안이 벙벙한 표정인 로즈월에게 에밀리아를 본받아서 당당하게 말했다.

그 의사는 대성당의 전원에게 전해져 로즈월 쪽에 시선이 모였다. 로즈월은 처음으로 설마 하던 사태에 당황한 기색으로 숨을 집어삼켰다. 그리고——.

"——응, 그러면 됐어."

로즈월의 사과를 본 에밀리아가 그렇게 말하며 웃은 것이 몹시 인상적이었다.

6

"풀 죽은 얼굴인 것이야."

"……베아코냐."

어깨 너머로 머리를 올리고 게슴츠레한 눈으로 쳐다보는 귀여운 얼굴에 스바루는 눈썹을 들었다.

바닥에 앉아 생각 중이었다. 누군가가 다가오는 것도 깨닫지 못하던 스바루는 쓴웃음 짓고 엉덩이를 털면서 일어났다.

장소는 묘소 가장 깊은 곳의 관이 있는 방이다. 아무도 안 오기에 생각에 빠지기엔 안성맞춤.

"이런 곳에서, 베티의 어머니의 주검을 바라보면서 뭘 하던 것이야?"

"평범하게 장래 생각으로 고민했었는데, 그런 식으로 말하니 나 위험한 놈이구만!"

"뭐, 스바루가 남에게 말 못 할 취미가 있어도 숨겨 줄게. 우와 아 하고는 생각하지만."

"네가 우와아 하고 생각하면 나 자못 진지하게 회복 못한다."

넉살을 주고받는 건 이전 그대로지만 대화에 포함된 것은 비교도 되지 않는 친밀감이다. 신기하게도 계약한 이래 스바루는 베아트리스가 귀여워서 견딜 수 없었다.

연애가 아니라 친애다. 항상 만끽하고 싶다, 그런 기분에 젖는다.

침착하게 생각하면 그런 기분은 만난 당초부터 있었던 느낌이 들지만.

"또또 시답잖은 생각이나 하는 표정인 것이야."

"시답잖지 않아. 베아코 생각을 했었어. 너무 러블리해서 난처해."

"그, 그래……. 그건 확실히 난처한 노릇이야. 하지만 계속 난처해 줬으면 좋겠는 것이야."

너무나 귀엽기에 스바루는 예비 동작 없이 베아트리스를 안아 올렸다. 놀라는 베아트리스에게 혼났다. 맞아도 아프지 않기에 그대로 놔둔다.

　그러고 있으려니 문득 베아트리스의 시선이 관으로 이동하며 볼을 굳히는 게 보였다.

　"……이 사람이, 네 어머니이신 거지?"

　"그리고 스바루가 아는 『탐욕의 마녀』와는 다른, 에키드나란 이야기야."

　에밀리아가 발단이 되고 스바루에게도 파급된 두 명의 에키드나 문제. 그것이 무엇을 의미하는지 스바루 일행은 아직 그럴싸한 답을 도출하지 못했다.

　스바루도 처음에 이 방에서 마녀의 주검과 대면하고 놀란 판국이다. 단지 여기서 잠든 것이 베아트리스가 아는 에키드나라 다행이라고 진심으로 생각한다.

　주검이라고는 해도 어머니와 재회할 수 있던 건 구원이다. ── 이루지 못한 재회도, 있다.

　"시마 씨와…… 네 친구의 크리스털은, 정말로 안타깝게 됐어."

　"……이별 자체는 400년 전에 마친 이야기인 것이야. 그러니까 어쩔 수 없었어."

　베아트리스의 쉰 중얼거림에서 다분히 허세를 느끼고 스바루는 천장을 쳐다보았다.

　클레말디의 숲에 있는, 에키드나의 연구 시설 부지. 『성역』의 결계, 그 핵이 된 소녀, 류즈 메이엘을 봉인한 크리스털은 『성역』의 해방과 함께 소멸했다.

이, 마녀가 잠든 관과 소녀를 봉인한 마수정이 모여서 결계의 열쇠였다고 한다. 그것을 풀어 진정한 의미로 해방에 이르기 위해 시마는 희생된 것이다.

하기야 희생이란 식으로 말하면 본인에게 혼날지도 모른다. ──젊은이의 미래를 열기 위한 거란 말과 함께 역할에 도전했다는 모양이니, 실로 그녀답다.

그 본심이 사랑스러운 가필을 위해서였던 건 틀림없겠지만.

언젠가 그녀의 고상한 자세에 다가설 날이 올까. 적어도 그녀가 떠맡긴 것에 부끄럽지 않은, 그런 자세를 관철하기를 맹세하고 싶다.

"뭐, 잘난 척하며 맹세라고 해 봤자 내 말로는 별다른 설득력도 없겠지만."

"──스바루? 뭘 느물대는 것이야. 징그러워."

"아니 뭐, 딱히…… 징그러워?!"

"앗, 아닌 것이야! 그렇게 뭣하진 않아! 조금뿐인 것이야!"

직설적인 험담과 악의 없는 독기가 전보다 몇 배나 더 깊이 꽂혔다. 스바루가 진심으로 무릎을 꺾자 당황한 베아트리스가 열심히 격려하려 들었다.

그대로 잠시 회복하고자 시간을 받고 나서 스바루는 길게 숨을 내뱉었다.

"후, 하마터면 쇼크사할 뻔했다. 팩의 심정을 좀 알겠군……."

"빠냐의 심정을 알겠다니 스바루도 거창하게 나왔어. 하지만 정진하는 마음은 잊지 말 것이야. 그러면 금방 훌륭한 정령술사가 될 수 있어."

"네이네이……. 근데 정령술사라니 생각났는데, 진짜로 넌 대단하더라. 나, 그토록 마법 쏴 재낀 적 없으니까 대흥분했어!"

침착하게 돌아볼 겨를이야 없었지만, 대토와의 전투는 남자로서 스바루도 마음이 들떴다.

베아트리스와의 계약은 금서고 붕괴의 흐름과 기세에 맡긴 '얼떨결에 맺은 계약'이다.

본래 스바루의 목적은 베아트리스를 금서고에서 데리고 나오는 것. 정령술사로서 계약 관계가 된 것은 부산물에 불과하다. 그런데도 그 체험은 근사했다.

그런 스바루의 솔직한 감상에 베아트리스가 뺨을 굳혔다. 시선이 오락가락한다.

"스바루, 그쪽으로…… 다시 말해 정령술사 쪽으로 중요한 이야기가 있는 것이야."

"응? 왜 그래, 그렇게 분위기 잡고."

"베티랑 스바루의, 앞날을 위해서 피할 수 없는 이야기야."

베아트리스는 진지한 기색으로 스바루를 바닥에 앉혔다. 최근에 비슷하게 분위기 잡은 에밀리아에게 상상임신 이야기를 들은 직후이기에 꺼림칙한 예감이 들었다.

그렇다고는 해도 두 사람의 미래에 관련된다고 하면 그야말로 차분하게 귀담아들을 수밖에 없다.

"우선, 스바루는 베티랑 계약해서 정령술사가 됐지만…… 베티는 일반적인 정령과는 좀 계통이 다른 것이야. 그래서 평범한 술사의 상식과 군데군데 다른 데가 있어."

"뭐, 인간형 정령은 본 적 없고 네가 특별히 귀여운 건 알아."

현재 스바루가 아는 정령술사는 에밀리아와 율리우스 두 명 정도일까.

에밀리아는 팩과 계약하고 그 외의 미정령과도 계약 관계에 있었다. 율리우스는 반대로 미정령보다 강력한 여러 준정령과 계약하고 있으며, 그 또한 강력한 술사였을 것이다.

일단 다른 패턴으로 사정령(邪精靈) 페텔기우스라는 게 있지 만 이건 잊어 둔다.

"아는 바대로, 베티는 어머니께서 만드신 정령, 인공정령인 것이야. 베티에겐 어머니께서 베푸신 특별한 힘이 있는데……
대신에 결점도 있거든."

"결점이라. 어떤 건데?"

"베티의 결점은…… 그게, 우선, 계약자를 독점하는 것이야."

얼굴을 붉히며 베아트리스가 자신의 결점을 설명했다. 그 내용에 도대체 무슨 문제가 튀어나올지 긴장하던 스바루는 "하." 하고 맥이 빠졌다.

"독점이라니, 독점욕이야. 걱정 안 해도 난 너한테 홀딱 빠졌어. 안심해."

"그렇긴 한데, 그게 아니야! 쉽게 말해서 베티랑 계약한 정령 술사는 다른 정령이나 미정령하고 계약할 수 없어지는 것이야.
예외는, 일절 없어."

"……아, 그런 뜻인가. 즉, 계약 자원을 다 쓴단 말이군."

요컨대 정령으로서 베아트리스는 유지 비용이 비싸서 정령술사의 자원을 모조리 먹어치운다. 그 때문에 다른 정령을 고용할 여유가 남지 않는다는 뜻이다.

"임기응변으로 미정령을 나눠 쓴다 같은 행위는 무리란 말이군. 뭐, 좀 아쉽지만 그건 감수할 수 있지. 다른 정령 골라서 널 포기한다니 말도 안 되고."

"……뭐, 뭐어, 당연한 것이야. 당연한 노릇이지. 무난하고 적확한 판단이라고 할 수 있는 것이야."

그 대답에 베아트리스는 기쁨을 숨기지 못하는 기색으로 스바루의 머리를 정신없이 쓰다듬었다. 당하고만 있는 스바루, 그런 스바루에게 베아트리스는 "어흠." 하고 헛기침한 뒤 말을 이었다.

"실은, 더 있어. 하지만 지금 이야기와 비교하면 전혀 대단한 문제가 아닌 것이야."

"그건 또 허들을 내리고 있는데. 좋아, 얼마든지 오셔. 뭐든지 말해도 된다."

"응, 저기, 이건 좀 창피한 건데…… 베티는 저기, 연비가 나빠."

"자동차 같은 소리를 꺼내시네."

게임 등지에서도 강력한 마법이나 소환수일수록 MP 소비는 많기 마련이다. 이 사용량과 위력의 균형이 바로 연비인데, 말하기 어렵게 고백한 베아트리스는 얼마나 된단 말인가.

"어라? 하지만 너, 그런 말 하는 것에 비해서 대토에게 펑펑

대마법 연발했었잖아? 나한테도 네 마나 쓰게 했었고, 내게서 빨아간 것도 아니었고."

"그건 오래도록 베티가 모아 둔 마나에서 변통한 것이야. 첫 출전에서 갑자기 그렇게나 마나를 빨았다간 스바루가 몇 천 번 말라붙어도 부족해."

"어련하시겠습니까. 참고로 오래 모아 뒀다는 말은……."

"……저, 저택에 있던 모두에게서 조금씩 맘대로 받았던 것이야."

정령 입장에서 망신인지 털어놓는 베아트리스의 얼굴은 새빨갛다. 마나 드레인이 얼마나 상스러운 행위인지 스바루는 당최 알기 어려운 부분이지만.

"그에 관해서는 베아코가 깊이 반성하는 것 같으니 따지지 않겠어. 뭐, 앞으로는 계약자인 내게서 빨아 내는 몫으로 참아 주기로 하고, 저금은 얼마나 남았어?"

말하긴 뭐하지만 스바루의 마나 저장량은 일반인이나 그 이하다. 그걸로 연비가 안 좋은 베아트리스를 가동한다면 여태까지의 저금을 잘 쪼갤 필요가 있다.

따라서 당연히 그 저금 잔고를 파악해 두자는 이야기가 되는 노릇인데——.

"——없어."

"……응?"

"그러니까, 없는 것이야. 400년 분의 저금, 첫 출전에서 전부 다 날렸어. 금서고의 상실로도 거의 날아갔고, 마지막 알 샤마크로 끝장······ 빈털터리인 것이야."

"_____."

　베아트리스의 설명에 스바루는 침묵했다. 골똘히 생각한다.
사색하다가 답에 이른다.

　이는 다시 말해, 이런 뜻일까.

　베아트리스는 지금 제로, 스바루의 마나로는 그녀를 하루하
루 유지하는 걸로 한계. 연비가 안 좋은 베아트리스는 강력한
마법을 쓰지 못하고, 베아트리스와의 계약 때문에 다른 정령에
게는 의지할 수 없다.

　"그 말은······ 마법 못 쓰는 정령이랑 정령술사 콤비가 탄생했
을 뿐인가?!"

　"뭐, 뭐어, 그런 식으로 말 못 할 것도 없는 느낌이야."

　"그거 말고 표현할 게 어디 있어! 엉? 세상에, 진짜로?!"

　결론부터 말해서, 즉 스바루는 정령술사가 되어 어린 소녀를
손에 넣었다는 뜻이다.

　"너 이거, 갑자기 앞날이 불안해졌다고?! 괜찮은 거야?!"

　"에헷 낼름인 것이야."

　"하나도 안 웃겨!!"

　새로 탄생한, 둘이 모여 반편이인 정령술사 콤비.

　그런 둘이 말싸움하는 목소리가 묘소 안에 오래오래, 줄곧 메
아리쳤다.

종장 『달 아래에서, 엉터리 댄스를』

1

──장엄한 홀의 정경은 스바루가 아는 그것과 전혀 다르게 모습을 바꾸고 있었다.

바닥에 깔린 붉은 융단에 줄지어 세워진 여러 촛대. 붉은 불꽃의 일렁임이 실내의 엄숙한 공기에 박차를 가해 자리 잡은 이들의 등을 자연스럽게 펴게 만들었다.

벽에 붙어 정연히 줄을 선 것은 낯익고 친숙한 이들이었다. 그 낯익은 얼굴이 다들 모여서 각을 바짝 세운 예복을 껴입고 있으니 재미있다.

특히 걸작인 것은 정장에 고전하는 가필과 철부지 귀족 도령으로만 보이는 오토다. 양자 모두 평소와의 갭이 엄청나다. 웃기려는 작정인가.

프레데리카를 비롯해 사용인 쪽은 평소의 제복 차림이 예복 취급인 것 같아 가장자리에 있는 람도 메이드 차림새로 정렬하고 있다. 그, 람의 바로 옆에 있는 인영을 알아채고 스바루는 숨을 집어삼켰다.

──그곳에, 의자에 앉힌 모양새로 파란 머리의 잠자는 공주
가 참석한 것이다.

람 주변의 배려일까. 의기양양한 표정으로 바라보는 람이 얄
밉고 고맙다.

그녀들 옆에는 드레스 차림의 페트라가 있으며, 출신이 마을
소녀라고는 여겨지지 않는 광채와 당당한 태도로 식전에 임하
고 있다. 배짱이 얼마나 두둑한지 쓴웃음이 절로 나왔다.

페트라 옆에 선 베아트리스는 평소의 복장이 충분히 화사하
다. 살며시 입술에 미소를 띠고 지켜봐 주는 파트너의 모습에
스바루는 확고한 든든함을 느끼고 턱을 주억였다.

그리고 참가자들에게서 눈길을 떼고 홀 안쪽으로 고개를 돌리
니──.

"＿＿＿＿."

스바루를 기다리는, 떨리도록 어여쁘게 꾸며 입은 에밀리아
가 바라보고 있었다.

달빛처럼 빛나는 은발에 보석을 박은 것만 같은 남보랏빛 눈.
중요한 의식을 앞두고 희미한 긴장을 띤 표정이 그 신비로운 미
모를 더욱 부각시키고 있다.

예복은 평소 복색과 달리 식전에 어울리도록 맑고 밝은 모습
을 중시한 옷이었다. 무녀복과 비슷한 배합과 살색이 비칠 정도
로 얇은 천은 스바루에게 천녀의 날개옷을 연상케 했다.

직전에 품던 참석자에 대한 감상은 멀어지고, 에밀리아 외의
모든 존재가 의식 구석으로 날아갔다. 그것은 의식을 지켜보는

그들을 경시한 것이 아니다. ──마음을 둘 곳을, 정했을 뿐.

"_____."

누구의 지시도 없었지만 스바루는 인도받는 것처럼 앞으로 내디뎠다.

익숙지 않은 예복, 허리에 찬 새 기사검. 안 맞는 꼴로 치자면 오토 쪽을 비웃을 수 없지만, 그런 비하는 이 순간 잊고서 잔잔한 바다처럼 평온한 심정으로 에밀리아에게 갔다.

살짝 높은 단상, 그곳에 선 에밀리아 앞에서 무릎을 꿇는다. 한쪽 무릎을 땅에 짚고 머리를 조아렸다.

호흡에 할애할 감각조차 번거로울 만큼 스바루의 의식은 눈앞의 에밀리아에게 쏠렸다. 기분 좋은 긴박감과 참석자의 시선, 그것을 받으면서 스바루는 허리의 기사검을 풀고 뽑았다.

촛대의 불을 쇳빛 도신이 반사하고, 색이 다른 스바루와 에밀리아의 눈에 같은 빛이 머물렀다. 스바루는 그 아름다움을 눈에 새기면서 기사검을 에밀리아에게 내밀었다.

들어 올리듯 바친 검을 에밀리아의 하얗고 낭창한 손가락이 천천히 받았다. 남보랏빛 눈을 그득한 감정으로 채우며 마음의 무게만큼 무거운 기사검의 칼끝을 천장에 겨누었다.

그런 에밀리아 앞에서 스바루는 다시 머리를 조아리고 눈을 감았다.

기사의 긍지인 검과, 충성심 그 자체인 기사의 몸과 목을, 여기서 헌상한다.

──주군에게 바치는 기사의 신명(身命).

"_____."

정적이 홀에 내려앉았다. ──아니, 그때까지도 홀은 고요함으로 가득했었다. 하지만 그때까지의 고요함은 희미한 흥분을 품은, 열정을 간직한 고요함이었다.

이 순간은 다르다. 흥분도, 열광도, 기대마저 놔두고 찾아오는 진정한 정적이다.

이를 깨트릴 권리는 이 자리에서 단 한 명에게만 주어졌다.

"──눈부신 세상을 내려다보는 태양에. 잠에 빠지는 세상을 지켜보는 별들에. 바람에, 물에, 흙에, 빛에, 모든 것에 가득한 정령에."

정적이 깨진다.

에밀리아의 입술이 노래하듯이 의식의 축사를 읊기 시작했다.

"──그대를 받아들여, 그대를 키우고, 그대를 내보낸 위대한 세계에."

떨린다. 마음이 떨린다.

마음의 균형이 무너지고 흐트러지는 영혼이 답답하다. 지금은 그저 그녀의 축사에 빠져 있고 싶다.

"──그대를 세우고, 그대를 지키며, 그대를 만든 긍지에."

소리 지르고 싶은 열광을 참아내고, 마음을 태우는 뜨거운 충동을 버티며, 그저 질문의 순간을 기다린다.

"──그대를 지켜보는 모든 것에, 그대를 키운 세계에, 그대를 세우는 긍지에, 부끄러움 없는 삶이 있기를. 겁내지 않고, 위축되지 않고, 망설이지 않는, 온전한 마음이 있기를."

축사가 끝난다.

질문이 온다.

의식의 법도는 여기서 끝난다. 마지막 물음은 스바루도 답을 모른다.

"──그 뜻이 가는 대로, 그대를 둘러싸는 모든 것과 똑같이, 이 순간부터 이 몸을 지키리라 맹세할 수 있겠습니까?"

──하지만 에밀리아의 물음에 뭐라고 대답하면 될지 마음이 알고 있었다.

"태양에, 별들에, 정령에, 세상에, 긍지에── 그리고."

축사가 고한 모든 것에, 지금 이곳에 있는 것에 대한 각오와 감사를 읊으리라.

그리고 맹세를 입에 담기 전에, 스바루는 과장 없는 감사를 전해야만 하는 상대를 뇌리에 그렸다. 그렇기에 자연히 입술은 그 말을 꺼냈다.

"──아버지, 어머니, 두 분께 걸고 맹세합니다."

"_____."

"나는 너를 지킬 거야. 네 소원을 이루어 줄 거야. ──내 이름은 나츠키 스바루."

고개를 들었다.

올려 든 검의 빛에 에밀리아가 겹쳤다. 하지만 쇳빛 광채도 눈에 들어오지 않았다.

지금은 그저 마주 보는 남보랏빛의 빛밖에 보이지 않는다.

"에밀리아. ──너만의, 기사야."

"──응."

선고한 말에 대답한 에밀리아의 눈이 참다못한 감정의 물결에 젖기 시작했다.

그러나 에밀리아는 당장에라도 넘칠 듯한 그 감정을 가까스로 참고, 들고 있던 검을 천천히 내렸다. 그리고 무릎 꿇은 스바루에게 기사의 긍지를 반납했다.

받들어 올린 두 손으로 그것을 공손히 받고 기사검을 다시 칼집에 갈무리했다.

기사검을 허리에 차고 올려다본 에밀리아의 수긍을 받아 스바루는 그 자리에서 일어났다.

그리고──.

"이제 와서 하는 말인데, 에밀리아땅의 그 복장, 무지 야시시하고 귀엽네."

"바보."

──에밀리아는 의식의 장엄한 분위기를 부수고 붉은 얼굴로 혀를 내밀었다.

2

홀로 운반된 테이블 위에는 이제 형형색색의 요리가 놓여 있다.

입식 스타일의 식사 파티에선 신분과 입장, 더불어 예의범절도 시시콜콜 따지지 않으며 조금 전의 서훈식에 참석한 이들이 저마다 친목을 다지고 있다.

"난 평생 최고 수준으로 긴장했었건만, 다들 팔자가 좋으셔."

그런 식사 파티를 멀찍이 보면서 테라스로 나온 스바루는 밤바람을 쐬고 있다.

식사의 접시와 음료가 든 유리잔을 난간에 놓았지만 그것들에 손을 대지 않았다. 목 위로 달아오른 감각이 아무것도 목으로 넘어가지 못하게 하는 것이다.

저택 안, 홀 한복판에선 드레스 차림의 페트라가 괜찮게 춤추고 있다. 아람 마을의 축제 등에서 선보이는 부류의 춤이지만 페트라가 개량했는지, 그녀 자신의 몸에 밴 태도도 있어서 귀족 저택에서도 어디 빠지지 않았다.

그런 페트라에게 끌려 나온 베아트리스가 붉은 얼굴로 엉성한 스텝을 밟고 있었다. 필사적으로 새침한 얼굴이지만 귀와 콧등이 수치로 떠는 것을 스바루는 놓치지 않았다.

이상하게도 베아트리스는 페트라에게 세게 나서지 못하는 모양이다. 페트라도 스바루의 말을 기억해 주고 있어서 일만 있으면 친구 행세하며 베아트리스를 챙겨 주고 있다.

그런 흐뭇한 광경에 스바루가 훈훈해하고 있으려니——.

"——저러고 있는 모습을 보면 베아트리스가 밖에 나왔단 실감이 나는구——운."

"욱."

난간에 체중을 실은 스바루 옆에 별안간 시야를 가로지르며 장신의 남자가 섰다. 쳐다보니 그것은 평소와 복색을 바꾸어 멀쩡한 예복을 걸친 로즈월이었다.

　장발을 묶고 화려함이 적은 의상을 입으면 언뜻 보아 단순한 미형 귀족. 단——.

　"……그 피에로 화장이 없으면 말이지."

　"이런, 엄격한데. 하지만 이게 없으면 내가 아니야. 그으—렇잖아?"

　"개성 추구도 때와 장소는 가려달라고. 내가 할 말은 아니지만, 식전이다."

　찔리는 기색 없는 광대 낯짝의 로즈월에게 스바루는 씁쓸한 표정을 지었다. 떠오르는 것은 왕선 자리를 어지럽힌 자신의 만행. 그렇다고는 해도 그건 식전이 아니었기에 판정 세이프.

　"그건 그렇고, 식전…… 기사 서훈이라니, 과감한 짓을 해 주는데."

　"서두를 이유는 있었지. 그런데 너는 많이 고대한 일이라고 생각했다만."

　"그야, 틀림없이 그 말이 맞으니까 질이 안 좋아……."

　꼬치꼬치 핵심을 찔러대는 로즈월. 스바루는 그 말에 반론하지 못하고 입술을 뒤틀었다.

　——기사 서훈은 스바루가 애가 타도록 원하던, 에밀리아 옆에 설 자격이다.

　로즈월이 이것을 스바루에게 허락하고 식전을 연 데에는 몇 가지 이유가 있다.

　백경과 대죄주교 『나태』를 토벌한 논공식, 이게 가까운 시일에 왕도에서 열린다는 이유에 더불어 그 식전에서 호명될 스바루의 격을 높여 두겠다는 이유 등.

궁극적으로는 스바루가 에밀리아의 기사가 됐다고 안팎에 공표하려는 것이다.

그 때문에 논공식보다 일찍 서훈할 필요가 있어 살짝 허둥대는 식전으로 이루어졌다.

"그렇다고 셋방살이하는 임시 거처에서 서훈식 하는 건 너무 얼굴 두껍지 않아?"

"그으—렇게 말하면 약해지지. 뭐, 밀로드 가문은 메이더스 가문의 분가에 해당하고 당주 안네로제도 에밀리아 님께 홀딱 빠졌어. 불탄 저택을 대신해 본 저택의 환기를 끝마칠 때까지는 식객 대우를 즐기지—이 않겠어."

"속 편하게 말해 주시네……."

유리잔을 기울이며 로즈월은 즐겁게 입술에 웃음기를 머금었다.

안네로제 밀로드—— 그것이 불탄 로즈월 저택을 대신해 스바루 일행이 한 달가량 신병을 맡긴 저택의 주인 이름이다. 로즈월의 먼 친척으로, 전에 에밀리아와도 친교가 있었다고 하여 체류 중에는 매우 잘 대해 주고 있다.

연령 9세의 안네로제가 에밀리아와 살짝 과도하게 거리가 가까운 게 마음에 걸리지만.

"정신적으로는 안네와 에밀리아 님께 썩 차이는 없어. 오히려 되바라진 구석이 있는 안네 쪽이 에밀리아 님보다 연상 같이 행동할지도 모르지."

"그래도 걔가 에밀리아땅에게 뽀뽀로 임신한다는 지식을 준 원한은 못 잊어."

어린애다운 귀여운 착각이 낳은 비극, 그것을 피해자는 절대로 잊지 못한다.

"_____."

넉살이 두절되고 로즈월과 둘이서 테라스에 바람이 흐를 뿐인 침묵이 내려앉았다. 저택 안에선 음악이 연주되어 춤과 환성이 잔치의 성황을 전했다.

──그런데도 이 테라스만은 소란과 격리되어 희미한 긴박감이 팽팽해진다.

"이거, 사람 쫓는다거나 뭐 그런 결계 친 거야?"

"정말로 감이 좋아졌는걸. 혹은, 네게 이 밤은 이미……."

처음이 아닌가, 그런 의도를 담은 말을 스바루는 시선으로 다물게 했다.

그것은 모욕이다. 이 밤을, 그 의식을, 그런 억측으로 더럽히게 두고 싶지는 않다.

"일부러 이런 타이밍에 단둘이 됐잖아. 할 이야기가 있지?"

"──선생님은, 천애고독이셨을 터야. 자매는 물론, 딸이라고 부를 존재도 베아트리스 말고는 없었어. 그건 내가 누구보다 잘 알아."

날카로운 시선으로 이야기를 재촉한 스바루에게 로즈월은 살짝 불친절하게 화제를 꺼냈다. 그것은 에키드나──『성역』의 묘소에 관련된 두 명의 에키드나에 관한 이야기였다.

로즈월의 견해는 묘소에서 이야기한 베아트리스와 같았다. 그 관의 주검이야말로 에키드나이며, 스바루와 에밀리아에게 『시련』을 부과한 존재는 가짜라고.

가짜라는 그 의견에는 수긍하기 어려운 점이 있다. 그 에키드나──꿈의 성에서 대죄의 마녀들과 함께 있던 『탐욕의 마녀』는 틀림없이 진짜였을 터.

히지만 그 수수께끼를 해명할 방법은 없다. 묘소의 기능은 사라지고 다시는 그 마녀와 만날 수 없다. 그리고──.

"네 목적은, 그 관 속의 여자와 관계가 있었어. 주각도 있지. 너는……."

"──내 목적은 선생님과의 재회야, 스바루. 하지만 착각하지 말았으면 좋겠어."

"착각? 뭘 말이야. 너도 베아트리스도, 그 사람…… 에키드나와 만나서, 그래서."

"피가 흐르고 영혼이 깃들었으며 숨을 되찾은 선생님과의 재회…… 그것이 내 바람이야. 그것만이 내 바람이며, 포기할 수 없는 비원이지."

로즈월의 그 꿈꾸는 논조와 말의 내용에 스바루는 놀랐다.

"그건…… 죽은 사람을 되살리겠다는 뜻이야? 그런 수단이 있어?"

"만인에게 통할 이론이 아니지. 다만 선생님께는 가망이 있다는 이야기야. 『성역』의 해방은…… 주검을 되찾은 것은, 그러기 위한 준비에 불과하지."

그러기 위한 『성역』과 묘소의 해방. 로즈월은 자신의 목적을 이루었던 것이다.

하지만 에키드나에게── 관 속의 마녀에게만 통하는, 죽은 자를 되살리는 방법이란.

"오해를 낳지 않도록, 이 말만은 확실히 해둘까, 스바루."

"……말해 보시지."

"『예지의 서』는 재가 되고 나는 확약된 미래를 잃었어. 여태까지 같은 암약은 주각에 얽매여 다시는 할 수 없다. ──하지만 그렇다고 선생님을 포기할 생각은 털끝만큼도 없어."

유리잔에 입술을 대고 시선을 건네지 않는 로즈월의 말에는 집념이 있었다. 그것은 확실히 그의 모략을 물리치고 우위에 섰을 터인 스바루가 공포를 느낄 정도의 것으로.

"포기하지 않는 건 아주 좋다……고, 너 상대로 말하는 건 용기가 필요한데, 마음이야 맘대로 하지그래. 근데 그래서 뭘 할 수 있지? 그 목적을 위해서, 뭘."

"간단한 이야기지. ──나는 너를, 계속 감시하기로 하겠다."

"＿＿＿＿＿."

──계속 감시한다.

결코 온건치 못한 의사 표시에 스바루는 말을 꺼내지 못했다. 그런 스바루를 돌아보며 로즈월은 좌우 색이 다른 두 눈── 거기에 좌우 같은 감정을 켜고 말을 이었다.

"다행히 에밀리아 님을 왕좌에 앉히겠다는 네 목적은 내 목적을 이르는 노정과 겹치지. 여전히 내게 너는 공범 관계를 지속할 수 있는 상대란 뜻이야. ……다만 여전히, 네가 변함없는 채로 있는 것을 나는 가엾게 여겨."

"뭐라고?"

가엾다는, 못 들은 척할 수 없는 말투에 스바루는 눈썹을 곤두세웠다. 그 반응에 로즈월은 턱을 주억였다. 눈에 깃든 감정, 그것이 해명됐다. ──동정과 연민이다.

"너는 상실을 알아야 했어. 잃고도 소중한 것만은 필사적으로 지켜 내는 『현인』이 되어야 했지. ──나는 이래 봬도 너를 구원하고 싶었던 거야."

"그 말 어디가 영리한 건데. 잃는 것을 눌러 삼키라는 그 말 어디가!"

"잃는 것을 거절하고 모든 것을 건져내겠다고 결심한 너는 앞으로 계속 상처받을 것이다. 돌이킬 수 없을 만큼 상처와 상실을 반복하며, 잃은 것을 되찾기 위해서 기를 쓰고 보이지 않는 상처를 한없이 늘리지. 그건 너무나 잔혹해."

"──윽."

극단론──이라고는 단언할 수 없는 압력이 있는 건 로즈월이 알고 있기 때문이다.

『사망귀환』까지는 안 가도 로즈월만은 스바루의 재시작을 알고 있다.

따라서 그만은 스바루가 걸을 가시밭길을 현실적인 것으로 상상할 수 있다.

"그리고 『현인』이기를 거절하고 『우자』이기를 택한 네 선택에, 나는 결코 타협하게 두지 않아. 당연하잖아? 그러기를 바란 건 너니까."

로즈월은 말을 내뱉지 못하는 스바루에게 한 발짝 거리를 좁혔다. 그리고 그는 뻗은 손으로 스바루의 어깨를 거머쥐고는 슬쩍 얼굴을 들이밀어 귀엣말하듯이 속삭였다.

"——앞으로, 네 주위에서 네가 지켜야 할 누군가를 잃는 일이 생기면 난 주저 없이 남은 이들을 신속하게 태우고 주각의 단죄로 나 자신도 재가 되겠다."

"——?!"

"너는 모든 것을 건지겠다고 마음먹었어. 흘리는 경우가 있어선 안 되지. 잃은 세계가 미래로 이어지게 두진 않아. 네 타협을 나는 부정한다. ——『예지의 서』를 잃은 이상 나를 선생님 곁으로 인도해 줄 건 스바루, 너와 네 걸음걸이뿐이야."

로즈월은 얼굴을 떼고 스바루의 가슴을 가볍게 밀었다. 별다른 힘도 아닌데 스바루는 마치 세차게 떠밀린 것처럼 휘청거리다가 난간을 잡으며 몸을 지탱했다.

——이것이 400년의 소원과 함께 산 남자, 로즈월 L. 메이더스다.

그는 앞으로 다시는 스바루와 에밀리아를 바라지 않는 고난에 빠트리려 하지 않는다. 스바루가 바라면 목적을 타협해 에밀리아에게도 전력으로 힘을 빌려줄 것이다.

하지만 스바루가 조금이라도 그르치면 로즈월은 모든 것을 뒤집고 망쳐 버린다.

거짓 한 점 없이, 로즈월은 자신의 비원을 위해 기필코 그러고
마는 것이다.

"뭘, 그렇게 겁먹을 건 없어. 네가 너이며 네 역할을 다하고 있
는 한, 나는 네게 전력으로 협력하지. ——그것이 나와 너의 새
로운 계약이다."

"……계약서는 내용만이 아니라 계약 상대도 똑바로 살펴보
란 교훈이군."

씁쓸하게 내뱉은 비아냥에 로즈월의 눈이 동그래졌다. 그러
자마자 그는 입가에 손을 대고서 웃기 시작했다. 그리고 잠시
웃다가 "맞아, 맞아." 하고 고개를 들었다.

"전력으로 협력한다고 막 말한 참이지. 그러니 이것도 똑바로
보고해 둘까?"

"아직도 날 겁줄 비밀을 쥐고 있냐?"

"왕도와 이번까지 두 번, 『창자 사냥꾼』에게 의뢰한 건 나다.
하지만 지하에 묶여 있는 소녀……『마수 사역자』의 두 차례 습
격은 내가 사주한 게 아냐."

"——아?"

이 이상 뭐가 있느냐고 경계하던 스바루는 입을 쩍 벌렸다.

지하에 묶인 소녀, 이것은 저택에서 포박되어 영어의 몸이 된
메일리를 가리킨다. 현재 동행한 엘자는 죽고 그다지 협력적이
지 못한 그녀는 대우하기 막막했다.

그것만으로도 충분히 머리가 아픈데 로즈월의 말은 청천벽력

이었다.

"내 이번 의뢰는 베아트리스에 한한 일이었어. 『예지의 서』에 따라 그 애를 숙업에서 해방한다. ……하지만 듣자니 그녀들은 그 이상을 꾀하던 것 같던데."

"그건 엘자와 메일리가 동료였기 때문이잖아. 의뢰를 처리하는데 도움받았다거나, 그런 게 아니라면 도대체 누가 저택 안에 대해……."

"──다시 말하면, 이번 습격을 꾸민 범인은 나 말고도 있다는 뜻이지이─."

"────."

"고난이 연속된다. 그야말로 네 본색이 나설 상황이지. 실로 저항할 보람이 있잖아?"

로즈월이 비꼬는 말을 남기고 빈 유리잔을 거꾸로 뒤집었다. 떨어지는 물방울, 술 한 방울로 입술을 축이고는 테라스에서 떨어져 홀 쪽으로 발길을 돌린다.

"축하하네, 스바루. 마녀의 제자로부터 칭찬을. ──네 승리야. 오늘만은."

그 말만 남기고 로즈월은 테라스를 떠났다.

찬바람이 분다. 그 바람이 식은땀을 쓸어서 스바루는 가늘게 몸을 떨었다.

불기운은 여전히 가시지 않았다. 그 타지 않고 남은 불길의 열을 느끼면서 스바루는 깊이 숨을 내뱉었다.

3

"──스바루, 이런 곳에 있었구나."

난간에 체중을 싣고 밤하늘의 별을 바라보던 스바루를 부르는 목소리가 있었다. 시선을 내리니 정면에 선 것은 달빛을 받고서 아름다움이 더한 은빛 요정──.

"그게 아니라, 에밀리아땅인가. 천사나 요정의 마중이 온 줄 알았어."

"또 이상한 소리나 하고. 혹시 취했니?"

"전에 실수했으니까 술은 조심하고 있어. 지금은 분위기랑 나 자신에 취한 참이지."

"거 봐, 역시 취했네."

까르르 웃고 에밀리아가 스바루 옆에서 난간에 기대었다. 청초한 예복을 통해 엿보이는 하얀 맨살은 목과 볼에 걸쳐 살짝 빨개져 있어서, 즐기고 있다는 사실이 흐뭇하다.

"계속 찾아다녔는데…… 어디에 갔었어?"

"장소는 몰라도 이벤트상으로는 최종 보스랑 연장전이란 느낌. 어떻게 헤치고 나왔지만 무지 수명 줄어든 기분. 에밀리아 땅, 위로해 줘."

"그래그래. 오늘의 스바루는 분위기랑 자기한테 고주망태니 말이야."

이상하게도 에밀리아와 대화하는 중에 평소 분위기가 돌아왔다. 로즈월과의 대화로 무거워졌던 기분이 해방되어 의식의 고양감이 되살아난 것 같다. 그건 그거대로 에밀리아 앞에 서는 게 민망스러워지기도 한다. 스바루는 쑥스러움을 감추려 유리 잔에 입을 대었다.

"그런데, 로즈월하고는 사이좋아질 수 있었어?"

"콜록! 어헉! 어, 엄청 타이밍 맞춘 화제를……!"

"그 눈치면 역시 로즈월이 집적거렸구나?"

직전 상황을 감안하면 집적거렸다는 표현이 너무 귀여운 느낌이지만, 스바루는 그 부분을 부정하지 않고 "그렇지." 하고 순순히 끄덕였다.

"그만큼 저질렀는데 전하고 변함이 없달까, 오히려 더 심해진 감도 있어."

"아마 로즈월은 자기가 한 짓을 잊는 게 무서운 거야. 그래서 그런 식으로 모두의 주의를 끄는 거지. 진짜로 엄—청 어린애 라니까."

허리에 손을 짚고서 살짝 화난 기색인 에밀리아의 주장에 스바루는 어안이 벙벙해졌다.

받아들이는 방식이 귀여워서 그런 게 아니다. ──그것이 사실로도 여겨졌기 때문이다.

그렇게 생각하자니 조금 전 로즈월의 충고도 다르게 보인다.

"……에밀리아땅은 굉장한걸."

"그래? 후후, 고마워. 하지만 그 생각은 나도 스바루에게 엄—청 하고 있는 거야."

"으—음, 그러려나."

"그렇다고! 아이, 스바루도 참…… 자, 봐봐."

에밀리아는 공을 세웠다는 실감이 희박한 얼굴을 한 스바루가 답답한 듯 걸어 나가더니, 두 팔을 벌리고 홀의 광경을 가리켰다.

──그곳에는 스바루와 에밀리아, 모두가 분주한 결과로 모인 동료들이 있어서.

"다들 즐겁게 보내고 있지?"

"……그러게. 가정적인 입식 파티라, 소시민에 서민파인 내게도 이상적인 광경이야."

"응, 나도 그렇게 생각해. 이건 엄─청 좋은 광경이라고 봐."

남보랏빛 눈에 애정과 선망이 떠오르기 시작한다. 그 모습을 곁눈질하는 스바루의 마음이 떨렸다.

──이것이 에밀리아가 보고 싶은 광경. 넓은 의미로 그녀가 실현하고 싶은 이상향이다.

귀족도 상인도 서민도, 인간도 아인도 반수도, 신분도 종별도 구별이 없는 평온, 그 체현이다.

"──스바루, 왠지 엄─청 부드러운 얼굴이야."

"왜 그럴까. 에밀리아땅이랑 같은 거 보고 좋다는 생각 드는 게 기뻐서 그런가 봐."

"아, 그거, 알 것 같아. 나도 스바루가 똑같이 생각해 주면 좋겠어."

"글쎄. 그 부분은 다를지도 몰라. 다르더라도 된다고, 그런 생각도 있고."

같은 것을 보고, 같은 행복감을 공유하면서, 그 앞에 다른 광경을 본다.

사랑하는 사람과 뭐든지 다 같아질 필요는 없다. 다르더라도 괜찮다고, 지금은 생각할 수 있다.

"_____."

에밀리아가 눈웃음을 지으며 자상하게 스바루를 바라보았다.

말뜻이 전부 전해졌을지는 모르겠다. 다만 중요한 것은 전해졌다.

그것만 공유할 수 있었다면 그걸로 충분하다. 그 이상은 사치 이상으로 오만한 것이다.

"……있지, 스바루. 나 말이야, 이다음, 내 기사님한테 듣고 싶은 이야기가 있거든."

"우연인걸. 나도 에밀리아땅에게 듣고 싶은 이야기가 많아."

용기를 낸 에밀리아의 말에 스바루도 어깨를 으쓱이며 마주 웃었다. 에밀리아가 안도 어린 숨을 내쉬고 살짝 오른손의 새끼손가락을 내밀었다.

"그럼 약속. 페트라랑 했던, 스바루네 고향의 전통이지?"

"오, 그래그래. 눈썰미 좋네. 이걸로 약속 어기면 하루 세 끼, 식사가 바늘이 되는 거야."

"세상에, 무서워……. 절대 약속 지켜야 해."

쭈뼛쭈뼛 내미는 에밀리아의 가는 손가락과 스바루의 오른손 새끼손가락이 얽혔다.

"식이 끝나면 내 방에서 중요한 이야기를 하자. 이번엔 어기지 말아 줘."

"내가 약속 어기기 상습범이지만, 밤에 에밀리아땅의 방에 불렸는데 그 약속을 어긴다는 선택지가 있을까. 아니, 없어."

"미안, 무슨 말을 하는지 좀 모르겠어."

그런 평소의 대화를 주고받으며 둘 사이에 약속이 맺어졌다. 연결한 새끼손가락이 떨어지는 것을 아쉬워하면서 스바루는 "자자, 그럼." 하고 한쪽 눈을 감았다.

"무슨 이야기를 들을지 벌써부터 기대되는걸."

"……할 이야기는, 내 계기. 하룻밤으론 다 못할지도 모르니까."

"그렇게 중요한 이야기면 며칠 밤이든 따를게. 나, 네 첫째 기사, 오케이?"

"오, 오케."

익살 떠는 스바루에게 최선을 다한 익살 협조. 그런 에밀리아의 태도는 아마 불안의 반증이다. 에밀리아는 자기 이야기를 하는 데에 불안을 느끼고 있다.

그것이 그녀가 『시련』에서 본 과거로 연결되는 것이라면 그 불안은 스바루도 이해한다. 이해하겠지만, 그것은 쓸데없는 불안이라고 말해 주고 싶다.

"걱정 마, 에밀리아땅. 무슨 일이 있어도 난 너한테 환멸하진 않으니까."

"스바루……."

"묘소에서 따끔하게 전한 거랑 같아. 난 널 좋아하니까, 괜찮

아. 그게 전부야."

무슨 이야기를 듣더라도, 무슨 일이 계기여도, 뭔가 변할 일도 없다.

『——중요한 건 처음도 중간도 아니라, 끝이니까.』

묘소에 이르러 가족 슬하로 인도받아 거기서 전해 받은 마음이, 물려받은 것이 대답했다.

——정말로 엄마에겐 머리를 못 들겠다. 덩달아 아빠에게도.

"그리고 계기가 어쨌든 지금도 그냥 그대로인 건 아니잖아?"

"……어떻게 아는 거야?"

"아까 홀을 다정한 눈으로 봤었잖아. 그거 보면 알지."

밀로드 저택에서 펼쳐진, 인간과 아인의 차별과 귀족과 평민의 구별이 없는 광경. 스바루는 그 모습을 이상적이라고 말하고, 에밀리아는 동경하는 눈초리로 받아 내고 있었다.

에밀리아의 마음에, 어떤 이상을 내걸더라도 스바루는 믿을 수 있으리라.

"저걸 더 크게 하고 싶다는 거라면 나도 도울게. 저건 좋은 거라고 생각했거든. 에밀리아땅이 노력하는 이유에 저게 더 붙는다면 맨 먼저 돕게 해 줘."

"진짜로…… 스바루한테 기대도 돼?"

"아까 내가 에밀리아땅에게 무슨 맹세를 했던 것 같아? 누구보다 처음으로 내게 기대어 달라고. 도울 수 있는 일이라면 뭐든지 돕고, 모르는 일이라면 같이 생각해 줄게."

"————."

기대하지 않던 대답을 들은 것처럼 에밀리아의 눈이 여태까지 중에서 가장 크게 흔들렸다.

무슨 말을 하면 될지 적절한 말을 찾아서. 하지만 그건 찾을 수 없어서.

"——응."

그래서 에밀리아는 한 마디만 중얼거리고 끄덕였다.

그리고 넋 놓고 바라볼 만큼 가련하게 미소 지었다.

——그걸로 최적의 해답, 그것만으로도 충분했다.

"좋았어, 미혹은 가셨다."

단언한 스바루는 난간에 올려두던 유리잔을 단숨에 기울였다. 그 후에 완전히 식어 버린 미트파이를 잡고 단숨에 입에 욱여넣고 씹었다.

식어도 변함없는 맛과 바스스 무너지는 파이의 식감. 이 맛의 완성 뒤편에 가필과 프레데리카, 류즈의 좌충우돌이 있었지만 그건 또 다른 이야기다.

어쨌든 가족의 유대가 낳은 파이는 지금의 스바루에게도 절품이었다.

"스바루도 참 그렇게 급하게 먹으면 목에 걸린다고."

"배가 고파서. 에밀리아땅이 '앙—' 해 준다면 더 맛보며 먹을래."

"그거, 전에 스바루가 피곤하던 때에 해 줬던 것 같아……."

스바루는 에밀리아의 대답에 살짝 쓴웃음을 띠고, "자." 하며 홀 쪽으로 그녀의 손을 끌었다.

팔을 이끌린 에밀리아는 딱 한 번 밤하늘을 올려보고 나서 미소와 함께 스바루의 에스코트를 따라 나란히 홀로 들어갔다.

잔치는 아직 도중, 주빈인 두 사람이 돌아와서 열기는 더욱더 성황이다.

지나치게 마셨는지 예복이 흐트러져서 고주망태가 된 오토. 그 오토가 엉겨든 가필이 술을 입에 대려다가 프레데리카에게 교육적 지도를 받았다.

페트라와 베아트리스의 짝짝이 댄스도 클라이맥스로, 이마에 땀 흘리며 꽃처럼 웃는 페트라에게 오기를 발휘한 베아트리스가 정열적인 발놀림을 선보이고 있었다.

류즈와 로즈월은 이웃해서 옛 지인 관계를 복원하듯이 서로 유리잔을 가볍게 맞대고 나직나직 말을 주고받고 있다.

그런 광경을 멀리서 보며 안도한 것처럼 입술에 미소를 띤 람의 모습이 있었다. 그녀는 로즈월 옆이 아니라, 추억을 잃었으나 확고한 유대의 잔영이 느껴지는 동생 곁에 붙어서 서 있었다. 렘이 함께 있기를 바라리라 아는 것처럼.

그 밖에도 잔치 석상에 관련되는 것은 밀로드 가문의 관계자들이다. 아인이 많은 사용인들은 바쁘게 뛰어다니며, 저택의 주인인 어린 당주는 예의 바른 가령(家슈)에게 성화.

나중에 저택 밖에서 기다리는 애롱에게도 이 특별한 밤의 축복을 나눠줘야겠다.

──그렇게, 다양한 마음을 품은 모두가 축복의 밤을 보내고 있어서.

"좋은 분위기구나, 에밀리아땅."

"응, 분명히 이게 내 이상 속의 광경이야. 나, 잊지 않을 거야."

그 말대로, 잊을 수 없는 밤으로 만들자.

일단은 홀의 가장 눈에 띄는 곳에서 댄스를 추는 소녀 둘에게 난입이다.

스텝이고 뭐고 모르지만 즐거운 기분은 필시 공통된 것이니까.

대충 엉터리 댄스를.

기사와 마녀—— 새로운 주종은 당혹과 웃음 속에 발을 내디 뎠다.

사족『──재림』

1

　──어두컴컴하고 차가운 공간에, 자박자박 맨발이 내는 발소리가 같은 간격으로 울리고 있었다.

　빛이 없는 세상, 심연의 어둠만이 퍼진 공간을 발소리 주인은 망설임 없이 따라갔다. 마치 낯익은 자기 방을 걷는 것처럼 서슴없다.

　뚝뚝 떨어지는 물소리, 기어 다니는 벌레 울음소리, 맨발 발바닥에 느껴지는 모래와 진흙의 감촉── 그 안쪽으로.

　그것은 이윽고 어둠의 가장 깊은 곳에 다다랐다. 손을 뻗어 이끼로 미끈거리는 벽을 손바닥으로 어루만졌다.

　순간, 열은 빛이 둥실 떠돌며 미지근한 바람이 벽을 지나 불어왔다. 연홍빛 긴 머리카락과 하얀 관두의를 나부끼고 맴도는 인광을 두른 그것은 천천히 벽을 통과했다.

　"기동식은 살아 있었나."

　나직이 중얼거린 그림자── 아니, 소녀는 벽을 지난 다음 순간, 눈부신 빛에 눈을 감았다. 어두운 지하를 걷던 눈에 바깥의

햇빛은 독이나 마찬가지. 몇 번쯤 눈을 깜빡이다가 재차 세상을 육안으로 확인했다.

——숲의 나무들보다 높은 하늘에, 막 떠오르는 태양이 보였다.

"……의외로 감흥은 없는 것 같군."

소녀는 목격한 해를 앞두고 맥이 빠진 듯이 고개를 기울였다.

무감동한 눈에는 말마따나 잔물결 수준의 감개밖에 찾아볼 수 없었다. 가짜 태양만을 봐 왔던 만큼, 진짜 태양에 기대가 있었지만 생각한 수준은 아니었다.

그렇다고는 해도 잔재주를 피우고 연극까지 해서 손에 넣은 자유다. 달성감은 있다. 목적한 마수정도 순조롭게 회수했으니 일단 '세상 나들이'에 불안은 없다.

"그것의 손을 빌려야만 했던 것과 『시련』에 꺾이는 모습을 보지 못한 것만이 미련이지만…… 결계는 풀렸어. 그걸로 더하고 빼서 제로라고 해둘까."

그러지 않았으면 자신이—— 아니, 이 그릇이 『성역』 밖으로 나가는 건 이룰 수 없었다.

그야말로 자신의 작전에 자신이 빠져서 속수무책이 된 상황이다. 그 뒤처리를 해 준 소녀를 생각하면 웬일로 가슴속에 말로 표현하기 어려운 감정이 넘쳐 나는 것을 느꼈다.

"……하긴 상관없지. 이 몸으로는 별로 무리도 못하고, 당분간은 공백을 메우도록 나돌 예정이야. 그것들에 고집할 필요도 지금은 없어."

소녀는 두 손을 벌리고 오므리며 몸 상태를 확인했다.

결계의 핵이 된 소녀의 육체에 동질의 영혼을 가진 복제체를 억지로 겹친 결과다. 과거에 한 번, 묘소에 들어온 복제체의 내면에 영혼의 일부를 심어 조금씩 지배를 진행했다.

다른 육체에 다른 영혼을 정착시키는 소생법——. 엄밀히는 사자 소생과는 다르지만, 그것과 가까운 강행 수단임은 틀림없다. 완전히 익숙해지는 데에 시간이 걸리지만 그건 어쩔 수 없었다.

지금은 그저 이렇게 새 육체와 함께 옛 영혼으로 걸을 수 있는 현재에 감사해야 마땅하리라.

"이름은…… 기왕 이런 것. 그의 지식을 기념해 오메가라고 할까."

단어의 의미는 '마지막'이다. 지금의 자기 입장에 이보다 더 어울리는 이름도 없으리라.

입술에 미소를 띠며 소녀는 풀을 밟고 나무들 틈을 지나 숲을 나섰다.

소녀의 발로는 약간 불안감이 드는 걸음길이지만 별일은 아니다. 피로도 고통도, 육체와 영혼이 연결되어야 가능한 것이다. 오랜만에 겪는 삶의 충족은 즐겨야 마땅한 법.

"베아트리스는 금서고를 떠나고, 로즈월은 이정표를 잃었다. 하지만 타고 남은 것을 주운 청년이나 분노를 내면에 담아둔 가프…… 가필도 그렇고, 식지 않은 불씨는 의외로 많아. 그 불씨들에 어떻게 대응해 나갈지, 음으로 양으로 바지런하게 지켜보도록 할까."

마음을 자극하는 소녀를 굳이 거론하지 않고, 걸음을 옮기기 시작했다.

세계가 있다. 선명하고, 향긋하며, 끝없는 지식욕을 채워 주는 보물산이.

"이러고 있으면 언젠가는 알 날이 오려나."

가는 길에 소녀는 한 떨기 꽃을 보고 희미하게 웃었다.

꽃잎을 한 장, 손가락으로 뜯어 냄새를 맡다가 슬쩍 입 안에 던져 넣었다.

지금은 아름답게 피어난 꽃이라도 언젠가는 시든다. 꽃은 왜 시들고 마는가.

사람과 사람의 아름다운 추억 또한 언젠가 퇴색되고 마는가.

"——아아, 사랑은 왜 줄어드는 것일까."

중얼거리고 나서, 소녀는 연한 빨간색 머리카락을 찰랑이며 걷기 시작했다.

——『마녀』는 다시금 세계에 해방됐다.

(계속)

작가 후기

여어, 안녕하세요! 나가츠키 탓페이입니다! 네즈미이로네코입니다! 글씨 조그마해서 죄송해요!

이미 아시겠지만 장장 12권부터 계속 이 후기 양식을 물려받았어요! 하지만 아마 이번 권으로 일단락 지어질 겁니다. 메이비!

그런 이유로 15권 구입 감사합니다. 이미 후기까지 도달하신 분은 아시는 바와 같이 리제로 제4장, 15권에서 무사히 완결됐습니다.

당초 예정보다 한 권 더 길어졌는데요. 주인공 진영이 주인공 진영으로서 하나로 뭉치기 위해 중요한 한 장을 이 순간까지 즐겨주셨더라면 기쁘겠습니다.

다음부터 신장 개막. 제5장으로 돌입해서 한동안 나설 차례가 없던 캐릭터들에게도 초점이 맞춰지니 다음 장도 꼭 기대해 주세요!

그리고 이번에 혹여 나가츠키의 후기를 두 번 읽는 분이 계실지도 모르겠는데, 아직 못 보신 분은 같은 달에 『리제로 단편집 3』도 발매되므로 합쳐서 즐겨 주신다면 완급(느린 단편과 빠른 본편)을 적절하게 체감할 수 있을 것 같아요!

또, 이쪽에서 못한 근황 보고 등도 『단편집 3』쪽에서는 틀림없이 했을 테니, '후기 포함해서 책이 기대된다!' 는 분은 그쪽도 잘 부탁드립니다.

자, 보다시피 종이 폭의 한계가 가까우니 여기도 늘 하는 인사의 말로 옮기겠습니다.

담당자 I님, 아마도 제일 재구성의 난이도가 높았을 4장을 무사히 완주했습니다! 이런 양을 1년 남짓 가지고 출간을 마치다니 1년은 앞당겼군요! 수고하셨습니다!

일러스트 오츠카 선생님, 4장은 3장에 질세라 신 캐릭터의 등장이 많은지라 쉴 새 없이 캐릭터 디자인을 해 주셔서 정말로 감사했습니다. 마지막의 마지막에 구원받은 베아트리스가 보여 주는 미소, 표지 일러스트는 최고더군요! 수고하셨습니다!

디자인 쿠사노 선생님, 매번 말씀드리긴 하지만 특히 장이 끝날 때 히로인즈가 보여주는 최고의 한 컷을 오려 내는 기량은 압권이란 한 마디밖에 못하겠습니다. 이번 권도 정말 감사합니다!

그리고 리제로 월드를 그려 주시는 마츠세 선생님과 후게츠 선생님에게도 감사를. 특히 후게츠 선생님의 2장 만화판은 당당히 완결! 정말 수고하셨습니다! 같은 달 발매하는 『단편집 3』에서 신세를 지고 있기에 수고하셨단 느낌은 희박하지만 그동안 감사합니다!

그 밖에도 MF 문고 J 편집부 여러분, 교열 담당자님에 각 서점, 영업 담당자님과 많은 분들의 신세를 져서 겨우 4장 완결까지 달릴 수 있었습니다. 신세 졌어요!

끝으로, 항상 응원해 주시는 독자 여러분께 최대급의 감사를.

어떻게 보면 제1부 완결! 이라고 해도 무방할 4장 완결까지 함께해 주셔서 고마워요. 앞으로도 리제로는 더 이어집니다. 기대하고 있어 주세요!

그럼 또, 신장이 개막될 16권에서 만나죠. 왕선 멤버, 다시 대집결!

2017년 11월

《끝마쳤다는 해방감과, 다시 시작되는 의욕이 넘쳐흐르며》

Pretty
마수
Collection

콘적

쌍두사

2 m

75 cm

개쥐

30cm

바위돼지

풀

뿔 콘적

아

앙

뿔

약점은
연하게

길티라우 씨

5m

○ *Subaru*

스바루

"축! 4장 완결! 그리고 나랑 베아코의 계약 기념일이 되다!"

"참 내……. 그렇게 애들처럼 소란 피울 일이 아닌 것이야. 더 당당하게, 베티의 계약자에 어울리는 태도로…… 으흥!"

"야야, 뭐냐고, 베아코, 뾰로통해지 마. 그렇게 뚱한 얼굴을 하면 기껏 귀여운 얼굴이 다 망가…… 엉, 너, 뾰로통해도 귀엽네!"

"다, 당연하지! 그보다 내려놓거나 해! 얼른, 마냥 까불고만 있지 말고 정령술사로서 역할을 착실하게 완수하는 것이야!"

"예이, 알겠수다……. 근데 역할이면, 다음 회 예고 말이군! 좋아, 나랑 베아코의 호흡 딱 맞는 콤비 플레이를 보여 주자고!"

"이심전심으로 독자를 농락하겠어. 그래서, 우선 첫 공지부터. 이 리제로 본편 15권과 같은 달에 『단편집 3』이 발매된 것이야."

"아직 3장 전의 저택 시점……. 다시 말해 베아코가 아직 나한테 떽떽거리던 시절이군. 지금 생각하면 가시 돋친 베아코도 귀엽게 보이니 신기하단 말이야……."

"베티는 언제나 귀여우니까 당연하지. 그리고 같은 달 발매하는 건 그게 다가 아니고, 2장의 만화판 5권, 빅 간간에서 연재되는 만화판의 최종권도 발매되는 것이야. 이쪽에서도 베티는 최고로 스바루를 평가하는 중이지. 옷깃 여미고 읽도록 해."

"그리고 그다음은 16권! 2018년 3월에 나갈 예정인데, 여기부터 시작되는 신장에선 베아코와 계약한 내가 정령술사로서 대약진하는 장면이!"

Re: Life in a different world from zero

○ *Beatrice*

베아트리스

"나오면 좋겠지만, 아마 수월하지 않을걸."

"야, 베아코. 넌 내 편이지? 좀만 더 자상하게 말해다오."

"우쭐대다가 실패해서 또 괴로운 상황에 떨어져 막막해하는 스바루의 모습이 눈에 선한 것이야.
그러니 별수 없이 베티가 도와줄게. 감사하도록 해."

"그러고 보니 대호평을 받은 이벤트 기획으로 람과 렘의 생일 축제 기획이 내년에 또 열린다더라.
자세한 내용은 앞으로 나오겠지만 둘의 생일도 기대해 봐!"

"무시하지 마! 무시하지 않는 것이야! 방금 베티가 무지무지 중요한 말을 했거든!"

"장난이야, 장난. 다 들었다고. 아니, 진짜로 믿는다, 베아트리스. 네가 없으면 난 진짜로 쓸모없
고 못났으니까."

"참 내. 쓸모없고 못나고 못 배기는 스바루를 위해서 베티가 발 벗고 나서 줄 것이야. 앞으로도
베티에게 감사하는 마음을 잊지 마."

"그래, 맡겨만 둬. 앞으로도 너에 대한 감사와 애정은 절대 잊지 않으마!"

"베티는 애정이란 말을 안 했어! ……그래도 주는 건 받아둘래."

"베아코, 너 진짜 귀엽다!"

"발끈—! 인 것이야!"

※일본어판 발매 당시 내용입니다

Re:제로부터 시작하는 이세계 생활 15

2018년 05월 25일 제1판 인쇄
2021년 08월 30일 제4쇄 발행

지음 나가츠키 탓페이 | **일러스트** 오츠카 신이치로

옮김 정홍식

발행 영상출판미디어(주) | **등록번호** 제 2002-000003호
주소 21311 인천광역시 부평구 평천로 132 (청천동)
전화 032-505-2973(代) | **FAX** 032-505-2982

ISBN 979-11-319-8129-0
ISBN 979-11-319-0097-0 (세트)

Re：ZERO KARA HAJIMERU ISEKAI SEIKATSU volume 15
ⓒTappei Nagatsuki 2017
First published in Japan in 2017 by KADOKAWA CORPORATION, Tokyo.
Korean translation rights arranged with KADOKAWA CORPORATION, Tokyo.

노블엔진(NOVEL ENGINE)은 영상출판미디어(주)의 라이트노벨 및 관련서적 브랜드입니다.